HEYNE <

Das Buch

Die junge Tibeterin Sonam muss aus ihrer Heimatstadt Lhasa fliehen, da ihre Eltern im Widerstand gegen die chinesischen Besatzer aktiv sind. Bei der Flucht über den Himalaya soll ihr Osher, der Sohn von Freunden, behilflich sein. Vor ihrer Abreise nach Kathmandu überschlagen sich die Ereignisse und die beiden geraten in einen gefährlichen Aufstand zwischen Soldaten und Mönchen, in dessen Verlauf sie in den Besitz einer Kassette mit hochbrisantem Inhalt gelangen. Auf der waghalsigen Flucht über den Himalaya entdecken sie ihre tiefen Gefühle füreinander. Doch ihr Glück ist nicht von langer Dauer: Als sie die Grenze illegal überqueren, werden sie entdeckt und Osher reitet in die Berge zurück, um die Verfolger von Sonam abzulenken. Werden sie sich je wieder sehen?

Die Autorin

Federica de Cesco, geboren in der Nähe von Venedig, wuchs mehrsprachig in verschiedenen Ländern der Welt auf. Nachdem sie bereits über 50 erfolgreiche Kinder- und Jugendbücher verfasst hatte, schrieb sie mit *Silbermuschel* ihren ersten Roman für erwachsene Leser, der sofort zum Bestseller wurde und dem weitere große Romane folgten (u.a. *Die Tibeterin*). Seit 28 Jahren mit einem japanischen Fotografen verheiratet, lebt Federica de Cesco jetzt in der Schweiz.

Lieferbare Titel

Im Herzen der Sahara – Die goldenen Dächer von Lhasa – Fern von Tibet

FEDERICA DE CESCO

Weißer Kranich über Tibet

Roman

Umwelthinweis
Dieses Papier wurde auf
chlor- und säurefreiem Papier gedruckt.

Vollständige Taschenbuchausgabe 10/2006

Printed in Germany 2006
Umschlagfoto: © Corbis/Keren Su
Umschlaggestaltung: Hauptmann und Kompanie Werbeagentur,
München–Zürich
Satz: Buch-Werkstatt GmbH, Bad Aibling
Druck und Bindung: GGP Media GmbH, Pößneck
ISBN-10: 3-453-40460-2
ISBN-13: 978-3-453-40460-1

http://www.heyne.de

Für Dechen Dolkar, natürlich
»Tibet stirbt, wenn wir schweigen«

Rinchen Dolma Taring

VORWORT

Diesem Buch ein paar Worte mit auf den Weg geben zu dürfen, ehrt und freut mich umso mehr, als der Verfasserin mit dieser Erzählung eine ebenso eindringliche wie glaubhafte Darstellung von der unerträglichen Lage im besetzten Tibet gelungen ist.

Seit mehr als 25 Jahren hat Federica de Cesco dem tibetischen Volk treu zur Seite gestanden in dessen ohnmächtigem Kampf um die Freiheit. Sie tat es mit ihren Waffen, den Büchern.

»Weißer Kranich über Tibet« ist bereits ihre vierte Erzählung, die vor dem düsteren Hintergrund der jüngsten Geschichte Tibets spielt. Zwar hat die Autorin schon in ihren früheren Tibetbüchern sich sehr darum bemüht, die Eigenart der Natur und der Kultur dieses fernen Landes möglichst genau zu erkunden und darzustellen, doch erst die vorliegende Erzählung vermittelt die tibetische Atmosphäre auf eine fast körperlich spürbare und ganz unmittelbare Weise. Auch sind die sorgenvollen Gedankengänge und Handlungsweisen der beiden Hauptfiguren des Romans ganz und gar tibetisch empfunden. Man möchte glauben, Federica de Cesco habe ihr halbes Leben auf dem Dach der Welt verbracht. Die schlichte und redliche Denkart der jungen *Sonam* etwa und ihrer kleinen Welt spiegelt das Wesen der meisten Tibeter sehr getreu. Weil die Geschichte innerlich glaubwürdig ist, vermag sie uns Leser zu

ergreifen. Die spannende Erzählung lebt aber nicht allein aus dem äußeren Geschehen, sondern entspringt ebenso sehr einer inneren Atemlosigkeit.

Die gewaltsame Besetzung des Landes mit ihrer unablässigen Kontrolle durch die chinesiche Polizei und Partei, die Einschränkungen in der Ausübung des Glaubens und die lauernde Angst davor, verraten zu werden, hat dem heiteren Volk der Tibeter das Leben vergällt.

Mit ihrem neuesten Buch hat Federica de Cesco ungezählten Tibeterinnen und Tibetern, die in ihrer eigenen Heimat zu dumpfem Schweigen verurteilt sind, eine vernehmliche Stimme zur äußeren Welt verliehen.

Dafür danken wir, die Tibeter und deren Freunde, der Autorin von Herzen.

Peter Lindegger,

Klösterliches Tibet-Institut

Rikon/Zürich

1. KAPITEL

Sobald die Sonne sank, wurde es kalt. Dunkle Wolkenfetzen wehten aus allen vier Himmelsrichtungen und über den Dächern staute sich der Rauch der Ofenfeuer. Ganz Lhasa roch nach Dieselöl, Auspuffgasen und Yakdung, der zum Heizen verwendet wurde. Elektrizität war den besseren Stadtvierteln vorbehalten. Doch diese waren mehrheitlich von Chinesen bewohnt. Der Kyitschu-Fluss führte Hochwasser, unter der eisernen Hängebrücke lagerte Abfall: Flaschen, verrostete Dosen, Lumpen und Plastik. Ich wanderte am Ufer entlang. Obwohl ich Jeans, Pullover und eine gefütterte Nylonjacke trug, fror ich bis ins Mark. Die Kälte kam von innen. Die Handschuhe hatte ich im Klassenzimmer vergessen.

Nach dem Unterricht hatte Hsiao Chi mich gebeten ein paar Minuten länger zu bleiben. Sofort hatte ich bemerkt, dass ihn etwas bedrückte – sein Gesicht sprach Bände. Dass er mich mochte, war sogar Lili aufgefallen.

»Du, der hat eine Vorliebe für dich.«

»Wie kommst du darauf?«

»Ach, tu doch nicht so ahnungslos! Sei doch froh! Deine guten Noten sind dir sicher«, sagte Lili in ihrer praktischen Art.

Ich war ein wenig rot geworden.

»Ach, Unsinn!«

»Und außerdem ist er wirklich sehr nett«, kicherte Lili.

Lili war manchmal zu albern für meinen Geschmack. Sie war Chinesin und meine beste Freundin. Sie hatte große dunkle Augen, eine zierliche Nase und flaumige Brauen. Ihr Outfit bestand zur Zeit aus Shorts, modischen Kniestrümpfen und bunten Spangen im Haar. Wir sprachen immer Chinesisch miteinander, und so hatte ich die Sprache ganz mühelos gelernt. Ich brachte ihr etwas Tibetisch bei, wir hörten Hörspiele aus Hongkong, blätterten in Modezeitschriften und im Sommer badeten wir im Fluss. Wir gingen zusammen ins Kino oder auf einen Kaffee in die Konditorei. Lili war immer großzügig.

Ihre Eltern waren im Zuge eines Regierungsprogramms nach Tibet gekommen. Der Vater arbeitete bei der Post in leitender Stellung, die Mutter betreute einen Kindergarten. Beide hatten sie Dreijahresverträge. Lilis älterer Bruder studierte in Beijing.

Ich war häufig zu Gast in ihrer Wohnung, die aus zwei Zimmern und einer Küche mit elektrischer Herdplatte bestand. Das Badezimmer mit Dusche und Toilette stellte einen extremen Luxus dar, auch wenn oft kein Tropfen aus den Hähnen floss. Der volle Eimer mit Wasser stand immer bereit.

Lilis Mutter lächelte warmherzig, schenkte mir Sonnenblumenkerne und Süßigkeiten. »Wenn unsere Tochter in Lhasa lebt, soll sie auch eine tibetische Freundin haben«, sagte sie. »Bei uns in China ist vieles zerstört worden. Lili kann von deiner schönen, alten Kultur manches lernen.« Lilis Eltern waren Leute ohne Vorurteile, die ihre eigene Auffassung nicht für die einzig Richtige hielten.

Und jetzt stand ich vor Hsiao Chi im Betonklassenzimmer, hielt meine Bücher unter dem Arm. Der Lehrer spielte nervös mit seinem Kugelschreiber. Sein schmales Gesicht war um eine Spur dunkler geworden. Es war still im Raum. Die Schüler waren gegangen, auch Lili. Nach einer Weile seufzte Hsiao Chi und teilte mir mit, dass ich nicht für die höhere Schule zugelassen würde.

»Die Schulbehörde ist der Meinung, dass du den Anforderungen nicht gewachsen bist.«

Ich versuchte zu verstehen, was er eigentlich sagte. In meinen Ohren summte die Stille und Hsiao Chis Worte hallten darin wider wie ein Echo in den Bergen. Er schluckte, sah mich unglücklich an.

»Es tut mir Leid, Sonam. Ich wollte es dir sagen, bevor das offizielle Schreiben kommt. Natürlich hast du Anspruch auf die Abfindung. Ich werde die nötigen Papiere für dich ausfüllen.«

Ich schwieg immer noch. Die Chinesen gewährten tibetischen Schülern, die keine Zulassung zur höheren Schule erhielten, eine einmalige finanzielle Unterstützung, damit sie – wie es offiziell hieß – im Leben besser vorankamen. Tatsächlich gab man ihnen das Geld in dem Wissen, dass tibetische Kinder ohnehin wenig Chancen auf eine gute Ausbildung und somit auch auf einen guten Job hatten. In allen Mittelschulen war Chinesisch die einzige Unterrichtssprache. Und tibetische Schüler erhielten vom neunten Lebensjahr an nur drei Stunden Chinesischunterricht pro Woche. Wir benutzten die gleichen Lehrbücher wie in China; und ob wir zur höheren Schule zugelassen wurden oder nicht, hing davon ab, ob wir in allen Fächern die Lehrbücher hatten durcharbeiten können. Für mich war das nie ein Problem gewesen. Das wusste ich und Hsiao Chi wusste es auch. Es war offenkundig, dass dies nicht der wahre Grund sein konnte, warum man mir die Zulassung verweigerte. Also würde ich jetzt meinen Eltern erklären müssen, dass ich ihretwegen aus der Schule flog.

Hsiao Chi sah mich unglücklich an.

»Ich habe versucht ein gutes Wort für dich einzulegen. Wenn es nach mir gegangen wäre …«

Er stockte. Ich holte tief Luft. Ich wollte nicht, dass er mein Schweigen als Abwehr deutete.

»Ich verstehe …« Was sollte ich ihm sonst sagen? In meinem Kopf herrschte das Chaos. Ich hatte vorgehabt auf eine chinesische Universität zu gehen und Hochbauingenieurin zu werden. Beton faszinierte mich; ich fand Beton – klug eingesetzt – ein phantastisches Material. Hier in Tibet gab es keine schönen modernen Bauten, alles war phantasielos und protzig. Mir schwebten Gebäude aus Beton, Glas und Holz vor, wie ich sie in ausländischen Fachzeitschriften gesehen hatte. Ich hatte immer gedacht, wenn ich hart genug arbeitete, würden sich meine Pläne verwirklichen lassen. Die Zukunft! Irgendwann würde sie beginnen und mir alle Wünsche erfüllen – dachte ich. Meine Eltern hatten sich jeden Bissen vom Mund abgespart, um mir einen Englischkurs zu finanzieren. Wollte ich zur Universität, dann war Englisch unentbehrlich. Aber jetzt nützten mir auch die guten Sprachkenntnisse nichts. Meine Eltern hatten in die Politik hineingepfuscht, standen als »Risikopersonen« auf der schwarzen Liste. Also kein Weiterkommen für mich. Tot die Hoffnung, aus, vorbei!

Hsiao Chis Gesicht verriet unterdrückte Empörung und Ratlosigkeit.

»Man ließ mich wissen, dass die Quote von Studienplätzen an chinesischen Universitäten für Tibeter längst erreicht sei, und das auf Jahre. Das ist natürlich eine Ausrede. Die Sache mit deinen Eltern war mir bekannt. Ich füge mich den vorgegebenen Richtlinien, weil mein Beruf es verlangt. Aber es bricht mir das Herz, dass man dir auf diese Weise die Zukunft verbaut.«

Ich mochte ihn wirklich sehr, auch wenn er Chinese war und die Chinesen meinem Land und meiner Familie entsetzliches Leid zugefügt hatten. Hsiao Chi war vom besten und aufrichtigsten Willen erfüllt, davon war ich überzeugt. Er hatte ehrlichen Herzens geglaubt, dass die Chinesen den Tibetern aus dem Verfall, der Armut und der Unwissenheit herausgeholfen hatten, um ihnen die Chance zu geben etwas Wertvolles aufzubauen. Und jetzt war er verstört. Solche Ungerechtigkeiten wurden sonst nur hinter verschlossenen Türen verhandelt. Hsiao Chi erschrak vor der Unbarmherzigkeit des Systems und fühlte sich machtlos. Ich weinte nicht, obwohl mir danach war; stattdessen lächelte ich Hsiao Chi an. Mir war, als ob ich ihm Trost spenden müsste.

»Ich danke Ihnen, dass Sie es mir gesagt haben. Bitte, machen Sie sich keine Sorgen um mich. Ich werde schon zurechtkommen ...«

Am Ufer, den Blick auf die Eisenbrücke gerichtet, rief ich mir diese Worte in Erinnerung, an die zu denken am meisten schmerzte. Die Kälte kroch in meine Kleidung, ich klapperte mit den Zähnen. Ich dachte immer wieder, ich darf mich nicht gehen lassen. Ich wollte weder schreien noch toben. Ich war eine Tibeterin, ein festes, starkes Kraut, keine zarte Blume, die mit dem ersten Bodenfrost welkt. Kopf hoch, Sonam! Lass dich nicht unterkriegen! Du wirst es schon schaffen, irgendwie. Ich ballte die Fäuste, stapfte mit großen Schritten die Böschung hinauf und machte mich auf den Weg nach Hause.

2. KAPITEL

Im alten Viertel Shöl wurden seit ein paar Jahren die Häuser nicht mehr abgerissen, sondern im traditionellen Stil renoviert. Die Behörden waren auf die Dollars der Touristen erpicht und hatten bemerkt, dass diese für Neubauten nichts übrig hatten. Wir wohnten in einem Block aus den siebziger Jahren, unweit der Straße, in der früher das Haus meiner Großeltern stand. Das Anwesen hatte sich in ein hässliches Verwaltungsgebäude verwandelt; die ehemaligen Stallungen waren einem mit Kies bestreuten Parkplatz gewichen. Einst waren vor den Häusern wohlhabender Tibeter große Steinsockel zum Besteigen der Pferde eingelassen. Wo damals das eisenbeschlagene Doppeltor stand, war noch einer davon zu sehen. Ging ich an dem Sockel vorbei, strich ich mit der Hand über den Stein. Ich bildete mir ein, wenn ich ihn täglich streichelte, würde er sich ganz allmählich aushöhlen und eine Spur von mir bewahren. Auch diesmal berührte ich ihn mit der Handfläche. »Sei gegrüßt!«, sagte ich leise und mir kamen die Tränen.

Wir bewohnten ein Zimmer im Erdgeschoss. Wände und Fenster waren mit Zeitungspapier verklebt. Tagsüber dienten uns unsere Betten als Sitzgelegenheit um den Tisch, nachts konnte ich, wenn ich den Arm ausstreckte, meine schlafenden Eltern berühren. Auch bei uns wurde der Ofen mit Yakdung beheizt, das Abzugsrohr ragte durch ein Loch in der Fensterscheibe ins Freie. Lhasa liegt in 3700 Meter Höhe und die Nächte sind eisig. Wir hatten weder Wasser noch Strom. Licht und Luft kamen durch die Tür, wenn sie offen stand. Trotzdem war das Zimmer stets feucht und dumpf, weil es zu ebener Erde lag und die Sonne nur ein Stück weit in den Raum hineinscheinen konnte. Die Luft wurde durch die Abortanlagen, die keine Wasserspülung hatten, verschlechtert. Die Toiletten waren in einer morschen Holzbaracke im Hof – sie bestanden aus ein paar Löchern, dazwischen eine Trennwand, links für Frauen, rechts für Männer.

Mein Vater war schon da. Er hatte eine kleine Pyramide aus Papier und dünnen Zweigen geformt und strich Zunder über einen Feuerstein. Dann zerbrach er einen Klumpen Dung in mehrere Brocken und legte sie um die kleine Flamme. Als ich durch den grünen Steppvorhang ins Zimmer trat, warf er mir einen langen Blick zu und runzelte die Brauen.

»Nun?«, fragte er.

Ich schluckte. Er brauchte keine hellseherischen Fähigkeiten, um zu bemerken, wie verstört ich war. Ich setzte mich zu ihm und erzählte. Als ich geendet hatte, sah mein Vater plötzlich sehr alt aus, er, der ohnehin schon viel älter wirkte, als es seinen Jahren entsprach. Und ich spürte die Gedanken seines Herzens, wie er die meinen spürte.

Schließlich nickte er vor sich hin und sagte: »Wir hätten es wissen müssen.«

Mein Vater verließ täglich um halb sieben das Haus. Mit einem Freund, der ein Bauerngut führte, hatte er ein Abkommen getroffen: Täglich brachte sein Sohn Plastikgefäße mit frischer Milch und Gläser voll Jogurt, die mein Vater auf dem Markt verkaufte. Den Erlös teilte er mit seinem Freund. Eine andere Arbeit konnte er nicht mehr verrichten.

Von der Straße drang der Verkehrslärm herein; Autobusse hielten an der Haltestelle, Fahrräder klingelten. Leute liefen mit eiligen Schritten vorbei. Es war kurz vor Ladenschluss, viele kamen erst jetzt von der Arbeit und mussten noch einkaufen.

Den Blick auf Vaters verkrüppelten Arm gerichtet, sagte ich leise: »Vielleicht bin ich wirklich zu dumm, Pala. Ich habe mir Mühe gegeben. Aber …«

Er schüttelte den Kopf.

»Sag nichts! Es ist nicht deine Schuld.«

Er nahm seinen Kopf zwischen die Hände, die Finger gegen die Schläfen gepresst. Ich wandte das Gesicht ab. Es machte mich krank, ihn derart verzweifelt zu sehen.

Mein Vater hatte vierzehn Jahre in einem Arbeitslager verbracht. Als man ihn freiließ, erkannte meine Mutter ihn kaum wieder. Er hatte auf einem Auge die Sehkraft verloren und fast keine Zähne mehr im Mund. Vom Steineschleppen hatte sein Rückgrat Schaden genommen. Er konnte nicht mehr gehen und es dauerte lange, bis wieder Leben in ihm war. Die erste Zeit musste er sich noch auf die Schultern meiner Mutter stützen oder sich an einem Stuhl festhalten. Ein Jahr verstrich, bevor er wieder allein gehen konnte. Und dann zog er den linken Fuß nach, wie er das auch heute noch tat. Gleichwohl war sein linker Arm verkrüppelt, doch zum Glück waren die Finger nicht steif geblieben. Seine Bewegungen waren sehr langsam, aber nicht ungeschickt.

»Sie wollen kein Risiko eingehen«, sagte er bitter. »Wir halten es nicht mit beiden Seiten wie andere.«

Ich hob das Kinn und sagte trotzig: »Dabei macht es mir gar nichts aus, dass ich nicht nach China kann. Komisch. Ich … ich habe immer gedacht, es würde mir etwas ausmachen. Aber jetzt fühle ich überhaupt nichts, ehrlich!«

»Ich werde mit deiner Mutter darüber sprechen«, erwiderte er dumpf.

Ich biss mir hart auf die Lippen. Was ist mit euch?, dachte ich. Wollt ihr mir nicht endlich alles erzählen? Ich bedauerte sie von Herzen, weil sie so viel gelitten hatten. Führte das weiter? Nein, Mitleid führte nicht weiter. Ich wollte ernst genommen werden. Schließlich war es meine Zukunft, die hier verbaut wurde. Ich merkte, dass ich trotzig wurde und sagte heftig: »Was aus mir wird, ist mir egal.«

Mein Vater Nambol Deki Sherab stammte aus einer Familie hoher Regierungsbeamter. Als die Chinesen 1959 Tibet besetzten, waren seine Eltern bereits verstorben. Mein Vater – der jüngste Sohn – hatte Rechtswissenschaft in Indien studiert. Er sprach fließend Hindi, Englisch und Chinesisch. Seine beiden Schwestern waren mit ihren Familien geflohen, er selbst hatte sich entschieden dazubleiben. Einfach weglaufen – das gefiel ihm nicht. Wenngleich die Trennung von seiner Familie für ihn mehr als schmerzlich war, glaubte er sich anpassen zu können. Als Jurist arbeitete er eine Zeit lang für das chinesische Hauptquartier, schloss Geschäftsverträge ab, schlichtete Streitereien. In dieser Zeit lernte er Dolkar – meine Mutter – kennen. Er war achtundzwanzig, sie neunzehn und sie verliebten sich sofort ineinander. Dolkar hatte mehr durchgemacht als er, aber sie teilten die gleichen Ideale. Es gab in jener Zeit eine unendliche Kette von Durchsuchungen, Einschüchterungen und polizeilichen Festnahmen. Alle Menschen hatten Angst.

Aber die Chinesen sorgten für Ordnung und die Preise stiegen nicht mehr. Die Besatzer teilten das Land nach chinesischem Vorbild auf, bauten Schulen und Krankenhäuser. Eine Zeit lang glaubten meine Eltern, dass die Chinesen es tatsächlich fertig bringen würden, die Lebensbedingungen in Tibet zu verbessern. Die neuen Machthaber redeten überzeugend, appellierten an die Solidarität und forderten Selbstlosigkeit und Opferbereitschaft. Damals hätten meine Eltern das Land noch verlassen können, aber sie sahen es als ihre Aufgabe an, in Tibet zu bleiben.

Inzwischen wurde in China die »Große Proletarische Kulturrevolution« ausgerufen. Fanatische junge Extremisten, denen keinerlei Schranken gesetzt wurden, wüteten in ganz China. Es dauerte nicht lange und die »Roten Garden« fielen auch in Tibet ein, verbreiteten Terror, Gewalt und Tod. Begleitet von Musik und Trommelwirbel verbrannten sie jahrhundertealte Kunstwerke, verwandelten Klöster in Schweineställe und Tempel in Schlachthöfe. Kinder mussten ihre geliebten Haustiere töten; Neugeborene erhielten Namen nach ihrer Hausnummer, nach ihrem Geburtsdatum oder Gewicht oder auch nach dem Alter des Vaters. Jede Familie wurde überwacht, Religion zu praktizieren war verboten. Wer sich beim Gebet ertappen ließ, dem wurde der Mund zugenagelt. Es genügte, ein Stückchen Land zu besitzen oder aus einer angesehen Familie zu stammen, um verhaftet und gefoltert zu werden.

Damals brachen in Tibet überall Aufstände los. Meine Eltern versteckten Menschen auf der Flucht. Sie wurden der Spionage beschuldigt, grausam gefoltert und zu Zwangsarbeit verurteilt. Als sie entlassen wurden, waren sie nur noch Haut und Knochen. Verwandte und Freunde brachten ihnen heimlich etwas Geld und Essen. Nambol war halb gelähmt; Dolkar arbeitete auf Baustellen, schleppte Backsteine, besserte Schlag- und Wasserlöcher aus.

Dann starb Mao Tse-Tung, der Führer der kommunistischen Regierung, der China viele Jahre lang mit eiserner Hand gelenkt hatte, und die Roten Garden fielen in Ungnade. China öffnete sich langsam. Man brauchte Devisen und zahlungskräftige Touristen.

Dolkar und Nambol lebten in bitterer Armut. Sie waren nicht mehr jung, ihre Gesundheit war angegriffen, aber sie wünschten sich ein Kind, auch wenn es in dieser Zeit nicht vernünftig war. Sie wollten an die Zukunft glauben.

Die Chinesen wussten, dass sie in Tibet nur wenig Freunde hatten und umwarben daher tibetische Beamte, die dann – wie man so sagt – Wasser auf beiden Schultern trugen. Nambols Vetter Tsering war ein solcher Beamter, was seiner Familie beachtliche Vorteile einbrachte. Er besorgte meinen Eltern eine Unterkunft; dank seiner Beziehungen konnte Dolkar im Krankenhaus entbinden und das Baby kam gesund zur Welt. Aber sie wurde jedoch gemahnt: Die chinesische Geburtenregelung galt auch für Tibeter – jede Frau durfte nur ein Kind haben.

Nach meiner Geburt war es in Tibet ein paar Jahre lang ruhig. Doch der Rückschlag kam schon bald. 1989 war das Jahr, in dem die Berliner Mauer fiel, und gleichzeitig auch das Jahr, in dem der Studentenaufstand in Beijing mit Panzern zerschlagen wurde. Als obendrein dem Dalai-Lama der Friedensnobelpreis verliehen wurde, war das Maß voll. China war zutiefst beleidigt und ließ es die Welt wissen. Über Tibet wurde das Kriegsrecht verhängt. Jede Kundgebung wurde von jetzt an aufs Brutalste bestraft.

Die Regierung verkündete, dass Kinder, deren Eltern an Demonstrationen teilnahmen, weder für eine Ausbildung noch für qualifizierte Stellen in Frage kommen würden. Meine Eltern nahmen nicht an Demonstrationen teil, trotzdem musste mein Onkel, der Beamter war, Schmiergelder zahlen, damit ich zur Schule gehen konnte. Ich glaubte, das wäre der Preis für die politische Vergangenheit meiner Eltern. Erst Jahre später begriff ich, dass sie nie aufgehört hatten für die Freiheit Tibets zu kämpfen und ich erinnerte mich im Nachhinein an die geheimnisvollen Besuche eines merkwürdigen Mannes. Sobald er kam, schickten meine Eltern mich fort; sie gaben mir etwas Geld und sagten, ich sollte mir Süßigkeiten kaufen. Ich gehorchte widerwillig. Der Fremde war ein Khampa, ein Bewohner der östlichen Hochsteppen. Er erweckte in mir ein Gefühl von Spannung, Abenteuer und Erregung. Der Mann war hoch gewachsen, mit wirren, schiefergrauen Haaren und einem Gesicht wie aus Holz. Seine Wangen waren eingefallen, die Backenknochen standen vor. Eine große Narbe lief über sein Gesicht bis hinunter zum Kinn, sodass der Mund etwas schief hing. Was mich an ihm betörte, waren seine Augen: hellgrün, beinahe golden – wild, leuchtend und wachsam wie die eines Schneelöwen. Er sprach mit heiserer Stimme einen seltsamen Dialekt, gemischt mit grobschlächtigen Redewendungen und faszinierenden Flüchen. Er gab sich als Viehhändler aus. Mir war nur sein Vorname bekannt: Loten. Ich wunderte mich sehr, was er bei uns zu suchen hatte, aber tibetische Kinder werden dazu erzogen, sich nicht in die Angelegenheiten der Erwachsenen zu mischen. Und da die Eltern nie über ihn sprachen, stellte ich auch keine

Fragen. Er kam drei- oder viermal im Jahr und dann ließ er sich wieder eine Zeit lang nicht mehr blicken. Eines Tages kam meine Mutter erregt und niedergeschlagen nach Hause. Sie war blass im Gesicht und ihre Stimme zitterte.

»Loten ist gestorben!«

Ich sah, wie mein Vater zusammenzuckte.

»Woher weißt du das?«

»Von Wangdu. Er wird die Nachricht weitergeben.«

Wer ist Wangdu?, dachte ich verwirrt.

Vater saß da, wie vom Blitz getroffen. Nach einer Weile seufzte er tief auf.

»Jetzt wird alles viel schwieriger ...«

Meine Eltern tauschten einen langen Blick. Eine Erklärung gaben sie mir nicht. Dolkar sagte, sie würde sogleich zum Jokhang-Heiligtum gehen. Sie wollte den Mönchen Butter spenden und ein Gebet für den Verstorbenen sprechen. Ihr Wunsch kam mir reichlich verfrüht vor und meine Unruhe wuchs. Als ich mit Vater alleine war, konnte ich mich nicht mehr beherrschen.

»Pala, wer war dieser Mann?«

Er hob die Augen, geistesabwesend.

»Ein Nomade. Die Chinesen hatten ein Kopfgeld auf ihn gesetzt.«

»Haben die Chinesen ihn getötet?«

Er verzog die Lippen, als ob er lächeln würde.

»Nein. Sie konnten ihn nie fassen.«

»Woran ist er gestorben?«

»Er war jahrelang krank und schonte sich nicht.«

Ich war aufs Höchste erregt. Dieser Mann war plötzlich wichtig in meinem Leben. Ich wusste – ohne sagen zu können, woher –, dass es eine Verbindung zwischen uns gab, da war eine Ahnung in mir, die ich mir vergeblich zu erklären versuchte.

»Was hat er denn gemacht, Pala?«

»Er hat viele Menschen gerettet.«

Ich starrte ihn erwartungsvoll an, doch er schwieg. Ich bezwang meine Ungeduld und sagte, so behutsam wie möglich: »Willst du nicht davon reden?«

Ein Seufzer hob seine magere Brust.

»Er lebt nicht mehr, Kind. Wir ... wir müssen jetzt sehen, wie wir ohne ihn zurechtkommen. Und je weniger du über ihn weißt, umso besser.«

Er schloss die Augen und ich fragte nicht mehr. Wozu auch? Er war zu keiner weiteren Antwort zu bewegen.

Das war im vergangenen Herbst gewesen. Wann hatte ich gemerkt, dass meine Eltern Geheimnisse vor mir hatten? Ich kann es nicht sagen. Der Kiesel bewegt sich auf dem Berg, angestoßen durch den Tritt einer Ziege oder durch den Regen. Bald rollt er schneller. Und schließlich springt er vom Felsen und kann den Schädel eines Menschens zerschlagen. Meine Art war es, die Dinge schnell ans Tageslicht zu bringen. Aber gegen das Schweigen der Eltern kam ich nicht an. Dazu bin ich erzogen, dachte ich wütend. Bloß nicht nachfragen. Alles war meine Schuld, ich hatte zu lange den Mund gehalten. Und jetzt war es zu spät.

3. KAPITEL

Meine Mutter Dolkar war kein Mensch, der sich einschüchtern ließ. Ihre Haltung, der hoch erhobene Kopf auf dem schmalen Hals, drückte Stolz und Eigensinn aus. Früher war sie eine schöne Frau gewesen; inzwischen schimmerten graue Strähnen in ihrem vollen, glänzenden Haar, ihre Kinnlinie war schlaff, ihre Augen eingesunken. Aber nach wie vor besaß sie die Fähigkeit gebieterisch zu wirken, sobald die Entrüstung sie packte. Dann sah ich ihre Nasenflügel beben, ihre Pupillen sich hart und schwarz zusammenziehen. Wenn sie so das Gesicht veränderte und die Augen zu Schlitzen zusammenkniff, glaubte ich sie zu verstehen. Sie würde niemals vergessen, was man ihr im Gefängnis angetan hatte. Sie fühlte den Schmerz in ihrem Innern; doch sie hielt still. Jedes Nachgeben konnte die Wunden neu aufreißen.

Und jetzt die Sache mit der Schule. Sie hörte zu, mit zornigem Blick. Meistens sprach sie leise; nun hob sie die Stimme.

»Tsering zahlt keine Schmiergelder mehr. Das sind die Folgen. Wir haben das unterschätzt, Nambol. Wir dachten, dass nur Sonams Leistungen entscheidend wären. Blind waren wir. Blind und dumm.«

Sie trank den Tee, den mein Vater zubereitet hatte. Es war schon dunkel und die Kerze brannte. Nambol hob ein wenig den Kopf.

»Wir müssen das jetzt verantworten.«

Ich sagte matt: »Ich werde schon zurechtkommen.«

Dolkar presste die Lippen aufeinander.

»Wie stellst du dir das vor?«

Ich zuckte mit den Schultern. Dolkar hatte den Tee zu schnell getrunken und hustete. Ihre Stimme klang scharf.

»Na, du hast doch Augen im Kopf. Tibeter ohne Ausbildung bekommen schlechte Wohnungen, niedrige Löhne. Was willst du dagegen machen …?«

Ich knetete meine Finger.

»Nichts. Ist das wirklich so schlimm?«

Ihre Augen blitzten mich an.

»Willst du Putzfrau werden wie ich?«

Dolkar arbeitete im »Moonshine«, einer Herberge für nepalesische Kaufleute. Gelegentlich kamen auch Europäer – Rucksacktouristen –, denen bessere Häuser zu teuer waren. Meine Mutter lag täglich auf den Knien, wischte den Boden. Das Wasser war knapp, dann wieder strömte es kochend heiß aus den Rohren. Dolkar wusch täglich die Wäsche, flickte und bügelte. Ihre Hände waren schuppig und gerötet, ihre Gelenke steif und ihre Knie schmerzten. Aber sie beklagte sich nie.

Meine Mutter kam aus der Familie Kalsang, die vom zehnten Dalai-Lama abstammte. Ihr Vater und ihre drei jüngeren Geschwister starben während einer sehr schlimmen Grippeepidemie, die tausende von Menschen in Lhasa dahinraffte. Außer Dolkar überlebte noch die ältere Schwester Karma, die jedoch bereits Nonne geworden und fortgezogen war. Dolkars Mutter, eine sanfte und gutmütige Frau, die gewohnt war hart zu arbeiten, verwaltete die Familiengüter. Eine Zeit lang half ihr Dolkar dabei. Sie war damals fünfzehn und von den tragischen Ereignissen tief betroffen. Sie erklärte ihrer Mutter, dass sie bei einem berühmten »Menrampa« – einem tibetischen Arzt – in die Lehre gehen und Medizin studieren wollte. Die Mutter gab ihre Zustimmung.

Der Traum zerschlug sich, als der Arzt verhaftet und Dolkars Familie im Sog der »demokratischen Reformen« enteignet wurde. Die Dienstboten standen von heute auf morgen obdachlos vor der Tür und bettelten auf der Straße. Als Dolkar Nambol heiratete, war sie völlig mittellos und ihre Mutter hatte Tuberkulose. Bald darauf starb sie. Wir besaßen nur ein kleines, vergilbtes Foto von ihr. Das Bild zeigte eine Frau mit einem kühlen, klaren Gesicht. Sie hatte die wohlgeformte Nase, die für die Bewohner Lhasas typisch ist, und schön geschwungene Lippen. Ihre flaumigen Brauen liefen in Spitzen aus und ihr offener Blick vermittelte den Eindruck heiterer Ruhe. Dolkar meinte, dass ich ihr ähnlich sah.

Und ich hatte auch – wie sie sagte – die gleiche undurchsichtige Art zu schweigen, bevor ich eigensinnig das tat, was ich für richtig hielt.

»Nun?«, fragte sie ärgerlich, als ich schwieg.

Ich schluckte. Alles, dachte ich, bloß nicht Putzfrau! »Ich … ich würde Pala lieber auf dem Markt helfen.«

Beide tauschten einen Blick und Nambol sagte: »Du kannst morgen mitkommen.«

Dolkar trank ihren Tee aus, um zu zeigen, dass das Gespräch beendet war.

»Gut. Wir werden über die Situation nachdenken und eine Entscheidung für dich treffen.«

Das kam nicht unerwartet und war genau das, was ich

nicht hören wollte. Aber ich fragte nicht weiter, denn diese Antwort hatte ihre Wurzeln in jenem Teil von ihnen, den sie vor mir verbargen. Lieber verfiel ich in meine alte Rolle und gab vor diesen Teil gar nicht wahrzunehmen.

Dolkar stand jeden Morgen auf, wenn es noch stockdunkel war und die Lautsprecher zum Frühturnen aufriefen. Sie spülte sich den Mund aus, wusch sich Gesicht und Hände. Dann kleidete sie sich an, flocht ihre Zöpfe mit ein paar Handgriffen und trat vor den kleinen Hausaltar. In einer Vitrine stand ein Metallbehälter mit silberner Frontplatte. Durch ein winziges, geschnitztes Fenster sah man eine wundervoll gemalte Miniatur. Sie stellte die »Weiße Tara« dar, die Göttin des Mitleids, die wir als Erlöserin verehrten. Solche Behälter wurden früher an Riemen befestigt und auf Reisen durch die Weiten Tibets mitgenommen. Die Miniatur war alt, die Farben verdunkelt. Dem Talisman wurden schützende Kräfte zugesprochen. Er gehörte zur Hochzeitsaussteuer der Urgroßmutter. Damals, als das Haus geplündert wurde, ging der Talisman verloren und kehrte auf wundersame Weise zu Dolkar zurück. Sie war schwanger, als sie ihn auf dem Markt zwischen wertlosem Trödelkram entdeckte. Sie sah darin ein gutes Zeichen für das Ungeborene.

Allmorgendlich goss Dolkar zerlassene Butter in die kleine Lampe, füllte die sieben Silberschalen mit frischem Opferwasser. Unsere Seele sollte so klar und ungetrübt sein wie die Wasseroberfläche. Das Herbeirufen der Segnungen war lang und ausführlich; ich hörte im Halbschlaf, wie meine Mutter sich behutsam bewegte. Ihre leise gesprochenen Gebete hüllten mich schützend ein und ich schlief beruhigt weiter.

Nach dem Frühstück, das wir gemeinsam einnahmen, begleitete ich Vater auf den Markt. Wir schoben unseren Handwagen an Bussen, Fahrrädern und Motorrädern vorbei. Über den Straßen hing ein dichtes Netz von Elektrizitäts- und Telefonleitungen. Aus den Läden klang Discomusik aus Hongkong. Frauen und Männer trugen Kisten und balancierten Körbe. Der Markt begann erst um halb zehn, aber die Fleischhändler waren schon an der Arbeit; gewaltige Fleischstücke hingen übersät mit Fliegen in der Sonne. Wir Tibeter essen Fleisch, weil das raue Klima es verlangt, obgleich es gegen die buddhistische Religion ist. Da wir kein Lebewesen töten dürfen, sind die Schlachter ausnahmslos Muslime.

Licht und Schattenspiele warfen jetzt bewegliche Schimmer auf Kleider und Gesichter, auf Strohmatten, Töpfe und Tongeschirr. Aus den offenen Türen drangen die Gerüche von Räucherwerk und süßem »Guingdao«-Bier. Alte Frauen verkauften Obst, Walnüsse und Gemüse. Die Nomaden aus den Hochsteppen trugen ihre Zöpfe noch um den Kopf gewickelt. Sie saßen und schliefen im Freien; manchmal sah man sie, wie sie ihre Kleider im Fluss schrubbten und im Wind trocknen ließen. Frauen und Männer trugen Amulette aus Silber und Ohrringe mit Türkissteinen. Sie sahen wild und hochmütig aus. Immer, wenn ich ihnen begegnete, kam mir jener geheimnisvolle Mann in den Sinn, der früher meine Eltern besuchte – aber sein Bild verblasste bereits, zog sich zurück, immer seltener sah ich ihn vor mir.

Ich half Vater seinen Stand aufzurichten, Milch und Jogurt in den Schatten zu stellen, damit sie frisch blieben. Dann setzten wir uns auf zwei Kisten und warteten auf die Kunden. Wir sprachen nur wenig. So wird mein zukünftiges Leben aussehen, dachte ich. Straßenhändlerin, warum auch nicht? Ich konnte gut wirtschaften, würde bald eine Menge Geld verdienen. Ich würde meinen Eltern eine bessere Wohnung besorgen, mir eine Steppjacke, einen Walkman und Schuhe mit hohen Absätzen kaufen wie alle modebewussten Mädchen in Lhasa. Ja, das wäre doch was. Wie ich mich fühlte? Entsetzlich natürlich. Ich dachte an alle Schüler, die ihre Zukunft noch vor sich hatten und vor lauter Neid bekam ich Magenschmerzen. Ich musste einsehen, dass ich nicht mehr dazugehörte und dass alles, was ich gelernt hatte, als nutzloser Krempel in meinem Kopf herumlag. Die Verzweiflung machte mich depressiv: Ich träumte vor mich hin, sah ein dunkles Loch; die Mitte drehte sich abwärts, immer schneller, immer tiefer. Eines Tages würde ich in das Loch fallen, darin verschwinden und nie wieder zum Vorschein kommen. Aus, fertig. Ja, das wäre wohl das Beste für mich.

4. KAPITEL

»Lili!«

Lili hatte ich nicht mehr gesehen, seitdem ich die Schule verlassen hatte. Ich hätte sie besuchen können, hatte aber nie den Mut dazu aufgebracht. Irgendwie schämte ich mich vor ihr und gleichzeitig war ich neidisch, weil sie Chinesin war und ich nicht.

»Sonam!«

Lili freute sich und schüttelte mir beide Hände. Sie war langbeinig und schmalhüftig. Ihr Ausdruck war unbeschwert, ihre Bewegungen schnell und graziös. Zu ihrem rosafarbenen Minirock trug sie weiße Kniestrümpfe und ein enges T-Shirt. Ihre Sonnenbrille hatte einen breiten Rand und war rot, ihre Haarspangen auch. In meinen Jeans und der alten Strickjacke kam ich mir schäbig vor.

Wir sahen einander an, nahmen die Unterschiede wahr. Doch Lili ließ sich nichts anmerken.

»Gehen wir Kuchen essen!«

Mein Gesicht wurde heiß. Ungepflegt, wie ich war, konnte ich mich neben Lili nicht blicken lassen. Außerdem hatte ich kein Geld. Sie ahnte meine Gedanken und schüttelte energisch den Kopf.

»Komm, ich lade dich ein!«

Ich folgte ihr widerstrebend und ließ sie Pistazienkuchen und Orangeade bestellen. Ich wollte nur einen Tee. Lili hob fragend die Brauen.

»Keinen Kuchen?«

Das Wasser lief mir im Mund zusammen, aber ich sagte Nein. Lili plauderte munter und gut gelaunt. Endlich Ferien! Sie hatte die Prüfung bestanden, womit, wie sie sagte, »einem glorreichen Vormarsch nichts mehr im Wege steht«. Noch eine Woche und Lili würde nach Beijing fahren, um ihren Bruder zu treffen, dann nach Hongkong, um Badeferien zu machen und einzukaufen. Die Chinesen machten kein Geheimnis daraus, dass sie Lhasa, das Klima und die Umgebung scheußlich fanden. Das Leben hier hatte wenig zu bieten; aber die Löhne in Tibet waren achtmal höher als in China. Ich betrachtete Lili hingerissen und neidisch. Wie hübsch sie war! Ihre feingliedrigen Hände bewegten sich beim Sprechen, sie zeigte mir stolz ihren neuen Nagellack. Je mehr sie redete, desto stiller wurde ich. Ein eigenartiges Gefühl war in mir, ein Gemisch aus Zärtlichkeit und Kummer. Ich wusste, dass ihr impulsives Schwatzen scharfe Intelligenz und feinste Empfindsamkeit verbarg. Doch sie war durch mein Schweigen verwirrt, sie fand keinen Stoff für neues Geplapper. Sie nahm ihre Sonnenbrille ab, blinzelte ins gleißende Licht.

»Sonam, was ist los? Warum bist du hängen geblieben? Das verstehe ich nicht. Du warst doch so gut!«

Die Gläser und Teller hatten kreisförmige Flecken auf dem Tisch hinterlassen. Ich zeichnete sie mit dem Finger nach und wusste wirklich nicht, was ich sagen sollte. Lili legte plötzlich ihre Hand auf meine.

»Bist du mir böse?«

»Nein.«

»Wenn du nicht reden willst …«

Unvermittelt stürzten mir die Tränen aus den Augen. Ich

umklammerte Lilis Hand. Ihr Gesicht verschwand hinter einem weißen Nebel. Jetzt schwieg sie und in dieses Schweigen hinein erzählte ich ihr von der Vergangenheit meiner Eltern. Nur ein Teil, aber das genügte. Lili hatte verstanden.

»Aber du kannst nichts dafür! Du warst ja noch gar nicht auf der Welt!«

»Ich gebe meinen Eltern keine Schuld.«

Wie die Bewohner zweier verschiedener Sterne lebten Tibeter und Chinesen Seite an Seite dahin. Sie aßen nicht die gleichen Gerichte, feierten nicht die gleichen Feste, lachten nicht über die gleichen Dinge. Ihre Blicke glitten aneinander vorbei, ins Leere. Aber nicht immer. Lilis Augen wichen den meinen nicht aus.

»Ist es sehr schlimm für dich?«

Ich hob langsam die Schultern und ließ sie sinken. Lili starrte mich an. Ich wartete, ohne den Kopf zu heben, bis sie sagte: »Es ist sehr ungerecht.«

Meine Unterlippe zitterte.

»Es ist nun eben so.«

»Ohne Studium bist du aufgeschmissen.«

»Ich werde Jogurt verkaufen.«

Meine Nase lief. Ich rieb sie mit meinem Ärmel trocken. Ich hatte kein Taschentuch, Lili auch nicht. Sie reichte mir die kleine Papierserviette, die sie mit dem Kuchen bekommen hatte.

Ich putzte mir die Nase und sagte: »Manchmal möchte ich tot sein.«

Sie spreizte hilflos die Hände.

»Sonam …«

Ich schüttelte heftig den Kopf.

»Du kannst dir nicht vorstellen, wie das ist!«

»Nein, das kann ich wohl nicht«, sagte sie matt.

Ich zerknüllte die Serviette.

»Versteh doch, ich bin hier aufgewachsen ...!«

»Du wirst es schaffen«, sagte Lili mit fester Stimme. »Du darfst dich nicht unterkriegen lassen.«

»Nein.«

Meine Kehle war trocken. Das machte der ewige Staub in Lhasa. Ich trank einen Schluck, der Tee war inzwischen kalt geworden.

Lilis Augen waren angstvoll und schwarz.

»Es wird sich zwischen uns doch nichts ändern, oder?«

Ich fing plötzlich an zu zittern.

»Was willst du damit sagen?«

»Ich meine ... weil ich Chinesin bin? Ich sehe ja selbst, wie viele Dinge ungerecht sind. Früher nahm ich sie überhaupt nicht wahr. Und jetzt wollen sie mir nicht aus dem Kopf ...«

Ich erwiderte: »Das hat nichts mit dir oder mir zu tun. Politik kommt und geht, sagt mein Vater, aber Freunde bleiben.«

Lili starrte mich an.

»Hast du das jetzt gerade erfunden? Oder sagt er das wirklich?«

»Er sagt das wirklich.«

Stumm saß sie da, die Gabel in der Hand.

»Iss endlich deinen Kuchen!«, sagte ich.

Sie begann hastig den Kuchen in sich hineinzustopfen.

»Woran denkst du, Lili?«

Sie legte ihre Gabel auf den Teller, dass es klirrte.

»Wenn du mir böse wärst, könnte ich es einfach nicht ertragen.«

»Nein, das bin ich nicht. Wirklich nicht.«

Sie beugte sich über den Tisch, mit flackernden Augen.

»Später … wenn ich wieder in China bin, werde ich dir immer schreiben. Und du? Und du?«

»Ich dir auch.«

»Wirst du mich nie vergessen?«

»Nein, niemals! Wie könnte ich.«

Wir betrachteten unsere Gesichter im hellen Sonnenschein. Lili weinte nicht, aber ihre Wagen waren rot und verschwitzt. Sie griff wieder nach ihrer Gabel. Ihre Stimme klang erstickt.

»Ich will, dass wir Freundinnen bleiben, Sonam.«

5. KAPITEL

September. Der Himmel war blau wie Kobalt, aber die Trockenheit in Lhasa erzeugte riesige Staubwirbel. Der Wind brauste und heulte, mal dumpf und röhrend, mal hell und klar wie eine Schelle. In den kleinen Gardinen über den Fenstern hing der Sand. Die ganze Stadt war in gelben Nebel gehüllt, Autos und Fahrräder fuhren mit Licht. Der Staub wehte in Schwaden, wir spürten ihn im Mund, in den Augen und in der Nase. Er drang unter die Kleider und kratzte auf der Haut. Alle Passanten trugen Schals unter dem Kinn festgebunden, oder Mundschutzmasken, als wollten sie sich vor einer Krankheit schützen. In dieser Zeit ging mein Vater nicht auf den Markt; er hatte schwache Bronchien, der Staub war Gift für ihn. Auch meine Mutter kam täglich todmüde von der Arbeit. Ihre Schultern und Knie schmerzten. Sie hatte mir beigebracht, wie ich ihr Erleichterung verschaffen konnte, indem ich ihre steifen Muskeln massierte. Ich hatte schnell die richtigen Stellen gefunden. Eines Abends stand ich hinter ihr, drückte mit beiden Daumen ihre Halswirbel, als sie plötzlich sagte: »So geht es nicht weiter.«

Sie schob mich weg, zog den Kragen ihrer Bluse zu und wandte sich an meinen Vater, der »Tsampa« – geschrotete Gerstenkörner – zu kleinen Kügelchen drehte.

»Es ist völlig ausgeschlossen, dass wir noch warten. Sonam vertrödelt ihre Zeit und bald wird es Winter.«

Nambol antwortete mit einem Kopfnicken. Ich spürte ihre Angespanntheit, die beiden mussten diese Sache längst unter sich besprochen haben. Fragend sah ich von einem zum anderen. Dolkar fing meinen Blick auf. Ihr Ausdruck war verschlossen, schwer zu durchschauen. Dann sprach sie mit übertriebener Vorsicht, als wollte sie durch abwägende Besonnenheit eine schleichende Unruhe verdecken.

»Dein Vater und ich sind der Meinung, dass du fortmusst.«

Ich fuhr zusammen.

»Fort? Wohin denn?«

»Nach Nepal. Da gibt es tibetische Schulen, die von Privatspenden finanziert werden. Später kannst du in Indien oder in den USA studieren. Ich habe Chönsal geschrieben, dass du kommst.«

Dolkars Halbschwester Chönsal lebte mit ihrer Tochter in Nepals Hauptstadt Katmandu. Sie hatte im Bazar einen Laden gemietet, wo sie Modeschmuck und handgewobene Stoffe verkaufte. Sie war mit ihrer Familie geflüchtet, bevor ich auf die Welt kam. Ihr Mann war an Pocken gestorben, ihre beiden Söhne waren Mönche. Dolkar wusste nicht, ob Chönsal ihren Brief erhalten hatte, doch sie ließ sich von dieser Ungewissheit nicht aus der Fassung bringen. Tibetische Großfamilien waren wie Clans organisiert und hielten felsenfest zusammen, was neben einigen Nachteilen vor allem viele Vorteile hat. Weil der Brief in falsche Hände fallen konnte, hatte ihr Dolkar nur das Wesentliche mitgeteilt. Mir hatte sie von all dem nichts gesagt, aber das war ihre Art.

»Es liegt ganz klar auf der Hand, dass du gehen musst.

Du hast keine andere Wahl. Und Tante Chönsal ist lieb und gut, ihre Kinder sind längst erwachsen. Schließlich kommst du auch nicht mit leeren Händen, wir haben etwas Geld gespart.«

Ich hatte schon davon gehört, es kam oft vor, dass Halbwüchsige auf Schleichwegen über die Grenze geschmuggelt wurden. Sie reisten in Begleitung Erwachsener, die nicht ihre Eltern waren, nahmen Strapazen und Gefahren auf sich, um im Ausland ihre Kultur und Sprache zu bewahren. Viele von ihnen würden ihre Eltern vielleicht nie wieder sehen. Einige hatten Verwandte in Nepal, viele wurden nach Indien geschickt, wo der Dalai-Lama im Exil lebte. Die Eltern dachten nicht an sich und ertrugen die Schmerzen einer Trennung, weil ihnen die Zukunft ihrer Kinder mehr am Herzen lag als ihre eigenen Gefühle.

Ich kaute heftig an meinen Nägeln. Mir war elend zu Mute.

»Ich habe keinen Ausweis.«

»Wir werden dir einen Pilgerpass beschaffen.«

»Aber der ist doch nicht lange gültig.«

Im Ausland nützte mir der nicht viel, das wusste ich. Die UNO verweigerte Tibetern den offiziellen Flüchtlingsstatus. Man wollte China nicht verärgern und unterschied gut zwischen »echten« und »unechten« Flüchtlingen. Als »echter« Flüchtling galt nur, wer im Gefängnis gefoltert wurde und das auch beweisen konnte.

»Falsche Papiere sind kein Problem in Nepal«, antwortete Dolkar. Die Behörden sind knapp bei Kasse. Chönsal wird die nötigen Schmiergelder zahlen. Unsere Ersparnisse werden reichen.«

Ich war verwirrt und unglücklich. Ich konnte mich nicht als Exiltibeterin vorstellen, als Ausländerin in einem fremden Land. Meine Heimat war hier. Und wer kümmerte sich um meine Eltern, wenn sie alt und mittellos waren? Ich bildete mir ein, dass sie mich brauchten, und empfand gleichzeitig, als ob sie mich wegstießen.

»Ich … ich möchte eigentlich nirgendwo anders hin.«

Ich würgte die Worte fast heraus. Sie tauschten einen Blick. Eine kurze Stille trat ein, bis mein Vater sanft den Kopf schüttelte.

»Kind, es fällt uns wirklich nicht leicht, uns von dir zu trennen. Aber unser Dasein besteht aus Zurechtweisung und Demütigung. Ich sage es offen: Wir leben hier in einer Kolonie. Tibeter sind nicht gleichberechtigt, Chinesen haben immer den Vorrang. Das können wir nicht für dich zulassen. Du sollst frei sein im Kopf und im Leben.«

In seinen Worten war Kraft spürbar, eine Art inneres Feuer. Trotzdem wurde ich von dem Schmerz und dem Kummer ergriffen, die sich auf seinem Gesicht mit einem Schlag abzeichneten. Seine alten Augen waren voller Tränen. Gänzlich hilflos blickte ich zu meiner Mutter hinüber.

»Könnte ich nicht noch ein wenig warten?«

Dolkar schüttelte den Kopf. Ihr Gesicht sah dabei ganz schmal aus, als wäre es plötzlich zusammengeschrumpft. Doch ihre Stimme klang nach wie vor fest.

»Nein. Es wird nicht besser werden, im Gegenteil. Das Leben wird hier bald unerträglich für dich sein. Wir haben nicht mehr viel Zeit. Jeder Tag zählt. Ich werde mich nach passenden Reisemöglichkeiten für dich umsehen.«

Unsere Träume werden von Hunger und Kälte, von

Angst und Schmerz geformt. In dieser Nacht sah ich mich in großer Höhe auf einem Berg stehen. In einem grünen Tal leuchtete eine Stadt, blitzten goldene Dächer. Lhasa? Nein, Lhasa konnte es nicht sein. Lhasa war keine schöne Stadt.

»Spring, los, spring!«, rief die Stimme meiner Mutter.

Ich hatte Angst mir die Knochen zu brechen.

»Amla, ich kann nicht. Es ist viel zu hoch!«

»Du musst springen, Sonam!«, befahl meine Mutter.

Ich sprang, flog mit weit ausgebreiteten Armen und wurde von der Luft getragen. Ich schwebte über die Stadt, sah die Dächer glänzen und die Menschen – klein wie Ameisen – mir zuwinken. Doch allmählich wurden meine Bewegungen schwerfällig; ich verlor die Kraft zu fliegen, drehte mich im Wind wie ein fallendes Blatt. Das Pochen meines Blutes donnerte mir in den Ohren, der Schreck rieselte mir eiskalt durch die Glieder. Auf einmal erblickte ich Dolkar. Sie stand in einer Menschenmenge und schrie. Das kam mir merkwürdig vor, weil meine Mutter immer so gefasst war. Da sah ich ihre Kleider, staubig und rot vor Blut. Und jetzt schrie sie so laut, dass ich mir die Ohren zuhielt; aber der Schrei füllte meinen Kopf und kam aus meinem eigenen Mund heraus.

Jemand berührte mich, eine Stimme sprach unverständliche Worte. In der Dunkelheit sah ich die Umrisse eines Gesichtes. Dolkar blickte auf mich herab, ihre Hand klopfte leicht auf meine Schulter.

»Still, Sonam! Sonst weckst du deinen Vater …«

Ich verschluckte mich, hustete und wurde wach. Aus einer Thermosflasche goss Dolkar Wasser in ein Glas und reichte es mir. Ich trank gierig einen Schluck nach dem anderen. Endlich konnte ich sprechen. Ich sagte: »Es tut mir Leid … ich habe geträumt!«

Sie nahm mir das leere Glas aus der Hand.

»War es ein schlechter Traum, Sonam?«

Ich wandte das Gesicht ab. Sie sollte nicht sehen, in welchem Zustand ich war.

»Ich … ich weiß es nicht mehr.«

Die Lüge fiel mir schwer. Ich war immer aufrichtig gewesen.

»Du brauchst keine Angst zu haben«, sagte Dolkar. »Wir sind ja bei dir. Alles ist gut.«

Ich hatte ein quälendes Bedürfnis zu schreien, eine ganz bestimmte Sache hinauszuschreien. Ich schluckte.

»Ich will nicht fort, Amla. Bitte, lass mich hier bleiben!«

Sie streichelte mich sanft.

»Warte nur! Später wirst du dir sagen, dass wir Recht hatten. Du wirst einsehen müssen, dass es notwendig ist …«

War es der Ton ihrer Stimme? Ich begann von neuem zu zittern, doch diesmal vor Kälte. Hätte ich schreien wollen, so hätte ich wahrscheinlich nichts anderes als undeutliche Laute hervorgebracht. Ich flüsterte: »Nach Nepal gehen … das kann ich nicht …«

Ich spürte ihre harten, rissigen Finger in meinem Haar.

»Beruhige dich! Morgen sieht alles ganz anders aus.«

»Möglich«, sagte ich nach einem Schweigen, »aber das ist mir egal.«

Jetzt war mir der Traum noch entsetzlich gegenwärtig. Ich schloss fest die Augen, um mich gegen die Erinnerung zu wehren. Aber sie war da, in meinem Kopf. Ich konnte sie nicht vergessen.

»Schlaf jetzt!«, sagte Dolkar leise. »Schlaf!«

Ich war unfähig ihr zu antworten, oder auch nur das Geringste zu sagen. Ich riss die Decke hoch, wickelte mich fest in sie ein und warf mich auf die andere Seite. Dolkar saß ganz ruhig auf dem Bettrand. Nach einer Weile, als sie glaubte, dass ich eingeschlafen sei, stand sie auf und löschte die Kerze.

6. KAPITEL

Nambol fühlte sich nicht gut; seine asthmatischen Anfälle hatten sich in letzter Zeit häufiger und stärker eingestellt. Er hatte starke Schmerzen im Brustkorb. Die tibetische Heilkunst war für viele Krankheiten geeignet, aber jetzt brauchte er Antibiotika und die bekam er nur in der Klinik. Ich wollte ihn zur Sprechstunde für ambulante Patienten begleiten, aber Vater meinte, ich sollte zu Hause bleiben. Lhasa war überfüllt von Kranken, die von auswärts kamen und sich in der Hauptstadt behandeln ließen. Manchmal musste man einen ganzen Tag lang warten und Nambol befürchtete, dass ich mich in den überfüllten Warteräumen selbst anstecken könnte.

Dolkar war schon frühmorgens zur Arbeit gegangen. Ich spülte das Geschirr, machte die Betten und sammelte die schmutzige Wäsche ein. Unser Wasser stammte aus einem Wasserhahn im Hof. Ich wusch und rieb die Kleidungsstücke in einer großen Plastikschüssel und schlug sie auf einen Stein. Das Wasser war eiskalt; bald waren meine Hände rot und aufgesprungen. Gerade trug ich die Wäsche ins Haus, als sich neben mir ein Schatten an der Wand abzeichnete. Ich wandte mich um. Ohne dass ich ein Geräusch gehört hatte, stand plötzlich ein Junge vor mir.

Er war größer als ich, mit langen Beinen und Armen. Er trug eine Baseballmütze , nach dem Vorbild der amerikanischen Rapper verkehrt herum und »made in Hongkong«.

Dazu Jeans und eine Jacke aus Lammfell, abgenutzt und an Saum und Kragen bunt bestickt. Unter zerzausten Locken sah ich ein gebräuntes Gesicht und ein Paar Augen von einem glänzenden Schwarz mit auffallend großen Pupillen. Diese Augen erweckten in mir ein merkwürdiges Gefühl, eine Art leichten Schwindel, und in meinem Unterbewusstsein regte sich eine Erinnerung. Wie Tiere, die sich auf einmal mitten im Wald begegnen, blickten wir einander an, bis der Junge als Erster den Mund auftat.

»Du bist doch Sonam?«

Ich war erstaunt, dass er meinen Namen wusste. Aber etwas an dem Jungen, der sich so bemühte mir kühn und unbefangen gegenüberzutreten, kam mir immer vertrauter vor.

»Ja, und wer bist du?«

»Ich bin Osher.«

»Ich kenne dich nicht.«

Er trug, ziemlich weit hinten am Ohrläppchen befestigt, einen silbernen Ring mit einem Türkis. Er stand ihm gut. Allmählich brachte ich seine Art, sich zu kleiden und zu benehmen, mit einer anderen Gestalt in Verbindung. Mein Herz begann heftig zu klopfen. Ich sagte: »Früher kam ein Khampa zu uns, der Loten hieß. Jetzt ist er tot.«

»Er war mein Vater«, sagte Osher.

Ich holte tief Luft.

»Möchtest du etwas trinken?«

Er nickte. Ich wandte mich um und er folgte mir ins Haus. Es roch nach Abgasen, Müll und Essen. Hinter jeder Tür hörte man Stimmen, Töpfe klapperten. Osher bewegte sich so leise wie ein Damhirsch. Seine staubigen Stiefel aus Yakleder waren es, die seinen Gang so lautlos machten. Seine Kleider verströmten einen fremdartigen Geruch nach Leder, verbranntem Holz und Holunderrinde. Ein Geruch aus der Welt der Steppen und Salzseen. Ich konnte nicht sagen, ob ich ihn als angenehm empfand oder nicht.

Ich stieß die Tür auf und sagte: »Setz dich!«

Dann stellte ich eine Flasche Orangeade und zwei Gläser auf den Tisch. Dazu eine kleine Dose mit Keksen.

»Bist du zum ersten Mal in Lhasa?«

»Zum ersten Mal, ja.«

»Wo kommst du her?«

»Aus Lithang.«

Eine leichte Gänsehaut überlief mich. Ich sagte, ganz leise: »Früher haben meine Eltern viel von Lithang gesprochen.«

Er runzelte die Stirn. »Was weißt du über Lithang?«

»Nur wenig«, sagte ich. »Das Übliche.«

Osher nickte.

»Meine Großeltern hatten dort ein Haus. Eigentlich eine Art Burg aus roh behauenen Felsblöcken. Solche Häuser stehen über Jahrhunderte. Es sei denn, man sprengt sie in die Luft.«

Ich erinnerte mich, dass Lithang von der Volksbefreiungsarmee zerstört worden war. Das war in den fünfziger Jahren gewesen, lange bevor ich auf die Welt kam. Ich sagte zu Osher: »Es soll schlimm gewesen sein.«

»Kann man wohl sagen.«

»Und heute?«

»Heute ist Lithang eine chinesische Stadt.«

Meine Eltern hatten mir erzählt, dass die Volksarmee die Klosterstadt vierundsechzig Tage lang unter Beschuss genommen hatte. Bald fehlten die Lebensmittel, die Brunnen froren zu, das Brennholz wurde knapp. Nach einiger Zeit gab es keinen Baum und keinen Strauch mehr in Lithang. Die Kinder starben vor Hunger, die Verwundeten konnten nicht gepflegt werden. Die Volksarmee hatte geglaubt leichtes Spiel zu haben, aber die Bevölkerung kämpfte um jeden Fußbreit Boden. Als die Chinesen einsahen, dass sie die Stadt so nicht einnehmen konnten, setzten sie die Luftwaffe ein. Lithang wurde dem Erdboden gleichgemacht. Und als die Flugzeuge abzogen, kamen die Fußtruppen und übten grausame Vergeltung aus. Es war klar, dass nur wenige das Blutbad überlebten.

Ich sagte: »Eigentlich ist es noch nicht so lange her.«

Osher drehte sein Glas in der Hand.

»Loten – mein Vater – war zwölf. Alt genug, um sich zu erinnern. Seine Eltern wurden festgenommen. Man legte seinen Vater auf ein Brett und nagelte ihn an Händen und Füßen fest. Weil er betete, schnitt man ihm die Zunge heraus. Dann stellte man das Brett auf und hielt ihn noch tagelang am Leben. Loten musste zusehen, wie die Soldaten seine Mutter vergewaltigten. Als sie fertig waren, wurde er gezwungen sie zu töten.«

Osher verstummte. Ich starrte ihn an.

»Wie meinst du das?«

Er wischte sich mit dem Handrücken über den Mund. Ich sah, dass diese Hand leicht zitterte.

»Sie drückten ihm ein Gewehr in die Hand und pressten seine Finger auf den Abzug.«

Ich musste kreidebleich geworden sein. Osher sprach weiter: »Tausende wurden niedergemetzelt, von der Großmutter bis zum Säugling. Die Chinesen hatten uns satt, sie wollten eine größtmögliche Anzahl von uns vernichten. Es war Vollmond, erzählte mein Vater, und man sah die Leichenberge gut. Die Soldaten begossen Tote und Sterbende mit Benzin, zündeten ihre Haare an. Wenn ich auf der alten Mauer stehe und ins Tal blicke, da höre ich sie noch, ob ich will oder nicht.«

Ich schluckte.

»Wen hörst du, Osher?«

»Die Totengeister. Sie schreien im Dunkeln, wenn die Fledermäuse flattern. Die Nacht ist davon erfüllt. Und wenn ich tagsüber vorübergehe, sind sie auch nicht stumm. Es ist sehr einfach, sie zu hören. Der Wind trägt ihre Stimmen über eine Stadt ohne Bäume. Manch einen packt der Schrecken. Ich habe mich an sie gewöhnt und komme, so nach und nach, ganz gut mit ihnen aus.«

Wieder überlief es mich kalt. Ich schluckte und fragte: »Hast du keine Angst?«

»Doch. Aber nicht vor den Geistern. Eher vor Rolltreppen, Aufzügen, Drehtüren.«

»Bist du noch ganz bei Trost?«

Er zwinkerte mit beiden Augen fast gleichzeitig. Vielleicht machte er sich über mich lustig. Oder auch nicht. Ich wurde aus ihm nicht klug. Inzwischen sprach Osher weiter.

»Lithang war gefallen. Aber zahlreiche Stämme waren in die Berge geflüchtet und sammelten ihre Kräfte für den Widerstand. Und als mein Vater zu den Rebellen stieß und kämpfen wollte, da war keiner, der ihn verhöhnte. Erfahrene Krieger hielten es nicht unter ihrer Würde, ihn auszubilden.«

»Mit zwölf?«

»Es ist besser, den Krieg frühzeitig bei Freunden zu

lernen als zu spät beim Feind. Mein Vater wurde ein berühmter Rebellenführer. Es gibt sogar ein Lied über ihn. Zwei Jahrzehnte lang hielten die Khampas die chinesische Volksarmee in Schach, bis Seine Heiligkeit sie aufforderte die Waffen niederzulegen. Der Dalai-Lama sprach seine Botschaft auf Tonband. Er bat die Khampas an die vielen Flüchtlinge in Nepal zu denken. Es bestand die Gefahr, dass sie an China ausgeliefert wurden. Das uns zugefügte Unrecht und Leid dürfe nicht zu einem Blutvergießen ohne Ende führen. Eine friedliche Welt könnte nur durch Verständnis und Liebe aufgebaut werden …«

In Tibet herrschten strenge Regeln, was Gewalt betraf. Vor allem ältere Menschen legten größten Wert auf Friedfertigkeit. Ihre Wachsamkeit in dieser Hinsicht war eisern. Ich seufzte.

»Ich denke auch, dass einmal eine bessere Zeit kommt …«

Er warf mir einen dunklen Blick zu.

»Wann? Schon morgen?«

»Nein, lass mich weiterreden! Ich glaube, dass alles besser werden kann, weil es auch an uns liegt. Ich denke, dass wir etwas bewirken können. Ich denke das wirklich, Osher. Verstehst du denn nicht, dass ich dieses Gefühl brauche? Irgendwie steckt es in uns allen drin. Ich weiß nicht, ob Seine Heiligkeit das so gemeint hat. Aber …«

»Oh ja, anzunehmen.« Oshers Gesicht drückte keinen Spott aus. »Er ist ein Mann des Friedens. Aber für die Khampas, damals, kam die Botschaft zu spät. Was, glaubst du, haben sie getan?«

Ich sah ihn fragend an.

Er legte den Zeigefinger an die Schläfe.

»Peng!«, sagte er.

Ich war entsetzt. Unser Glaube verbot, sich das Leben zu nehmen. Osher sprach weiter.

»Sie hatten ihre Familien aufgegeben oder verloren. Ihre Heimat war ein Ruinenfeld. Der Kampf war ihr Lebensinhalt und jetzt fühlten sie sich, als ob seine Heiligkeit sie verraten hätte. Er wollte sie retten, aber sie verstanden ihn nicht. Sie sahen nicht das Licht, nur die Schatten.«

Meine Kehle wurde trocken.

»Und dein Vater?«

»Der sagte, Seine Heiligkeit möge ihm verzeihen, aber er habe ein krankes Ohr und könne ihn nicht hören. Und so kämpfte er weiter. Auf seine Art. Er hatte viele Tricks.«

Ich runzelte die Brauen. »Tricks?«

Osher nahm einen Schluck Orangeade und zwinkerte mir schelmisch zu. »Er hat mir einige beigebracht.«

Unsere Blicke trafen sich. Und ein paar Herzschläge lang entdeckte ich in seinen Augen den Widerschein einer unbekannten, herrlichen Welt.

Ich sah sie in Umrissen, ich hörte sie im Stillen; auch diese – Oshers Welt – war real. Es gab eine Brücke, irgendwo. Ich hatte nur den Zugang noch nicht gefunden.

7. KAPITEL

Eine Weile schwiegen wir beide. Osher nahm seine Mütze ab und schüttelte sein Haar. Es war lang und gelockt, nicht schwarz, sondern kastanienbraun mit einem rötlichen Schimmer. Nach einer Weile fragte ich: »Und wie sah es später für euch aus?«

»Schlecht. Bevor die Chinesen kamen, gehörten uns zweihundert Pferde, achthundert Yaks und ein paar tausend Schafe. Den Winter verbrachten meine Großeltern immer in Lithang. Sobald der Schnee schmolz, zogen sie mit den Tieren auf die Weideplätze. Heute ist unsere Familie eine Produktionseinheit und das Vieh Eigentum des Staates. Wir können unseren ... äh ... Produktionsüberschuss auf dem freien Markt verkaufen, brauchen aber immer noch Rationskarten für die Lebensmittel. Ich weiß gar nicht, wie wir früher ohne all das Zeug zurechtkamen. Wir waren eben unzivilisiert.«

»Und wie war es in der Schule?«

Er verzog das Gesicht.

»Eines Tages kam ein Chinese und hatte meinen Namen auf einer Liste. Er sagte zu meiner Mutter, dieses Kind muss zur Schule. Und wenn es nicht zur Schule geht, holt es die Polizei. Also kam ich in die Grundschule. Da wollten uns die Lehrer abgewöhnen Khampas zu sein. Die reinste Gehirnwäsche. Viele Schüler trauten sich nicht mehr Zöpfe zu tragen oder in tibetischen Kleidern zur Schule zu gehen. Die Chinesen lachten uns aus und fragten: ›Habt ihr euch bei den Schafen herumgetrieben?‹ Wir rochen schlecht, meinten sie. Die Mitschüler schämten sich. Mir war das egal. Wir Khampas waren gut darin, mit großem Unglück fertig zu werden, mit Massenmord, Landraub, Kollektivierung. Da würden wir auch die kleinen Schikanen aushalten, obwohl die manchmal besonders schmerzten. So wurden wir zum Beispiel, sobald wir Tibetisch sprachen, geschlagen. Einmal beschimpfte ich den chinesischen Lehrer mit allen Beleidigungen, die unsere Sprache zu bieten hatte. Ein paar davon sind sehr drastisch. Dabei lächelte ich ihn scheinheilig an. Der Lehrer strahlte zurück, weil er dachte, dass ich nette Dinge sagte. ›Braver Junge!‹, meinte er gutmütig. Dabei fand er mich beschränkt, nicht wert, dass man mir etwas beibrachte. ›Tibetische Schüler sind dumm‹, sagten die Pauker. ›Die armen Kinder können nichts dafür: Das macht die Höhenluft, ihre Gehirnzellen werden zu wenig durchblutet.‹ Wenn ich die Nase voll hatte, rannte ich davon und versteckte mich.«

Ich schüttelte verwirrt den Kopf.

»Bei mir war alles ganz anders. In der Schule wollte ich immer die Beste sein.«

Er prustete in sein Glas.

»Verdammt! Das wäre mir nie eingefallen.«

»Also, hör mal …!«, begann ich empört, doch er sprach lebhaft weiter.

»Was mich interessiert, bringe ich mir selber bei. Und das andere lerne ich bei den Tieren.«

»Wie du meinst«, sagte ich achselzuckend.

»Tja, aber so ist es nun mal. In der Schule lernst du, was die Lehrer dir beibringen wollen, und nicht das, was dich wirklich interessiert, wofür dein Herz schlägt. Es gibt andere Lehrer und bessere: die Pferde, die Wölfe, die Füchse, die Adler.«

»Natürlich, die Pferde und die Wölfe. Das ist doch Unsinn«, sagte ich.

Jetzt lachte er. Seine Zähne waren weiß und ebenmäßig wie zwei Perlenschnüre.

»Du denkst, dass das alles keinen Sinn hat, was ich erzähle?«

»Ich weiß es nicht. Irgendwie hört es sich unsinnig an.«

»Ach, findest du?«

Er ist nicht naiv, dachte ich; er konnte nicht einmal als Kind naiv gewesen sein. Da war etwas anderes. Es stimmte schon, er sprach mit einem Wissen, das nicht aus der Schule kam. Ich sagte es ihm: Er grinste. Er sei schon immer unfähig gewesen irgendetwas systematisch zu lernen.

»Das ist wie mit der Uhr.«

»Mit der Uhr?«

»Ganz genau. Warum brauchst du eine Uhr, wenn dir dein Körper sagt, wie spät es ist?«

Mit einer solchen Einstellung würde er wohl nicht weit kommen. Doch ich war nicht in Stimmung mich darüber lustig zu machen. Meine Gedanken schweiften ab.

»Jedes Mal, wenn dein Vater kam, schickten meine Eltern mich weg. Ich sollte nicht hören, worüber sie sprachen.«

Er nickte ruhig.

»Verstehe ich gut.«

Mit einem Mal fühlte ich einen Stich.

»Ach! Was weißt du denn?«

»Dass sie dich da raushalten wollten.«

»Ich weiß nicht, was du meinst«, rief ich erbost. »Hör auf in Rätseln zu sprechen!«

Er kniff leicht die Augen zu.

»Sie wollten dir Ärger ersparen.«

»Ärger habe ich genug.«

»Nicht genug, nein.«

Etwas fuhr mir in den Magen.

»Osher, was tun meine Eltern? Sind sie in Gefahr?«

»Das kann ich nicht sagen.«

Ich begann jetzt wirklich zu zittern.

»Du machst mir Angst.«

Er schüttelte den Kopf.

»Wenn sie nicht reden, kann ich auch nicht reden.«

Es ging mir durch und durch. Warum ließ ich mich von ihm einwickeln? Nein, einwickeln klang zu schäbig. Dahinter steckte mehr. Ich holte tief Luft.

»Na schön. Ich gehe sowieso bald weg.«

»Wohin?«

»Nach Nepal.«

»Und die Schule?«

Ich fühlte mich plötzlich elend.

»Damit ist es aus.«

»Aus? Du hast mir doch gerade gesagt …«

»Es ist nicht wegen mir. Es hat mit meinen Eltern zu tun.«

Ich erklärte ihm die Sache und lachte aus Verlegenheit ein bisschen höhnisch dazu .

»Ich wollte nach China gehen, die Universität besuchen. Daraus wird nun nichts. Meine Leistungen interessierten nicht, ich kam auf die Abschussliste. Und wer hat mir das eingebrockt?«

»Sei doch froh«, sagte er. »In China hätten sie dich in die Mangel genommen, eine brave kleine Ameise aus dir gemacht.«

Ich verlor allmählich die Geduld.

»Du machst es dir leicht. Es gibt Dinge, die ich lernen will.« Jetzt wurde ich laut. »Sie sind für dich vielleicht nicht notwendig, aber ich brauche sie.«

»Ich habe nicht gesagt, dass lernen schlecht ist.«

Ich blickte in sein Gesicht. Mein Zorn legte sich etwas.

»Da komme ich nicht mit. Du denkst manchmal wirklich komisch.«

»Ich denke, was ich will.«

Ich betrachtete ihn. Er hatte einen Ausdruck im Gesicht, der mir verriet, dass er es genauso meinte. Nach einer Weile sagte er: »Die Chinesen glauben, dass wir vor uns hin träumen, aber wir sind verdammt wach. Wir sind auch keine Spielzeuge, die man aufzieht, die dann im Gleichschritt marschieren und singen.«

Ich sagte, mit einem Kloß in der Kehle: »Vielleicht bin ich dumm und will es nicht einsehen.«

»Du meinst wegen der Höhenluft?«

»Zum Beispiel.«

Er sagte mit einem Grinsen: »Wenn wir wirklich so unterentwickelte Wilde wären, wie die Chinesen behaupten, dann hätten wir sie auffressen sollen, bevor sie sich bei uns breit machten.«

Ich lachte ein wenig. Er ließ die weißen Zähne blitzen.

Die Stimmung war jetzt entspannter: »Wie bist du gekommen?«

»Zu Pferd.«

Ich riss überrascht die Augen auf.

»Nicht mit dem Bus?«

»Das Fahrgeld kann ich sparen. Mein Hengst kommt überall durch.«

»Schafft er das denn, wenn du wochenlang in der Gegend rumreitest?«

»Er schafft alles.«

»Und wo ist er jetzt?«

»Bei Wangdu. Der hat selbst ein paar Tiere und vor seinem Haus eine Wiese. Mein Pferd findet dort Gras nach seinem Geschmack.«

»Wangdu?«, wiederholte ich gedankenvoll.

»Er ist mein Onkel«, sagte Osher.

Eine Erinnerung stieg in mir hoch.

»Meine Eltern haben von ihm gesprochen. Und auch von einem gewissen Norbu.«

Der Blick aus seinen schwarzen Augen traf mich.

»Könnte sein.«

Ein Schweigen folgte. Ich murmelte: »Es ist alles so schwierig.«

Er zog die Schultern hoch.

»Soll es denn leicht sein? Bevor er starb, sagte mein Vater zu mir: ›Osher, du kannst mitmachen oder nicht. Es hängt ganz von dir ab. Aber wenn du mitmachst, riskierst du Gefangenschaft.‹ Ich sagte, das sei mir egal. Schließlich handelt es sich um Notwehr. Die Chinesen verwandeln Tibet in eine Müllkippe und ansonsten leben sie von Nudeln. Ich finde es unerträglich. Aber viele haben sich daran gewöhnt, die sind ja damit aufgewachsen.«

Ich hob trotzig das Kinn.

»Wen meinst du damit? Mich?«

Ein Lächeln flog über sein Gesicht.

»Nein, dich nicht. Du merkst jetzt ja endlich, wie man uns hier behandelt.«

Er steckte sich einen Keks in den Mund und stand auf.

»Ich bin wegen deiner Mutter gekommen. Ich muss mit ihr reden. Wo ist sie?«

»Im *Moonshine«*, antwortete ich automatisch und setzte gleich erschrocken hinzu: »Was ist denn passiert?«

»Ach, so einiges.«

Die Antwort verriet nichts von dem, was hinter den glitzernden Augen vorging. Seine Dreistigkeit entfesselte einen kleinen Wirbelsturm in mir. »Wirst du mir endlich sagen, was los ist?«

Ich schrie die Worte geradezu. Oshers bewegliches Gesicht wurde starr – aber ich wusste, dass daran nicht ich schuld war.

»Nein.«

Er ging kauend zur Tür.

»Bis bald!«

»Verschwinde!«, zischte ich, doch er war schon draußen. Zurück blieben ein Luftzug und sein Geruch; dieser Geruch nach Sonne, Wildnis und Wacholderfeuer, der mich auf merkwürdige Weise berührte.

8. KAPITEL

Es wurde dunkel, als Vater nach Hause kam. Sein Gesicht sah erschöpft aus und eingefallen. Er konnte sich kaum noch auf den Beinen halten und wirkte so, als ob ihn ein Windhauch davonwehen könnte. Die Ärzte hatten ihn geröntgt und festgestellt, dass die Bronchien angegriffen waren. Dann hatten sie ihm eine Spritze gegeben und gesagt, er sollte sich ausruhen. Ich führte ihn zum Sofabett, streifte ihm die Schuhe von den Füßen und half ihm sich hinzulegen. Stirnrunzelnd blickte er zur Decke hinauf, wo der Krach eines startenden Flugzeugs so stark anschwoll, dass er geradezu sichtbar wurde.

»Wie fühlst du dich?«, fragte ich, als der Lärm verebbte.

»Ganz wohl, Kind. Nur müde.«

»Dann wird ein heißer Tee gut sein.«

»Ja, heiß«, murmelte er.

Ich schnitt ein Stück Butter ab und gab es in den Thermoskrug zu dem heißen Tee. Ich schüttelte beides, bis sich die Butter ganz aufgelöst hatte, und füllte eine Schale. Dann schob ich das Kissen hinter Nambols Rücken zurecht, damit er bequem sitzen konnte. Die ganze Zeit, während er den heißen Tee schlürfte, saß ich neben ihm, zupfte an der Decke und blieb stumm. Nach einer Weile brach er das Schweigen.

»Nun, Sonam? Warum bist du zornig?«

Ich sah hoch und mir fiel seine runzelige Hand auf. Er hielt die Schale in der Hand, die nicht verkrüppelt war, und ließ, wie es Brauch war, die Finger der anderen Hand leicht auf dem Rand ruhen. Ich schluckte schwer.

»Manchmal … an manchen Tagen, da muss ich viel nachdenken.«

»Kind, was ist geschehen?«

Seine Sanftmut brachte mich aus der Fassung.

»Pala, Osher war hier.«

Er warf mir einen Blick aus seinem gesunden Auge zu; es war nur ein Blick, aber ich bemerkte das wachsame Aufleuchten auf dem Grund seiner Pupille.

»Und … was wollte er?«

»Mit Amla sprechen. Und er machte verschiedene Andeutungen, wollte mir nicht sagen, worum es geht. Pala, was will er von uns? Ihr macht doch nichts Verbotenes? Das ist doch lange vorbei, oder?«

Er zog die Augenbrauen hoch.

»Hast du ihm keine Fragen gestellt?«

Ich warf seufzend mein Haar aus der Stirn.

»Doch, weil ich gedacht habe …«

Ich stockte, biss mir hart auf die Lippen. »Nichts hat er gesagt! Er hat mich richtig wütend gemacht. Noch Tee, Pala?«

Er schüttelte den Kopf. Ein Schauer überlief ihn. Ich nahm ihm behutsam die Schale aus der Hand.

»Ist dir kalt?«

Er hustete; ich zog die Decke höher. Dann murmelte er, wie zu sich selbst: »Wäre es dir lieber gewesen, wenn er dir die heile Welt vorgespielt hätte?«

Ich knetete verstört die Hände.

»Ich habe mir sowieso schon meinen Teil gedacht.«

»Du musst verstehen«, sagte er, »warum wir es dir nicht gesagt haben …«

»Osher meint, es wäre gefährlich für mich.«

»Das ist wahr«, seufzte mein Vater.

Ich antwortete mit einem kleinen, schmerzlichen Lächeln.

»Jetzt nicht mehr, Pala. Ich gehe ja fort.«

»Du möchtest es also wissen?«

»Sonst kann ich nicht schlafen.«

Nambols Stimme klang wie ein Rascheln welker Blätter.

»Es ist nicht leicht, darüber zu sprechen.«

Mein Vater wusste, dass seine Antworten zu weiteren Fragen meinerseits führen würden. Und auch, dass jede Frage, die ich aussprach oder über die ich nachdachte, einen neuen Knoten in einem Gewebe bildete.

»Deine Mutter wird es nicht gutheißen. Aber ich übernehme die Verantwortung. Wenn Eltern anfangen ihren eigenen Kindern zu misstrauen, sind sie auf dem falschen Weg.«

Draußen auf der Straße hupte ein Laster; selbst hier im Raum stank es nach Abgasen. Nambol hustete, wickelte die Decke enger um die Schultern.

»Menschen sind niemals nur gut oder nur böse. Aber in der Politik herrscht Argwohn. Viele Chinesen behandeln uns ungerecht aus Angst, sich selber zu schaden. Und ebenso viele Tibeter schweigen aus Bequemlichkeit. So gibt es Dinge, für die die Menschen leben, und andere, für die sie sterben.«

Ich musste an Osher denken; und plötzlich sah ich seine

Worte in einem ganz anderen Zusammenhang. Mein Vater sprach weiter.

»Obwohl die Währung stabil ist und wir in den Städten zu essen haben, herrscht in vielen Teilen unseres Landes bittere Not. Mönche und Nonnen sehen in der Religion etwas anderes als bloß eine Show für Touristen. In Tibet wächst eine neue Generation heran; Menschen, die sich schwer einschüchtern lassen. Diese Menschen haben Kontakte zu Verwandten im Ausland und wissen, dass es eine andere Freiheit gibt als jene, die man ihnen vorgaukelt. Sie wagen Widerstand gegen die Staatsgewalt. Chinesische Dissidenten werden hart bestraft; Tibeter setzen ihr Leben aufs Spiel.«

Als ich in die Grundschule kam, war mir eingeschärft worden jedem Protestmarsch aus dem Weg zu gehen.

Lauf weg, sagte meine Mutter, sobald du Sprechchöre hörst und Sicherheitskräfte Stellung beziehen!

Ich hatte wissen wollen, warum.

Es könnte gefährlich werden. Sei gehorsam, Sonam, sonst holt dich die Polizei!

Vor der Polizei hat jedes Kind Angst. Folglich ergriff ich die Flucht, sobald Gruppen mit Plakaten und Spruchbändern vorbeizogen. Einmal war ich nicht schnell genug. Die Straßen waren schon gesperrt. Schüsse krachten, Menschen schrien. Tote und Verwundete lagen über die ganze Straße verstreut. Die Sicherheitskräfte setzten Tränengas ein und stürmten über die Liegenden hinweg. Gefangene, blutbesudelt, wurden in Lastwagen gepfercht, stöhnend, schreiend. Es waren auch Frauen dabei, einige mit kleinen Kindern auf den Rücken.

Die Erinnerung bildete für mich einen Knoten, den ich

nicht lösen konnte. Ich sagte zu meinen Vater: »Ich habe das alles nur von weitem gesehen.«

Er nickte matt.

»Ja, das war auch gut so.«

Ein Hustenanfall schüttelte ihn. Ich goss hastig frischen Tee ein, verschüttete ein paar Tropfen.

»Trink!«

Seine Lippen zitterten über der Schale. Er trank in kleinen Schlucken, bevor er weitersprach.

»Jeder Protestmarsch wird auf Video aufgenommen. Unbewaffnete Menschen werden kaltblütig erschossen. Die Verletzten werden in Verhörzentren gebracht, sie haben kein Anrecht auf medizinische Hilfe. Festgenommene Demonstranten sitzen lebenslänglich im Zuchthaus. Die Sicherheitskräfte dringen bei Nacht in ihre Wohnungen ein; alles wird beschlagnahmt. Sie schleppen die Angehörigen fort, reißen kleine Kinder aus dem Schlaf und trennen sie von den Eltern.«

Mein Vater hob den Blick.

»Nun, deine Mutter und ich gehören zu einer Gruppe, die politisch Verfolgte in Sicherheit bringt. Wir haben ein Netz geknüpft, das im Laufe der Jahre immer engmaschiger wurde. Wir versorgen die Flüchtlinge mit Kleidern und Geld, besorgen ihnen Pilgerpässe. Wir stehen mit Mönchen in Verbindung, mit Lastwagenfahrern und Grenzwächtern, mit Nomaden und Bauern. Wir gehen ein großes Risiko ein und leben in ständiger Angst. Aber mit der Angst ist das eine merkwürdige Sache. Man kann sich gut an sie gewöhnen. Das hört sich unglaublich an. Und doch ist es wahr.«

Er schwieg. Seine Lippen schimmerten fast bläulich.

Stockend fragte ich: »Warum habt ihr mir nie etwas davon gesagt?«

»Wozu? Es hätte dich nur belastet.«

»Ach«, entgegnete ich traurig, »bin ich so wenig belastbar?«

Er hustete hinter vorgehaltener Hand.

»Kind, es war nicht leicht für uns. Aber du wolltest in China studieren. Stell dir vor, man hätte uns denunziert und dich einem Verhör unterzogen …!«

Ich lächelte bitter. Mein Vater verstand den Sinn dieses Lächelns und schüttelte sanft den Kopf.

»Es ist nicht das, was du glaubst. Die Zeiten haben sich geändert. China fordert internationales Ansehen und will vor der Kommission der Menschenrechte das Gesicht nicht verlieren. Foltermethoden werden sparsamer eingesetzt. Dafür spritzt man den Verdächtigen Drogen ins Rückenmark. Die Methode ist sauber und wirkungsvoll. Die Häftlinge reden, ob sie wollen oder nicht. Manche werden wieder freigelassen. Andere nicht. Sie verschwinden einfach. Und nie wieder kommt die geringste Nachricht von ihnen. Kein Lebenszeichen, nichts. Verstehst du jetzt, Sonam?«

Ich trocknete behutsam seine schweißnasse Stirn.

»Ja, Pala. Ich verstehe.«

9. KAPITEL

Spätabends kam Dolkar zerschlagen und durchgefroren von der Arbeit. Nambol war eingeschlummert. Im Kerzenlicht schimmerte sein Gesicht wachsbleich. Dolkar zog an der Tür ihre Stiefel aus, trat behutsam in das Zimmer und beugte sich über den Schlafenden. Dann wandte sie mir fragend den Blick zu.

»Bronchitis«, flüsterte ich. »Sie haben ihm eine Spritze gegeben. Er schwitzt stark, Amla. Ich musste sein Bettzeug wechseln.«

Jetzt lag er still; sein Atem ging tief und röchelnd. Dolkar setzte sich neben den Ofen, rieb ihre steifen Hände. Ich hatte »Tsampa« mit ein paar Brocken Käse und eingelegtem Rettich vermischt. Dolkar aß schweigend, den Blick mit einem merkwürdigen Ausdruck ins Leere gerichtet. Schließlich hielt ich es nicht mehr aus.

»Ich weiß Bescheid. Von Pala.«

Sie ließ den Löffel, den sie zum Mund führte, sinken und starrte mich an. Ich versuchte vergeblich in ihrem Gesicht zu lesen. Nach einer Weile sagte sie: »Du begreifst jetzt wohl so einiges.«

Ich holte erleichtert Atem. Die Dinge waren geschehen, ohne dass ich etwas anderes tun musste, als sie geschehen zu lassen.

»Siehst du … ich kann es verstehen, warum ihr mir vorher nichts gesagt habt. Ich kann es durchaus verstehen.«

»Dein Vater war der Meinung, dass du es wissen solltest.«

»Ich bin froh, dass du nichts dagegen hast.«

Sie aß weiter, langsam und ohne Hast. Wer Hunger gekannt hat, kaut vorsichtig jeden Bissen. Ich brach das Schweigen.

»Osher war hier.«

Sie nickte; ihr Ausdruck wirkte merkwürdig abwesend.

»Ja, er hat es mir gesagt.«

»Was wollte er, Amla?

»Er brachte Nachrichten, die nicht gut sind.«

Sie sah mich zögernd an. Mein Herz schlug so laut, dass sie es hören musste. Ich hatte plötzlich den Eindruck, dass sie reden wollte. Dabei schien mir, als sei sie in ein Drama verwickelt, das all ihre Gedanken beschäftigte.

»Ist noch Tee da?«

Ich holte den Thermoskrug, füllte ihre Schale. Sie trank mit kleinen Schlucken, bevor sie langsam weitersprach.

»In Lithang kam es zu Aufständen. Viele Menschen sind im Gefängnis. Es geschehen schreckliche Dinge. Du kennst das Sprichwort ›Sosehr du auch innerlich brennst, lass den Rauch nicht herausdringen!‹ Doch jetzt greifen die Unruhen auf andere Städte über.«

Ich nickte mit zugeschnürter Kehle. Dolkar fuhr fort.

»Die Chinesen sind nervös, weil sich Reisegruppen in Lhasa aufhalten. Die Behörden untersagen alle Versammlungen, Umzüge und Streiks. Aber das Ausland soll endlich wissen, was in Tibet geschieht. Hier passiert etwas Besonderes, was es nicht oft auf dieser Erde gibt: ein gewaltloser Kampf für die Freiheit. Der Welt wird dieser Kampf zu denken geben. Bomben und Gewehre bringen auf die Dauer nichts, nur größeres Leid. Friedfertigkeit ist eine Waffe, die uns keiner aus der Hand reißen kann.«

Ich berührte ihren Arm.

»Du bist müde«, flüsterte ich.

»Ja, sehr.«

»Du solltest schlafen, Amla. Sieh nur, wie spät es ist.«

Sie seufzte.

»Manchmal schlafe ich schlecht. Ich habe zu viele Gedanken im Kopf.«

Sie saß unbequem auf dem Bettrand. Ich zog ihre klammen Strümpfe aus und hängte sie neben den Ofen zum Trocknen. Dann hob ich ihre nackten Füße hoch und rieb ihre verkrümmten Zehen. Die Haut war rau und rissig, die Nägel dick wie eine Hornhaut. Sie holte gepresst Atem.

»Wie gut das tut!«

Ihre Füße waren eiskalt. Ich massierte sie mit kreisenden Bewegungen.

»Schlaf jetzt!«, sagte ich abermals und so sanft ich konnte.

Sie zog die Brauen zusammen.

»Nein, ich kann nicht.«

»Du musst aber.«

Sie legte die Finger flach auf die Lider. Ich fühlte, wie sie zitterte, und sah sie fragend an. Sie blieb stumm.

»Was ist los, Amla?«, fragte ich, nach einer Weile.

Sie zitterte zunehmend stärker. Der Schatten um ihre Augen war dunkler geworden. Ich wusste nicht, welche Bürde sie mit sich herumschleppte, aber irgendetwas bedrückte sie sehr.

»Willst du es mir nicht sagen?«

Sie kämpfte gegen ihre Unruhe, sie war ganz verstört.

Ihre Besonnenheit hatte mich lange getäuscht. Plötzlich war mir, als sei irgendwo in ihrem Innern eine Schranke am Einstürzen. Sie holte tief Luft.

»Kind, ich mache mir Sorgen. Einer unserer Verbindungsmänner ist eine hoch gestellte Persönlichkeit. Osher hat herausgefunden, dass sein Name bei den Verhören in Lithang genannt wurde. Dieser Mann ist in großer Gefahr. Osher will versuchen ihn zu warnen.«

Mein Herz klopfte; irgendwie hing es wohl damit zusammen, dass sie von Osher sprach.

»Ist er deswegen gekommen?«

Sie nickte und nahm gedankenverloren einen Schluck Tee.

»Amla, willst du mir nicht von diesem Mann erzählen?«

Sie schaute an mir vorbei, drehte die Tasse in ihren Händen. Ihr Blick ruhte in weiter, weiter Ferne.

»Ich weiß wirklich nicht, ob es richtig ist, wenn du das alles mitkriegst ...«

Sie war guten Glaubens. Sie dachte, nichts zu wissen sei das Richtige für mich.

»Amla, der Mann, wie heißt er?«

Im Schlaf ließ mein Vater schlürfende Geräusche hören. Der Atem krächzte in seiner Brust. Dolkar holte tief Luft.

»Sein Name ist Norbu Rimpoche.«

»Ich kenne ihn doch«, rief ich, lebhaft. »Jeder kennt ihn!«

Norbu Rimpoche war »Geshe« – Abt im Kloster von Drepung und eine berühmte Inkarnation. Wir Tibeter glauben, dass alle fühlenden Wesen viele Leben durchlaufen und mit jeder neuen Existenz mehr Einsicht gewinnen. Dabei gibt es Menschen, die eine ganz besondere Fähigkeit zum

Mitgefühl haben. Sie verfolgen von Leben zu Leben das Ziel, ihre Erfahrungen und Weisheit mit anderen zu teilen, um das Übel auf der Welt zu vernichten. Sie werden »Rimpoche« – Erleuchtete – genannt.

»Er hat es fertig gebracht«, sagte Dolkar, »dass die Behörden ihm trauen und ihn als Fremdenführer beschäftigen. Die kommunistische Partei lobt sein ›patriotisches Verhalten‹. Die Wahrheit ist, dass Norbu Rimpoche für Amnesty International arbeitet. Als Fremdenführer hat er die richtigen Kontakte, gibt wichtige Informationen weiter. Viele Inhaftierte verdanken ihm die Freiheit.«

Ich erschrak. Ein solches Doppelspiel verlangte eine Unerschrockenheit und Widerstandskraft, die einen normalen Menschen zerbrochen hätten.

»Seine Familie stammt aus Lithang«, fuhr Dolkar fort. »Die Leute dort sind ein besonderer Schlag. Norbu Rimpoche weiß, was er aufs Spiel setzt. Es ist nicht leicht, zu verstehen, Kind. Ich glaube, er liebt die Gefahr. Er hat auch – wenn es das Schicksal so will – nichts dagegen, gelegentlich einen Schlag einzustecken. Solche Menschen gibt es. Und gleichzeitig ist er sehr weitblickend. Nur ein schlechter Stratege vergrößert den Kreis seiner Gegner.«

»Und Osher?«

»Osher spielt ein wenig verrückt. Zuerst glaubte ich, er redet wirr, aber das stimmt nicht. Was er sagt, ist nicht aus der Luft gegriffen. Aber er ist jung und hat noch viel zu lernen.«

Ich fühlte einen Kloß im Hals.

»Kannst du nichts für ihn tun?«

Sie trank ihren Tee, die Augen halb geschlossen.

»Doch, eventuell. Ich muss darüber nachdenken.«

»Wo ist Osher jetzt?«

Sie seufzte irritiert.

»Woher soll ich das wissen? Er treibt sich herum. Er sollte lieber vorsichtig sein.«

Ich hatte plötzlich ein bleiernes Gefühl ums Herz.

»Amla, wenn ich ihn sehe, was soll ich ihm sagen?«

Sie zog die Stirn kraus.

»Ich will nicht, dass du da hineingezogen wirst!«

Das Schweigen war ihr zur Gewohnheit geworden. Sie hatte dafür gesorgt, dass ich behütet aufwuchs, in meinen Büchern versunken, von der Realität abgeschirmt. Der Gedanke, dass meine heile Welt in Stücken lag, war ihr noch nicht gekommen.

»Amla, es eilt, hast du gesagt.«

Sie verkrampfte die Lippen, eigensinnig wie immer. Und doch war in ihr eine gewisse Unsicherheit zu spüren, weil ich auf meinem Standpunkt beharrte.

»Du weißt nicht, wie gefährlich es ist.«

»Selbstverständlich weiß ich das.«

Ich drängte sie erneut mir eine Nachricht für Osher mitzugeben. Merkte sie denn nicht, wie ernst es mir war? Schließlich seufzte sie tief.

»Gut. Osher wird Schwierigkeiten haben. Die Khampas haben einen schlechten Ruf. Zu Norbu Rimpoche wird man ihn nicht vorlassen. Er soll nach Drepung gehen und nach Tsering Deki fragen. Der Heilige Lama wird ihm weiterhelfen.«

Ich nahm ihr behutsam die Tasse aus der Hand.

»Du musst jetzt schlafen«, sagte ich.

Sie streckte sich auf dem Bett aus, reglos, mit abgewandtem Gesicht. Sie war noch immer angezogen und hatte sich nicht einmal gewaschen. Ich stopfte die Steppdecke gut fest, damit sie es warm hatte. Sie war so erschöpft, dass sie kurz darauf einschlief. Leise setzte ich Teller und Schüsseln ineinander. Dabei dachte ich an alle Menschen, die still und geduldig im Schatten wirkten, stets in Berührung mit furchtbaren Dingen. Sie kannten das Gespenst der Folter, der willkürlichen Verhaftungen, der Erniedrigungen und des Todes. Bevor ich mit zwei Fingern die Kerze löschte, blickte ich in den kleinen Spiegel und löste meine Zöpfe. Wie ein Kind, das in die Tiefe eines Brunnens schaut, betrachtete ich mein neues Gesicht. Ich wusste alles, was man wissen kann, wenn man nichts weiß. Mein Leben war das gleiche und doch völlig verändert. Ging das denn? An einem einzigen Tag? Ich blinzelte mit verklebten Wimpern, drückte meine Stirn gegen die kalte Fläche. Und plötzlich erschien Oshers Bild ganz deutlich vor meinen Augen.

10. KAPITEL

In Lhasa wimmelte es von grünen Uniformen; sie waren zahlreicher als sonst. Halb zerfetzte Flugblätter für die Unabhängigkeit Tibets waren an Türen und Hauswände geklebt. Wer beim Anbringen dieser Plakate ertappt wurde, kam sofort in Haft. Die Menschen vermieden es, einander in die Augen zu schauen, verbargen ihre Zweifel und Angst. Doch jeder konnte die Unruhe spüren. Täglich kam ein Bus vom Flughafen. Er hielt vor dem »Holiday Inn«, spuckte eine Ladung von Touristen aus. Amerikaner und Europäer, beladen mit Koffern, Rucksäcken und Videokameras, einige leicht wankend und grün im Gesicht. Lhasa liegt in 3700 Meter Höhe, das macht die Lungen flattern.

Solange mein Vater krank war, musste ich seinen Stand auf dem Markt übernehmen. Auf das Geld konnten wir nicht verzichten. Der junge Bauer kam frühmorgens mit Milch und Jogurt. Ich war kräftig; es machte mir nichts aus, den Handwagen zu schieben. Später stand oder saß ich in meiner Daunenjacke im Lärm der durchziehenden Menge. Die Sonne schien, aber die Kälte nahm zu. Morgens hatte ich stets das Gefühl, dass mir die Ohren und Zehen gefroren. Also stampfte ich mit den Füßen im Rhythmus der Discoklänge und pustete in meine Hände, um sie zu erwärmen. Seit zwei Tagen wartete ich vergeblich auf Osher. Vor lauter Unruhe kaute ich an meinen Nägeln. Ein ständiges Würgen quälte mich. Die Sicherheitspolizei war überall. Was, wenn er an einem Kontrollposten verhaftet wurde? Abends fragte Dolkar: »Keine Nachricht?«

»Keine.«

Auch mein Vater schwieg. Wenn er mich anschaute, sah er besorgt aus.

Am dritten Tag – frühmorgens – als ich gerade den Handwagen ablud, stand Osher plötzlich vor mir. Mein Herz stockte, dann aber pochte es so heftig, dass es mich beinahe erstickte. Für Sekunden war mir, als stehe die Welt still. Stimmen und Geräusche rückten in weite Ferne, ich war von fremden Schatten umgeben, die kamen und gingen. Dann schnellte die Welt zurück an ihren Platz. Osher lächelte mir zu, nicht im Geringsten aus der Fassung gebracht. Ich konnte kaum glauben, dass er da war, und schrie ihn vor Erleichterung fast an.

»Wo warst du die ganze Zeit?«

»In einem Teehaus.«

Er trug trotz der Kälte nur seine Tschuba unter der kurzen Lammfelljacke. Die braune Rohseide war zu einer völlig neutralen Farbe ausgeblichen, die sich kaum von seiner Haut abhob. Das lockige Haar hing windzerzaust auf seinen Schultern. Er sah müde, ausgehungert und wunderschön aus.

»Was hast du da gemacht?«, fauchte ich.

»Neue Flüche gelernt. Und getrunken und Sho gespielt und eine ganze Menge gewonnen.«

Sho ist ein sehr altes Spiel mit Münzen; man schüttelt sie mit beiden Händen in einen Holzbecher, den man dann auf eine Ledermatte stülpt. Es ist ein raues Spiel mit anrüchigen Reimen und schnell getrunkenen Strafbieren.

Ich hatte derartige Ängste ausgestanden, dass mich seine Antwort umso wütender machte.

»So. Und das gewonnene Geld?«

»Habe ich ausgegeben.«

»Wofür denn?«

»Für eine 8-mm-Pistole. Die von meinem Vater hatte eine Ladehemmung.«

»Und was willst du mit der Waffe, Osher?«

»Sie nie mit leerer Kammer auf jemanden richten. Fällt das Licht von hinten ein, kann man es durch den Lauf sehen.«

Ich erholte mich nur langsam von meiner Wut.

»Hör auf, Osher! Damit ist nicht zu spaßen. Und was sagst du, wenn die Polizei dich durchsucht?«

»Ich werde sagen, dass ich sie gefunden habe.«

Er blinzelte mir zu. Ich starrte kalt zurück.

»Man wird dir kein Wort glauben.«

»Darauf kannst du wetten.«

»Du hältst dich wohl für clever?«

Sein Gesicht verfinsterte sich.

»Nicht immer.«

Er tauchte den Finger in ein Glas mit Jogurt, zog ihn wieder heraus und leckte daran, wobei er mich spöttisch ansah. Ich fühlte mich wesentlich besser, nachdem er wieder da war und ich einen Teil meines Zorns an ihm ausgelassen hatte.

»Du kannst das Glas haben, Osher.«

»Danke. Mit leerem Magen kann ich nicht denken.«

Er drehte das Glas auf dem Kopf. Weil der Jogurt frisch war, lief nichts heraus.

»Hier hast du einen Löffel.«

Er lehnte sich an die Wand, löffelte den Jogurt, als ob er seit Tagen gehungert hatte, was wahrscheinlich sogar der Fall war. Ich sagte bissig: »Ich dachte, du hättest etwas Wichtiges zu tun?«

Er schlürfte den Jogurt aus.

»Ich glaube nicht, dass wir darüber reden können.«

Ich hob herausfordernd das Kinn.

»Doch. Meine Eltern haben mir alles erzählt.«

Sein Blick wich nicht von meinem Gesicht.

»Wirklich alles?«

Ich machte ein zustimmendes Zeichen. Er betrachtete mich einen Augenblick scharf – dann nickte er. Irgendwie schien er genau zu wissen, dass ich ihm nichts vorlog. Ein Khampa lernt vor allem eins: das Wesen eines Menschens oder eines Tieres schnell und unfehlbar zu erkennen.

»Das ging ja schnell.« Oshers Zähne blitzten bei diesen Worten. »Wie hast du das geschafft?«

Ich überhörte die Frage, denn ich wusste, dass wir nicht noch mehr Zeit verlieren durften.

»Osher, der Mann, den du warnen sollst …«

Er blinzelte einfältig.

»Welcher Mann?«

»Du weißt genau, wen ich meine!«

Seine schwarzen Augen funkelten mich an. Und plötzlich kamen die Worte wie von selbst aus seinem Munde.

»Sonam, die Sache wird brenzlig. Die Chinesen wollen in den Klöstern reinen Tisch machen. Sie werfen Norbu Rimpoche einen Strick um den Hals, er ist so gut wie tot und ich kann nichts für ihn tun. Ganz Lhasa steckt voller Schnüffler und die Mönche, diese Pflaumen sind blau vor Angst!«

»Nicht alle«, erwiderte ich, betont sachlich. Der Mönch,

der dir helfen kann, heißt Tsering Deki. Du findest ihn in Drepung.«

Er schüttelte heftig den Kopf.

»Verdammt, Sonam! Ich habe alles versucht. Kein Mönch traut mir. Uns Khampas traut niemand dort. Sie fürchten, dass wir Butterlampen klauen.«

»Was du brauchst«, sagte ich, »ist eine Frau. Nichts eignet sich besser.«

Er wurde ein bisschen rot.

»Ich verstehe nicht, was du meinst. Ich …«

»Hör zu, ich gehe mit dir nach Drepung. Wenn ich dabei bin, geht es leichter. Eine Frau erregt keinen Argwohn. Wir mischen uns unter die Pilger. Die Mönche werden keine Fragen stellen.«

»Also das …«

»Das. Ich habe die Nase voll mich aufzuregen. Ich werde eine Nachbarin bitten auf den Stand zu achten. Sie macht das oft für meinen Vater, wenn er sich nicht wohl fühlt.«

Ich starrte ihn an und bemerkte, wie ein leises Lächeln über sein Gesicht kam.

»So ein Blödsinn, das ganze …«

»Hast du nicht schon genug Zeit vertrödelt?«

»Sonam, es hat nichts damit zu tun …«

Er schaute plötzlich weg. Soldaten in der grünen Uniform der Volksarmee schlenderten über den Markt. Einer von ihnen sprach in ein Handy.

»Aii-ee!« Osher schnitt eine Grimasse. »Die haben ein Auge auf mich.«

Ich sah nervös zu den Soldaten hinüber.

»Rasch, Osher! Mach, dass du wegkommst. Sie beobachten dich …«

Er packte mich plötzlich am Arm und zog mich an sich. Die Soldaten waren keine zwanzig Meter von uns entfernt. Oshers Finger krampften sich um mein Handgelenk, krallten sich in mein Fleisch.

»Hinter der Mönchsschule Side Tratsang! Ich hole mein Pferd,« sagte er – und war fort, ehe ich noch begriff, wie nahe er mir gewesen war. Das Gefühl seiner Finger spürte ich noch lange auf meiner Haut.

11. KAPITEL

In der Zeit der Kulturrevolution war eine große Anzahl von Tempeln und Klöstern zerstört worden. Die Roten Garden hatten das Holz aus den Mauern gezogen, goldene Statuen zerschlagen oder geschmolzen, wundervolle Kunstwerke beschmiert, mit Hammern und Spitzhacken jahrhundertealte Heiligtümer dem Erdboden gleichgemacht. Das war in den sechziger Jahren gewesen; noch heute waren viele Gebäude nicht mehr als ein Haufen aus Steinen, Mörtel und Schutt. Auch von der Mönchsschule Side Tratsang standen nur noch Mauerreste, aus denen zerknickte Balken ragten. Vor dem brandgeschwärzten Torbogen war ein Seil gespannt, an dem zerfetzte Gebetsfahnen flatterten. Zwischen den Steinen glitzerten Scherben, rostete Eisenschrott. Eine Anzahl Obdachloser – Jugendliche zumeist – hatte in den Ruinen Zuflucht gefunden. Undefinierbare Gestalten kauerten oder lagen auf Zeitungen oder zerdrückten Pappkartons, betranken sich, spielten Karten. Drogensüchtige, starrend vor Schmutz, dösten stumpf vor sich hin. Ein zerlumpter Alter wühlte in einem Abfallhaufen. Rauchschwaden stiegen hier und da aus der Müllhalde auf; sie vermochten den Urin- und Fäkaliengeruch nicht zu verscheuchen. In diese Gegend kam ich selten; es war eine andere Welt, voller Not, Schrecken und stiller Tragödien. Beklommen ging ich den Weg entlang. Was war in Osher gefahren, dass er mich hier treffen wollte?

Ein Transistor plärrte. Als er für Sekunden verstummte, vernahm ich ein Geräusch, das sich dazwischenmischte. Es hörte sich an wie ein fernes, lebendiges Klingen von Glöckchen. Ich wandte mich um. Der Tag stand zwischen Morgen und der grellen Mittagssonne und aus den aufsteigenden Lichtschleiern löste sich die Gestalt eines Reiters. Er wirkte wie ein Traumbild, aus blauen Luftschichten geboren. Ein Schauer lief mir über den Rücken. Für einen Augenblick, einen kurzen Augenblick nur, verlor die aschgraue, aus Trümmern und Schutt bestehende Landschaft ihre Hässlichkeit, wirkte schimmernd und klar. Oshers Haltung war gelöst, elastisch, sein muskulöser Oberkörper aufrecht, sein lockiges Haar wehte im Wind, die Sonne verwandelte sein schmieriges Lammfell in edles Brokat. Er ritt einen Rappen, gedrungen und kräftig, mit einem scharfen Blick und einem leuchtenden Schimmer in den Augen. Die Ohren ragten über den großen Kopf und bewirkten, dass das ganze Tier kompakter erschien, als es eigentlich war. Seine zottige Mähne fiel tief herab, der lange Schweif berührte fast den Boden. Der Sattel schien einfacher Machart, aber die Satteldecke war prächtig gemustert in kräftigen, leuchtenden Farben: Gelb und Zinnoberrot. Zügel und Zaum waren mit kleinen Silberscheiben behängt, die glänzten und klirrten, als Osher mir entgegenritt und das Pferd dicht vor mir zum Stehen brachte. Ich hob das Gesicht zu ihm empor.

»Warum fahren wir nicht mit dem Bus?«

»Die Straße nach Drepung ist gesperrt und ich habe keinen Passierschein.«

Ich lächelte ihn an.

»Du hast ein schönes Pferd.«

»Sein Name ist Powo. Komm!«

Er beugte sich leicht im Sattel vor, streckte die Hand aus.

Ich ergriff sie ohne zu zögern; seine schmalen kräftigen Finger umschlossen die meinen. Ich stützte mich auf den Steigbügel und schwang mich hinter Osher auf das Pferd und legte meine Hände sanft um seine Taille. Einer der Betrunkenen riss einen groben Witz. Die anderen brachen in Gelächter aus. Ein Halbwüchsiger zielte mit einer Bierdose auf das Pferd, das nervös zur Seite wich. Osher erwiderte dies mit einem langen, kühlen Blick. Der Junge kicherte überdreht, warf die Dose aus der Hand. Osher ritt so dicht an ihm vorbei, dass Powos hitziger Atem ihn streifte. Der Junge wich einen Schritt zurück, suchte taumelnd sein Gleichgewicht.

»Keine Selbstachtung mehr!« Osher sprach mit abgewandtem Gesicht. »Auch das haben wir den Chinesen zu verdanken. Mein Vater hatte schon Recht.«

»Recht? Womit?«

Oshers Stimme klang angewidert und bitter.

»Er sagte: ›Wer langsam im Elend stirbt, zieht das schlechtere Los. Im Kampf zu fallen ist leicht: Eine Kugel schmerzt nicht, wenn sie in die Brust dringt.‹«

Meine Kehle wurde eng. Es stimmte, dass viele junge Tibeter auf Grund der gezielten Ansiedlung von chinesischen Handwerkern und Bauern arbeitslos dastanden. Die Chinesen wendeten ihre üblichen Ruck-Zuck-Methoden an, schickten diese Jugendlichen in Umerziehungslager. Danach ging es mit ihnen schnell bergab. Es war unsagbar trostlos, dieses Elend mit anzusehen. Wortlos umklammerte ich Oshers Taille. Die Sättel der Nomaden waren so gemacht, dass man sich an die Lehne stützen konnte. Das kam besonders ungeübten Reitern zugute. Ich hoffte, dass wir nicht übermäßig auffallen würden. Nicht selten kamen Pilger mit dem Pferd oder dem Maultier nach Lhasa. Eine Weile ritten wir an der äußeren Ringstraße – dem »Linkhor« – entlang. Hier war der Verkehr mörderisch, aber Powo ging ohne Angst und mit weit ausgreifenden Schritten durch den Benzingeruch und die Abgase. Bald erreichten wir die öden, baumlosen Vororte, ritten an unfertigen Häusern, Werkstätten und alten Tankstellen vorbei. Über unseren Köpfen hing ein dichtes Netz von Elektrizitäts- und Telefonleitungen. Rostige Pfeiler ragten als Skelette auf, grau-schwarz stauten sich die Rauchfahnen der Fabriken. Der letzte Teil der Straße verlor sich in Schuttabladeplätzen. Der Gestank einer Müllverbrennungsanlage verpestete die Luft. Kein Auto nahm diesen Weg, nur dann und wann ein Fahrrad. Magere Hunde dösten in der Sonne, eine Bauersfrau schob einen Handkarren. Sie musterte uns wie einen Gegenstand von außergewöhnlicher Fremdartigkeit. Osher lenkte das Pferd im leichten Trab, was ziemlich unbequem für mich war. Erst nach einer ganzen Weile brach er das Schweigen.

»Ich kenne den Weg. In Drepung war ich schon zweimal.«

»Davon hast du mir nichts gesagt.«

»Glaubst du, ich hätte tatsächlich die ganze Zeit im Teehaus vertrödelt?«

»Entschuldige«, sagte ich, etwas schuldbewusst.

»Schon gut. Aber die Mönche sind verbohrt. Sie schickten mich weg.«

Die Klosterstadt Drepung liegt etwa zehn Kilometer in

westlicher Richtung von Lhasa. Die Vielzahl ihrer weiß getünchten Gebäude am Berghang hatte ihr den Namen »Reishaufen« eingebracht. Drepung gehörte zu den drei mächtigen Klöstern aus dem 13. Jahrhundert, die man auch die »Säulen der Lehre« nennt. Ich wusste von meinen Eltern, dass in Drepung früher an die 8000 Mönche lebten. Das Kloster war eine bedeutende Universität für Theologie gewesen. Die Äbte übten politische Macht aus, sie beeinflussten die Staatsgeschäfte Tibets sehr stark. Dazu kam, dass die Göttin Dorje Dragmogyel, die im Kloster verehrt wurde, als »zornvolle Gottheit« das Tal beherrschte. Sie bediente sich der Kräfte der Natur – Meteoriten, Kugelblitze, Hagelkörner –, um das Böse zu vernichten. Diese Wesensart ihrer Schutzherrin prägte zweifellos die Gesinnung der Mönche. Die knapp zweihundert, die es heute noch gab, galten als besonders streitbar und wurden von den Behörden wachsam beobachtet. Die chinesische Feststellung »In Drepung sitzt eine Eule unter hundert Geiern« war inzwischen auch in Lhasa zur Redensart geworden.

Diese Dinge kamen mir in den Sinn, als wir über die Bergpfade ritten. Der Himmel glühte wie stumpfes Glas, auf den Felsen funkelten Quarzstrahlen. Kiefern wuchsen auf der Bergflanke wie kupferne Säulen, purpurne Herbstblumen leuchteten auf den Hängen. Die Berge ragten blassblau empor und am Horizont schimmerten andere Berge, höhere, blaue. Berge der Träume und Legenden, die wie aus einer anderen Welt über die Täler schauten.

Eine Zeit lang waren Powos Atemzüge, das Klappern der Hufe, das leise Klirren seines Halsputzes die einzigen Geräusche in der Stille. Dann und wann konnten wir die Hauptstraße sehen. Lastwagen, Busse und Militärjeeps zogen Staubfahnen hinter sich her, Windschutzscheiben blinkten im Licht. An mehreren Stellen brachten Straßensperren die Fahrzeuge zum Stillstand. Alle Reisenden mussten aussteigen. Die Soldaten kontrollierten die Passierscheine, durchsuchten das Gepäck. In der brütenden Sonne standen Männer und Frauen am Straßenrand, warteten schicksalsergeben, bis sie an die Reihe kamen. Sie wussten, Geduld war hier alles. Einige Militärfahrzeuge rollten langsam vorbei. Unter den Planen saßen Soldaten. Die Sonne blitzte auf dem Lauf ihrer Gewehre.

»Etwas liegt in der Luft«, sagte Osher.

Noch blieb die Drohung fern, unverständlich. Noch war die Luft zu atmen. Aber sie wurde stickiger, von Augenblick zu Augenblick. Und durchaus nicht wegen der Hitze. Ich schwieg bedrückt. Osher wandte mir sein Profil zu.

»Angst?«, fragte er.

»Und du?«, gab ich zurück.

Er zuckte mit den Schultern.

»Man gewöhnt sich daran.«

»Das sagen auch meine Eltern. Aber ich glaube kaum, dass ich das könnte.«

»Oh, das ist keine so große Sache.«

Osher sprach wie zu sich selbst. Da ich die Arme fest um ihn gelegt hatte, spürte ich den Nachhall seiner Stimme in meinem Körper. Trotz der beklemmenden Situation konnte ich nicht anders als die Nähe zu ihm, das Gefühl meins Körpers an seinem zu genießen.

»Mein Vater sagte mir immer wieder, wie wichtig es ist, dass wir Träume haben. Irgendwann hat das alles ein Ende.«

Ich verstand, was er meinte. Träume – die hatte auch

Seine Heiligkeit, wenn er unermüdlich an ein freies Tibet glaubte –, die konnte einem keiner nehmen.

»Glaubst du das wirklich?«

»Ich denke die ganze Zeit daran.«

Ich seufzte. »Träumst du nicht zu viel, Osher?«

»Ich bin ein Tibeter. Und ich will kein Chinese sein, tut mir Leid.«

12. KAPITEL

Große Lämmergeier schwebten über der Klosterstadt, drehten ihre schwarz-weißen Flügel im Wind. Aus der Ferne gesehen erinnerten die vielen kleinen »Gönpas« – Heiligtümer – wahrhaftig an Reiskörner, die am braunen Berghang verstreut lagen. Die vergoldeten Dächer des Haupttempels funkelten im rostroten Felsental. In der Mitte schäumte ein Bergbach. Im milchig grünen Wasser klapperten kleine Holzmühlen, die Gebetstrommeln antrieben. Am Ufer wuchsen Pappeln; der Herbst ließ ihre Blätter golden flimmern. Den Mönchen war es gelungen, aus der kargen Erde Wiesen und kleine Gärten zu ziehen. Ganze Familien hatten sich mit Decken und Kochkesseln dort niedergelassen. Halb nackte Kinder planschten fröhlich im Wasser. Drepung war eine richtige Klosterfestung, die Gebäude waren durch enge Gassen und steile Treppen verbunden. Es gab eine Medizinschule, eine Bibliothek und eine Druckerei. Vieles, was zerstört gewesen war, hatten die Behörden restaurieren lassen. Aber Zinnen und Türme waren zu hastig aufgebaut worden, die Mauern zu frisch getüncht, die Dächer zu grell vergoldet.

»Alles Geld, das die Pilger opfern, wird beschlagnahmt«, sagte ich zu Osher. »Wozu es wirklich verwendet wird, weiß keiner. Und die Räume sind nicht richtig geweiht, das ist schlimm.«

Nach wie vor galt im Kommunismus, dass bei fortschreitender Weiterentwicklung der Gesellschaft jede Religion über kurz oder lang aussterben musste. Das wurde uns auch in der Schule freundlich, aber betont hartnäckig eingetrichtert. Trotzdem förderte die chinesische Regierung den Wiederaufbau der Klöster: Dadurch versuchte sie sich das Vertrauen der tibetischen Bevölkerung zu erkaufen. Und nicht nur das – der wichtigste Grund für den eifrigen Wiederaufbau war der Tourismus. Die Chinesen waren die Drahtzieher – die Mönche die Puppen. Die Touristen sollten Religion und Romantik sehen, schön verpackt mit neuen Gebetsflaggen und Statisten, die murmelnd Gebete sprachen. Propaganda, Augenwischerei. Aber nicht alle Touristen ließen sich täuschen. Und nicht alle Mönche waren gewillt als Puppen auf einer Bühne zu agieren.

»Wir gehen jetzt besser zu Fuß«, sagte ich. »Aber wohin mit Powo?«

»Der kommt schon zurecht.«

Osher half mir aus dem Sattel, verknotete die Zügel am Sattelknauf. Der Hengst ließ die Ohren spielen. Seine dunklen Nüstern blähten sich. Osher gab ihm einen leichten Klaps und nickte mir zu.

»Er wittert das Wasser.«

»Kann er nicht gestohlen werden?«

Osher lachte leise.

»Powo gehorcht nur mir. Fremden bricht er die Knochen.«

»Ihn festbinden, wäre das nicht besser?«

»Das würde er nicht dulden. Keine Sorge! Der läuft nicht davon.« Er ließ das Pferd unbekümmert seiner Wege gehen und wir gesellten uns zu den Pilgern, die sich durch das große Tor drängten. Weiße Steine begrenzten den heiligen Bezirk, den die bösen Geister nicht betreten konnten. Von der Spitze des Heiligtums flatterten, an Seilen befestigt, unzählige bunte Gebetsfahnen. Wir nannten sie »Windreiter«, weil sie die Gebete der Menschen mit dem Wind zu den Göttern trugen. Die frisch getünchte Mauer bildete den ersten Absatz der Klosterfestung. Ältere Steinblöcke, verwittert und grau, schienen mit der rückwärtigen Felswand verwachsen. Ein stark ansteigender Pfad, von weißen Steinen gesäumt, führte zum Haupttempel. Die Steine begrenzten den heiligen Bezirk, den die bösen Geister nicht betreten konnten. Hier herrschte ein ständiges Kommen und Gehen von Pilgern: Frauen und Männer in schmierigen Fellmänteln, Mütter mit Babys auf den Rücken, alte Menschen in Lumpen und abgenutzten Filzstiefeln; viele, die offenbar von weit her gekommen waren. Die meisten drehten Gebetsmühlen, die – nach unserem Glauben – die Schöpfung in Bewegung halten. Andere ließen die Holzperlen ihrer Gebetsschnüre durch die Finger gleiten. Am Wegrand hatten Händler ihre Matten ausgebreitet, kochten Tee auf kleinen Öfen, verkauften gesalzenes Yakfleisch, steinharte Käsewürfel, chinesische Bonbons und billiges Kunsthandwerk. Wir hatten Hunger und Durst, tranken Limonade und aßen eine Hand voll Gebäck. Doch die Stimmung war bedrückt. Der Wind brachte ein heimtückisches Knistern, als ob die Steine sirrten. Im Laufe der Jahre hatten die Tibeter ein feines Gefühl für beängstigende Ereignisse entwickelt. Die Pilger waren weniger zahlreich als sonst. Sie wirkten sorgenvoll und eilig.

»Mir gefällt es hier nicht«, sagte ich leise zu Osher.

Er nickte finster.

»Wir sind da in etwas reingerutscht. Wo ist Tsering Deki jetzt?«

»Ich muss fragen.«

Wir bogen um ein paar Ecken und sahen die klotzigen Wände des Haupttempels. Die Mönche waren bei der Andacht: Ihre Stimmen stiegen und sanken. Der Gesang erzeugte ein machtvolles Dröhnen, das wir in dem Boden unter unseren Füßen spürten. Zwei Hängetrommeln folgten und verstärkten den Rhythmus. In den kleinen Heiligtümern flackerten Kerzen aus Pflanzenfett, ihr ranzig schmeckender Rauch hing wie Nebel über der Klosteranlage. Vor dem Tempelportal häuften sich Schuhe und Sandalen auf den Stufen. Neben dem Eingang kauerten ein paar Novizen. Als ich zu ihnen trat, falteten sie die Hände zum Gruß. Ich sagte, dass wir mit einer Botschaft für Tsering Deki kamen, und die Jungen rückten zusammen, tauschten Blicke. Ihre Scheu war außergewöhnlich. Nach einer Weile murmelte einer der Novizen, er würde es ihm sagen. Dann stürzte er wie gehetzt davon. Schwitzend standen wir in der Sonne und warteten.

»Du hast schon Recht«, knurrte Osher. »Anscheinend brauchte ich wirklich eine Frau.«

»Sag ich doch!«

Wir sahen einander an und empfanden die gleiche, ein wenig nervöse Lust zu lachen, ich sah es Oshers Augen an. Mein Herz machte einen Sprung. Aber wir lachten nicht.

Die Trommel war verstummt. Die Mönche murmelten Gebete, schlugen kleine Zimbeln. Nach einer Weile war der Novize wieder da. Sein Blick zeigte eine fast schmerzliche Panik. Er schlug die Augen nieder und sagte, der Heilige Lama sei beschäftigt, aber wir könnten in seinem

Gemach auf ihn warten. Die Jungen zuckten zusammen, ohne sichtbaren Grund. Etwas gänzlich Verstörtes ging von ihren Gesichtern aus. Der Novize ging voraus. Sein geschorener Hinterkopf war schmal, der Nacken kindlich zart. Er mochte kaum älter sein als ich. Wir kletterten eine Anzahl Stufen empor, gingen um einen Felsen, auf dem mit blauer Farbe ein Buddha gemalt war. Ein Holztor kam in Sicht, mit Riegeln und Stangen versehen. Eine weitere Treppenfolge brachte uns in einen Innenhof. Von einem Stockwerk zum anderen führten Holzleitern, auf denen Mönche gewandt hinauf- und hinunterkletterten. Der Novize geleitete uns durch den Hof auf das Hauptgebäude zu. Wieder eine Tür, mit Eisenbeschlägen versehen. Wir kamen durch verwinkelte Gänge und düstere Hallen. Hier zeigte sich hinter der glänzenden Fassade die wahre Armut, der Zerfall. Schlecht ausgebesserte Risse klafften an den Wänden, wunderschöne Wandgemälde bröckelten ab, verblassten, zogen sich in die Mauer hinein. Es roch nach Moder, Fäulnis und trockenem Schweiß. Der Novize brachte uns in einen kleinen, karg eingerichteten Raum. Ein Balken, am Boden eingelassen, kennzeichnete die Schwelle. Ruß hatte die Wände mit einer klebrigen Schicht überzogen; mir fielen die vielen Schriftrollen auf, die sich auf grob gezimmerten Regalen stapelten. Über der Altarwand mit den zahlreichen Messingschalen und kleinen Statuen hingen zwei Rollbilder aus verblichenem Brokat. Das Fenster war hellblau umrahmt und bot einen weiten Ausblick über den Berghang, der auf dieser Seite steil in die Tiefe fiel. Die Sonne stand schräg, im Tal breiteten sich rauchfarbene Schatten aus. Der Novize brachte zwei zerschlissene Kissen. Dann ging er hinaus. Wir setzten uns, erhitzt und atemlos, strichen das klebrige Haar aus dem Gesicht. Das Herz pochte uns an die Rippen.

»Die Stimmung ist nicht gut«, sagte ich.

»Sie ist sogar noch schlechter als sonst.«

»Immerhin haben wir es geschafft«, meinte ich.

Osher nickte.

»Wenn Norbu Rimpoche erfährt, dass ich von Lithang komme …«

Er stockte. Wir hörten ein Geflüster, ein tapsendes Geräusch. Dann sprach eine Stimme, müde, etwas keuchend, und der Novize führte einen alten Mann herein. Er ging auf Krücken, mit verdrehten Füßen. Auch sein Rücken war krumm. Arthritis, nahm ich an. Wir sprangen auf, verneigten uns dreimal, mit gefalteten Händen, und empfingen seinen Segen. Tsering Deki zog die Stirn kraus, während er sich unbeholfen auf vergilbte Schafsfelle setzte. Seine Gestalt schien unter dem Mönchsgewand nur aus Haut und Knochen zu bestehen. Der Novize schob ihm ein Kissen hinter den Rücken und nahm ihm voller Fürsorge beide Krücken aus der Hand. Tsering Deki gab ihm ein Zeichen. Der Novize reichte uns Becher, füllte sie mit heißem Buttertee, bevor er sich ehrfürchtig in den Hintergrund zurückzog. Der Heilige Lama betrachtete uns aus klaren, wimpernlosen Augen. Sein Gesicht schien in zwei Hälften geteilt, die eine müde und abwesend, die andere wach und spöttisch. Gleichzeitig sah er aus wie ein Mann, der keine Ruhe in seinem Leben findet. Ich spürte, dass ihn andere Dinge beschäftigten und er in großer Eile war. So verlor ich keine Zeit mit Floskeln und erzählte, dass Osher vergeblich versuchte hatte mit Norbu Rimpoche in Verbindung zu treten.

Die hellen Augen des Lama richteten sich auf den

jungen Khampa. Seine Stimme klang wie das Rascheln welker Blätter.

»Nun, mein Sohn? Wer schickt dich?«

Osher nannte seinen Namen und den Namen seines Vaters. Der Mönch nickte ihm gütig zu. Seine knorrigen Hände lagen ganz ruhig auf seinen Knien. Doch ich spürte deutlich seine Aufmerksamkeit.

»Rede ohne Angst!«, sagte er. »Hier haben die Wände keine Ohren.«

Oshers Gedankensprünge waren mir inzwischen vertraut; ich war überrascht, wie sachlich er nun erzählte. Im wieder aufgebauten Kloster von Lithang fand alljährlich ein bedeutendes Fest statt. Die Zeremonie dauerte sieben Tage, von Neumond bis Vollmond. Der Feierlichkeiten wegen war das Kloster zu dieser Zeit stets von Pilgern überfüllt, die von weit her kamen. In diesem Jahr aber hatte es Ärger gegeben. Alle, die keine schriftliche Genehmigung vorweisen konnten, wurden vor den Toren des Klosters abgewiesen. Als es daraufhin in Lithang und Umgebung zu Streiks kam, wurde das Fest verboten. Damit hatten die Chinesen die Grenzen überschritten: Schwere Krawalle brachen los. Das Militär hatte geschossen. Die Zahl der Toten und Verletzten war hoch. Osher nannte eine Zahl. Ich war entsetzt. Tsering Deki nickte gelassen.

»Es gab Gerüchte. Hierzulande sind Gerüchte stets wahr. Sprich weiter, mein Sohn!«

Osher rutschte unbehaglich hin und her. Irgendwie war ihm nicht wohl bei der Sache. Ein paar Sekunden vergingen. Tsering Deki wartete entspannt. In seinen Augen war ein fernes Funkeln. Osher schluckte und sagte: »Unter den Verhafteten befand sich Shasur Kanam.«

Tsering Deki neigte den Kopf mit gleich bleibender Ruhe.

»Norbu Rimpoches Bruder. Ja, auch davon haben wir gehört.«

Ein überraschter Ausdruck trat auf Oshers Gesicht. Er stieß einen Seufzer der Erleichterung aus und begann zu erzählen. Wie von selbst kamen jetzt die Worte aus seinem Munde. In Lithang war allgemein bekannt, dass beide Brüder sich nicht mochten. Shasur Kanam arbeitete in der Verwaltung, wobei er eigene politische Zwecke verfolgte. Man musste es den chinesischen Behörden zugestehen, dass sie moralische Ansprüche stellten und gegen Bestechung und Unterlassungssünden hart vorgingen. Shasur Kanam war kein ordnungsliebender Mann. Den Chinesen wurde er bald ein Dorn im Auge. So nahmen sie die Unruhen als Vorwand, um ihn zu verhaften.

»Norbu Rimpoche sah seinen Bruder nur selten«, murmelte Tsering Deki wie im Selbstgespräch. Er bedeutete Osher fortzufahren.

Osher erzählte weiter. Mit Kanams Festnahme verfolgte das »Gong An Ju« – das Amt für öffentliche Sicherheit – ein doppeltes Ziel. Seit kurzem verdächtigten die Behörden Norbu Rimpoche für die Nationalisten zu arbeiten. Doch ließ sich nichts gegen ihn vorbringen und eine Festnahme war heikel.

Als Vorzeige-Tibeter spielte der Abt seine Rolle vorzüglich. Also führten Vernehmungsoffiziere Kanam in eine Zelle und wendeten Methoden an, die jeden zum Reden brachten. Kanam war kein Mann von Wagemut. Er rettete seine kostbare Haut, indem er Norbu denunzierte.

Kanam selbst kam mit blauen Flecken davon: Er flog aus

der Partei und wurde unter Arrest gestellt. Bald plagten ihn zunehmend Gewissensbisse und er gestand seiner Frau Migmar, dass er seinen Bruder dem Henker ausgeliefert hatte.

»Und Migmar«, sagte Osher, »ist die Halbschwester meiner Mutter. Sie sagte zu mir: Wir müssen Norbu warnen. Die Post ist nicht zuverlässig, das Telefon wird abgehört. Geh und verliere keine Zeit! Er kann täglich verhaftet werden. Deswegen bin ich hier«, schloss Osher seinen Bericht und nahm einen großen Schluck Tee. Sein Gesicht war von einem leichten Schweißfilm überzogen.

Der Heilige Lama schob sein Gewand über den nackten Arm und suchte eine bequemere Stellung. Seine blassen Lippen zitterten ein wenig.

»Ich danke dir, mein Sohn. Ich nehme deine Geschichte an, so wie du sie mir erzählt hast. Leider ist Norbu Rimpoche seit gestern in Lhasa. Neue Touristen sind da; sie wollen sich den Jokhang und andere Heiligtümer ansehen. Man bat ihn die Gruppe zu führen. Doch sei unbesorgt: Die Nachricht wird ihm noch heute überbracht werden. Ich denke, dass er unter diesen Umständen …«

Er stockte, legte den Kopf seitwärts und lauschte. Ich sah auf seinem Gesicht eine Art verzehrende Sorge. Jetzt hörten auch wir die Veränderung in den Geräuschen, die aus dem Kloster zu uns herüberdrangen. Der Lärm kam von nirgendwoher, gehörte keinem bestimmten Ort an; Tsering Deki hielt den Mund leicht offen, eine gelbliche, durch die Haut scheinende Blässe überzog sein Gesicht. Der Lärm näherte sich, widerhallte in den Gängen. Rennende Füße verursachten ein ununterbrochenes Getrappel, treppauf und treppab. Plötzlich, ein Aufruhr menschlicher Stimmen, Rufe, Befehle und Schreie. Der Novize, der am Eingang kauerte, sprang hastig auf, rannte nach draußen. Ein paar Atemzüge lang blieb er verschwunden, bevor er wieder in den Raum stürzte. Seine entsetzten Kinderaugen richteten sich auf den alten Mann.

»Die Soldaten kommen!«

Tsering Deki tastete nach seinen Krücken; der Novize stützte ihn, half ihm auf die Beine. Der Lama schien an zehn Dinge gleichzeitig zu denken. Wir starrten ihn an wie benommen. Auf einmal wandte er sich uns zu, schrie über den Lärm hinweg, wobei er mit einer Krücke auf das schmale Rechteck des Fensters zeigte.

»Dorthin, schnell! Rettet euch! Sie dürfen euch hier nicht finden.«

Keuchend brach er ab. Sein Atem rasselte. Stimmen riefen Befehle, der rhythmische Laufschritt stürmender Soldaten erfüllte die Gänge. Wie viele Minuten blieben noch? Osher packte mich am Arm, zerrte mich zum Fenster. Atemlos beugten wir uns nach draußen. Tief unten befand sich eine schräge Felskante. Während ich erschrocken zauderte, setzte Osher sich rittlings auf die Brüstung, drehte sich auf den Bauch und rutschte nach draußen. Rasch glitt er abwärts; seine tastenden Füße berührten den Steinvorsprung. Schon stand er dort, weit unten und streckte die Arme nach mir aus. Der Lärm kam näher, schwoll an, brüllte und krachte in meinem Kopf. Ich zog mich hoch, tastete seitwärts mit dem Bein. Dann, auf beide Handflächen gestützt, rutschte ich nach draußen. Einen bangen Atemzug lang hing ich – wie mir schien – zwischen Mauer und Abgrund. Ich hatte keine Ahnung, in welcher Höhe ich baumelte. Meine Hände taten mir schon jetzt weh, nachdem sie mein Gewicht erst ein paar Sekunden halten mussten; in meiner Vorstellung sah ich unter mir nur noch eine endlose Grube ohne Boden. Ich brauchte mehrere Herzschläge, bis ich merkte, dass meine Hände nicht mehr mein einziger Halt waren. Osher hatte meine Waden gepackt, hielt mich fest. Ich spürte die Kraft seiner Arme, rutschte noch ein Stückchen tiefer. Dann stieß ich mich ab. Osher fing mich auf. Gerade, als ich neben ihm auf der Plattform landete, gab es ein Getöse, das meinen Schädel wie heiße Flammen durchbohrte. Die Soldaten brachen in den Raum ein. Über unseren Köpfen brüllten Stimmen, abgehackt und brutal. Der Lärm sprengte uns beinahe die Ohren. Es gab schrille, fast hysterische Beschimpfungen, das dumpfe Klatschen von Schlägen. Jemand heulte in langen, wimmernden Klagelauten. Osher taumelte leicht, presste mich mit seinem ganzen Gewicht gegen die Mauer. Mir war, als ob sein Herz in meiner Brust dröhnte. Unentwegt fielen die Schläge. Und dazu immer die gleichen Beschimpfungen, die gleichen Beleidigungen. Genug!, dachte ich verzweifelt. Genug! Wenn die Schläge doch nur innehalten würden! Nach einer Weile klangen die Schreie erstickter, gingen in Stöhnen über. Zuletzt war nur noch ein Röcheln zu hören, das plötzlich verstummte. Für ein paar Sekunden wurde es ganz still. Seltsam, diese Stille. Die Welt hielt den Atem an. Dann rief ein Soldat ein paar Worte; vielstimmiges Gelächter brach los. Ich spürte Oshers Arm, der mich abwärts zog. Er hatte eine Nische in der Mauer entdeckt, in die wir krochen. Wir duckten uns tiefer, zogen die Füße an. Stillhalten jetzt. Verstecken und warten. Wenn die Soldaten uns sehen wollten, sie mussten sich weit aus dem Fenster lehnen. Da – wieder ein Befehl! Dann war es, als ob man einen schweren Gegenstand aus dem Zimmer schleifte. Im ganzen Kloster gab es jetzt laute, hämmernde Geräusche. Gegenstände schlugen krachend zu Boden. Irgendwo ging ein Schuss los, dann ein zweiter. Das Echo schmerzte in unserem Kopf. Die ganze Festung schrie, als ob die Steine selbst eine Stimme hätten. Wir pressten uns an die Mauer, rührten uns nicht, hielten den Atem an. Die Mauer machte einen Bogen, man konnte uns aus keinem anderen Fenster sehen, bestimmt nicht. Trotzdem hatte ich eine unbeschreibliche Angst und musste mir immer wieder sagen, dass die Soldaten anderes zu tun hatten als aus den Fenstern zu blicken. Wir lauschten auf den Lärm, der von einem Augenblick zum nächsten schwächer wurde. Allmählich wurden die Geräusche leiser; nur noch Befehle waren gelegentlich zu hören. Nach einer Weile verstummten auch diese. Stimmen und Schritte entfernten sich. Dann herrschte lange, lange Zeit Schweigen.

13. KAPITEL

Plötzlich waren wir wieder in der Wirklichkeit. Osher fuhr sich mit den Händen hinter den Kopf und bewegte ihn hin und her, als wollte er sich von etwas befreien. Ich rührte mich zaghaft, ließ die Muskeln sich entkrampfen. Jeder Laut, jeder Eindruck trafen mich nicht direkt, sondern gedämpft, verhüllt, als wenn zwischen Verstand und Wahrnehmung eine Schutzschicht lag. Osher blickte auf seine Handflächen, klopfte den Staub ab. Ich konnte hören, wie er atmete, schnell und kurz.

»Zum Glück hat es noch bis zum Fenster gereicht …«

Jetzt erst kam die Reaktion – der Schock; ich zitterte bis in die Fingerspitzen.

»Sind sie … noch da?«

»Man hört nichts mehr«, sagte er.

»Vielleicht ist jemand … verletzt?«

Er blickte hinauf.

»Ich weiß nicht.«

Vorsichtig kroch er aus dem Versteck, richtete sich auf und lauschte, das Gesicht zum Fenster gekehrt.

»Warte!«, sagte er nach einer Weile. »Bleib da, wo du bist …!«

Leichtfüßig sprang er hoch, bekam mit beiden Händen den Rand des Fensters zu fassen. Mit einem Klimmzug zog er sich nach oben, stemmte sich empor und spähte in den Raum. Ich hielt den Atem an. Nach ein paar Sekunden rutschte er wieder hinunter, kniete dicht neben mir nieder. Er war aschfahl, seine Lippen fast weiß. Der Anblick seines verwirrten Gesichts traf mich wie ein Fausthieb in die Magengrube.

»Tsering Deki?«, flüsterte ich.

»Den haben sie mitgenommen. Der Novize ist noch da.«

»Verletzt?«

»Tot.«

Ich starrte ihn an.

»Tot? Das kann doch nicht sein!«

»Sie haben ihm den Schädel eingeschlagen. Es ist besser, du siehst das nicht.«

Ein gewaltiger Schmerz fuhr in mein Innerstes. Ich fühlte mich von innen heraus geschüttelt. Meine Zähne klapperten, das Wasser tropfte mir aus den Augen. Dann kam Osher und legte seinen Arm um meine Schulter. Seine Finger kraulten flüchtig mein Haar, bevor sie behutsam meinen Kopf an seine Schulter drückten. Die Berührung tat mir gut; sie schien mich wieder mit mir zu vereinigen. Nach einer Weile legte sich das Zittern. Ich hob den Kopf und konnte wieder denken.

»Was nun, Osher?«

Bevor er antwortete kroch er dicht an den staubtrockenen Felsrand und spähte hinab. Es war ein tiefes Tal. Das Geröll bestand aus abgeschliffenen Steinen, vom Wind poliert; es hatte die Farbe von gebranntem Ton. Während der Kulturrevolution hatten die Rotgardisten die Steine mit Mao-Sprüchen beschmiert. Man hatte sie inzwischen wieder entfernt; den Chinesen war aufgefallen, dass die Touristen nichts dafür übrig hatten. Heute wie in alten Zeiten trugen die Steine wieder Glückszeichnungen und Segenssprüche, eingeritzt oder mit Kalk gemalt. Osher zog sich behutsam wieder zurück und nickte mir zu.

»Wir gehen da hinunter. Aber nicht jetzt. Wenn es dunkel ist. Zum Glück scheint kein Mond.«

Mir fielen meine Eltern ein; sie würden entsetzlich beunruhigt sein, wenn ich nicht zur gewohnten Stunde zu Hause war. Doch Osher hatte Recht. Wir durften kein Wagnis eingehen. Wir hatten unser Bestes getan. Aber wofür? Was, um alles in der Welt, hatten wir hier zu suchen? Osher starrte vor sich hin und ich fühlte mich kraftlos vor Angst. Und da wir über irgendetwas sprechen mussten, sprachen wir von Norbu Rimpoche. Nach all dem, was geschehen war, sahen wir keine Hoffnung mehr.

»Was wird jetzt aus ihm, Osher?«

»Der ist erledigt!« Sein Gesicht war durch unterdrückte Wut verdüstert. »Was soll ich machen? Es ist aussichtslos, ihn im Jokhang zu warnen. Dort stehen die Schnüffler so dicht, dass ich nicht spucken kann, ohne einen zu treffen.«

Ich wischte mir den Schweiß aus der Stirn. Reiß dich zusammen!, dachte ich.

»Vielleicht warten sie noch, bevor sie ihn festnehmen. Der Abt ist ein wichtiger Mann. Und wenn gerade Touristen da sind …«

Doch Osher schüttelte den Kopf. Er, der sich in eigenen Phantasien, inneren Bildern und unmöglichen Tagträumen verlor, erkannte in diesem Fall die Wirklichkeit besser als ich.

»Zu spät. Die Sache hier, die hängt mit der ganzen Geschichte zusammen, da kannst du sicher sein.«

Ich kaute stumm und verzweifelt an meinen Nägeln. Unser Vorhaben war nutzlos geworden wie eine weggeworfene Blechbüchse. Wir waren den Dingen in keiner Weise gewachsen. Und an das, was jetzt mit Tsering Deki geschah, wollten wir lieber nicht denken.

Es gab keinen Hitzedunst mehr. Der Himmel war klar und straff, sowie die Sonne unterging und die Berge kupfern färbte. Manchmal vibrierte der Boden ganz leise. Irgendwelche Geräusche trafen unsere Ohren; sie waren zu fern, als dass wir sie deuten konnten. Dann zog sich die Sonne zu einer purpurfarbenen Kugel zusammen. Die Nacht fiel herab wie ein Tuch. Alle Schatten wurden finster, der Abgrund, pechschwarz.

»Ich gehe zuerst«, sagte Osher. »Bleib immer hinter mir!«

Er kauerte sich nieder, schob die Beine über die Felskante und begann den Abstieg. Er kletterte langsam und vorsichtig, tastete sich mit Händen und Füßen vorwärts; mehrmals hielt er irgendwo an, um das Gelände gründlich zu erforschen. Ich kletterte dicht hinter ihm, wie er gesagt hatte, versuchte mir die Stellen einzuprägen, an denen er sich festgehalten oder abgestützt hatte. Es war ein Hinabsteigen wie auf einer Leiter, die steil unter uns in finstere Tiefen abzufallen schien. Oft prasselten kleine Steinchen über den Abhang. Dann zogen wir den Kopf ein, pressten uns an die Felswand und warteten, bis es wieder still wurde. Mehrmals wartete Osher auf mich, half mir über besonders heikle Stellen hinweg. Hoch über dem Talkessel bewegten sich die Lichtpunkte vereinzelter Scheinwerfer. Der Wind kam von der Hauptstraße; wir hörten deutlich die Wagen vorbeifahren. Ich fror und glühte zugleich, meine Zähne klapperten und in beiden Schläfen klopften die

Adern. Osher und ich sprachen nur wenig, schonten unsere Kräfte. Die Abendkühle wollte nicht kommen, die umliegenden Felsen hatten zu viel Sonnenwärme angenommen und gaben dann und wann ein merkwürdig klatschendes Geräusch von sich. Dann trat etwas Neues, Überraschendes ein. Am Himmel fingen die Sterne an zu glühen und in ihrem blaufahlen Licht schienen die kristallartigen Steine einen eigenen schwachen Schimmer auszustrahlen. Die Glücksfiguren, weiß und blau, strahlten regenbogenfarbig aus Höhlen schwarzen Lichts, wobei die eingemeißelten Schriftzeichen scharfe Linien zeichneten. Das Klettern ermüdete uns stark, unsere Kniegelenke wurden steif; es kam vor, dass wir schmerzhaft gegen einen Stein stolperten, der dann loskollerte. Es ließ sich nicht sagen, wann wir endlich mit fliegenden Lungen und pochenden Herzen den Talgrund erreichten. Hier war alles pechschwarz, die Scheinwerfer konnten wir von diesem Standort nicht mehr ausmachen. Wir ruhten uns einen Augenblick aus, doch nicht lange.

»Bist du in Ordnung?«, flüsterte Osher.

Ich verzog das Gesicht.

»Meine Knie.«

»Der Aufstieg geht leichter«, versprach er.

Ich sah nach oben. Die Felswand mochte fünfzig Meter hoch sein. Kein großes Hindernis; wir würden es schaffen. Ich nickte Osher zu und wir begannen zu klettern. Der dunkle Hang war eine Verschachtelung von Platten, Türmen, Simsen. Die Felsen waren freundlich, sie schüttelten uns nicht ab. Doch unsere Kräfte schwanden. Wir waren müde, hätten alles gegeben für einen Schluck Wasser, einen Mund voll heißen Tee. Der letzte Teil war ein mühsames

Kriechen und Suchen nach Wegen. Doch der Nachtwind trocknete uns den Schweiß. Stumpfsinnig schleppten wir uns weiter. Alles kam uns nun fast unwahr vor. Unsere Kraft und unsere Nerven waren am Ende. Aber wir erreichten unser Ziel, kauerten uns erschöpft am Felshang nieder, gleich unterhalb der Hauptstraße, und starrten hinauf. Um das grüne Tal und den Bach zu erreichen, mussten wir die Straße überqueren. Jetzt galt es nur noch, die richtige Stelle zu finden. Dicht über uns knatterten Motoren, zogen Scheinwerfer ihre helle Bahn durch die Nacht. Reifen knirschten auf dem Sand. Stetig rollten Fahrzeuge vorbei. Atemlos krochen wir dicht neben dem Asphaltband entlang. Auf der Zufahrtsstraße zum Kloster standen Polizeifahrzeuge. Wir hörten Zurufe, Befehle, das Rasseln eisenbeschlagener Stiefel. Das flache Gelände hier bot wenig Schutz. Wir duckten uns tiefer, gerade als ein Militärfahrzeug mit kreischenden Bremsen vor dem Eingang des Klosters hielt. Männer, etwa zehn an der Zahl, sprangen heraus, ließen starke Taschenlampen aufleuchten. Lichtkegel hüpften über die Mauern und warfen gespenstische Schatten auf jeden Stein. Der Fahrer stieg aus, rauchte eine Zigarette. Die Männer unterhielten sich und lachten. Plötzlich gellte ein Befehl aus der Dunkelheit. Die Soldaten winkten mit den Taschenlampen. Einige Männer traten aus dem Torbogen. Sie stießen und zerrten einige taumelnde Gestalten, mit Stricken gefesselt. Mein Atem setzte aus. Ich kämpfte gegen meine Benommenheit an, die mich alles nur verschwommen sehen ließ. Schlurfend und scharrend sammelten sich die Männer um die Gefangenen, trieben sie mit Kolbenschlägen in den Lastwagen. Wut stieg würgend in meiner Kehle auf. Ich spürte eine Bewegung neben mir: Osher umfasste meine Hand mit einem warmen, festen Griff. Ich fühlte das hastige Pochen seines Pulses. Wieder traten zwei Soldaten in das Licht der Taschenlampen. Sie zogen einen Mann, der sich nicht auf den Beinen halten konnte. Sie hatten ihn unter den Armen gepackt und schleiften ihn, eine dunkle Blutspur im Sand zurücklassend, zum Lastwagen. Ich sah eine Mönchsrobe aufleuchten, als beide Soldaten ihn fester packten, mit vereinten Kräften hochhoben und wie einen Stein in das wartende Fahrzeug warfen. Ich klammerte mich an Oshers Hand. Ich zitterte so stark, dass ich die Zähne zusammenpressen musste, um mir nicht auf die Zunge zu beißen. Inzwischen schlugen die Soldaten die Wagenlade zu, der Fahrer warf die Zigarette weg und stieg ein. Der Motor wurde angelassen. Zwei Militärjeeps fuhren voran, dann setzte sich der Lastwagen in Bewegung. Er nahm die Kurve, brauste mit zunehmender Geschwindigkeit so dicht an uns vorbei, dass er uns eine Wolke stinkender Abgase ins Gesicht wirbelte. Die grellen Scheinwerfer, die uns kurzzeitig geblendet hatten, entfernten sich und Dunkelheit legte sich über die Straße. In dem Moment stieß Osher einen zischenden Laut aus und riss mich am Arm hoch. Wir rannten über den Asphalt, erreichten die andere Straßenseite. Rutschend und strauchelnd liefen wir die Böschung hinab, dem Wasser entgegen, das in der Finsternis plätscherte. Hier lag ziemlich viel Unrat herum, die Pilger machten sich selten die Mühe ihre Abfälle wegzuräumen. Wir wussten, Bergwasser sollte man nicht trinken, aber unsere ausgedörrten Kehlen verlangten nach Flüssigkeit. Hier unter den Pappeln war die Luft von Frische getränkt. Das Licht der Sterne tropfte aus den Zweigen, blass wie Silber. Im tiefen Schatten der Bäume ließen wir uns am Ufer nieder, beugten gemeinsam den Kopf, tranken das eiskalte Wasser mit langen, hastigen, gierigen Zügen. Wir tauchten Gesicht und Arme in den Bach, bis wir uns nach einer Weile atemlos aufrichteten.

»Weg von hier! Schnell!«, keuchte Osher

Das Pferd, dachte ich, wo mochte es sein? Was, wenn wir die Strecke zu Fuß zurücklegen mussten? Doch Osher schien meine Bedenken keineswegs zu teilen. Er testete die Windrichtung, drehte den Kopf in der Brise leicht hin und her. Auf einmal legte er zwei Finger in den Mund und pfiff. Lang anhaltend und schrill, bohrte sich der Pfiff in die Stille. Falls ihn die Wachsoldaten hörten, mussten sie denken, dass ein Vogel schrie. Ein paar Sekunden blieb alles ruhig. Ich hörte nur mein Herz, das gegen die Rippen schlug. Auf einmal hob Osher die Hand. Da vernahm auch ich ein schnaubendes Geräusch. Das Unterholz knackte; oberhalb des Hanges begannen sich die Zweige zu bewegen. Selbst mein ungeschultes Ohr hörte jetzt ein leises Klingen von Glöckchen, das dumpfe Klopfen der Hufe. Eine Gestalt wurde sichtbar, schwärzer als die schwärzeste Nacht. Oshers Pferd trabte heran, mit wippender Mähne, willig, aber ohne Hast. Ich roch die warme Ausdünstung des Tieres. Das Weiße seiner Augen leuchtete wie Perlmutt. Osher umfasste mit beiden Armen den Kopf des Hengstes, presste ihn an seine Schulter.

»Siehst du? Er hat auf mich gewartet. So sind unsere Pferde. Komm!«

Er schwang sich auf Powos Rücken, half mir in den Sattel und setzte das Pferd mit einem Zungenschlag in Bewegung. Wir ritten den Hang hinab. Vor uns in der Ferne lag Lhasa. Ein heller Lichtschleier hing über der Stadt; darüber flackerten Sterne. Wohin ich auch schaute, überall waren Sterne; fast war es, als ob ein Stern den anderen berührte. Erschöpft und zerschlagen lehnte ich den Kopf an Oshers Schulter. Ich dachte an die vielen Orte dieser Welt, wo das Böse sich gegen alles richtete, was frei und lebendig war. In tiefem, verzweifeltem Schmerz richtete ich den Blick aufwärts zum Himmel. Ich sah nur Sterne, ein gleichmäßiges Meer von Sternen. Das Universum hatte Raum genug für die Götter, die dort wohnten. Sie gaben uns ihren Segen; sie spendeten Trost.

14. KAPITEL

Das Hotel »Moonshine« gehörte Amir Singh, einem Nepalesen. Ein großes, mit Haken und Riegeln verschlossenes Tor führte in den Innenhof. Tagsüber war es immer offen. Ich sah, wie meine Mutter mit einem Besen die Gänge fegte. Jeden Morgen lag die Staubschicht fingerdick. Die Stromleitung hing in einem Bogen quer über dem Hof, in dem eine Anzahl Fahrräder stand. Ein unordentlicher Holzhaufen lag in einer Ecke. Vor dem Wasserhahn saß ein alter Mann, der mit der Zahnbürste in seinem Zahnputzbecher herumrührte.

»Amla!«, rief ich halblaut.

Dolkar fuhr zusammen. Sie wandte sich um und lehnte den Besen an die Wand, wobei sie mich stirnrunzelnd anblickte. Ihr Mund stand leicht offen.

»Sonam! Wo kommst du her?«

Meine Eltern hatten die ganze Nacht kein Auge zugetan. Als ich bei Tagesanbruch vor der Tür stand, war Dolkar schon zur Arbeit gegangen. Am vorherigen Abend hatte Pemala den Handkarren gebracht und meinem Vater erzählt, dass ich ihr den Stand anvertraut hatte. Die Marktfrau hatte einiges verkauft und meinem Vater gewissenhaft jede Münze vorgezählt.

Nambol ging es nicht gut; er hustete stark. Ich gab der Aufregung die Schuld und fühlte Gewissensbisse. So wich ich seinen besorgten Fragen aus, erzählte nur das Nötigste:

dass Tsering Deki uns nicht helfen konnte, weil die Polizei das Kloster gestürmt und eine Anzahl Mönche verhaftet hatte. Die schlimmeren Nachrichten, dachte ich, würde er schon früh genug zu hören bekommen. Nambol saß am Ofen, blass und dürr; seine Augen hatten den verschwommenen Blick alter Menschen, die schlecht schlafen.

»Wir waren schon weg, als sie das Kloster durchsuchten. Aber die Soldaten haben Feldstecher. Wir wollten nicht reiten, solange es hell war.«

Er nickte mehrmals vor sich hin. Ja, das schien ihm vernünftig. Er beruhigte sich ein wenig, seine Haut bekam wieder Farbe. Er sagte, ihm sei es kalt.

»Das ist ein gutes Zeichen«, erwiderte ich, »das Fieber wird weniger. Lass mich fühlen!«

Ich legte die Hand auf seine Stirn. Sie war tatsächlich kühler. Es gelang mir sogar, zu scherzen.

»Du bist frisch wie eine Rose, Pala! Morgen ist auch der Husten weg und du wirst ganz gesund sein.«

Sein Gesicht blieb umwölkt, doch in seinen Augen leuchtete ein kindliches Lächeln. Es war verwirrend, ihn in diesem Zustand zu sehen. Ich bat ihn sich wieder hinzulegen und bald fiel er in einen leichten Morgenschlaf. Ich deckte ihn gut zu und machte mich auf den Weg zu Dolkar.

Bei ihr nahm ich kein Blatt vor den Mund. Während ich sprach, zogen die furchtbaren Bilder in meiner Erinnerung vorbei: Ich hatte Schwierigkeiten zu atmen und stammelte mit schwankender Stimme. Dolkar wanderte umher, die Arme auf der Brust verschränkt. Bei starken Gefühlsregungen pflegte sie auf und ab zu gehen, wie Männer es manchmal tun. Als ich alles gesagt hatte, schwieg sie lange, mit abgewandtem Profil. Dann kehrte ihr Blick zu mir zurück.

»Ich habe dir das alles ersparen wollen.«

»Es tut mir Leid, Amla. Vielleicht habe ich etwas Falsches getan …«

»Was immer auch in Drepung geschehen ist, es wird dein Leben verändern.«

Meine Hände waren feucht. Ich spreizte hilflos die Finger.

»Ich wollte Osher helfen.«

Sie schüttelte den Kopf mit einer gewissen Heftigkeit.

»Osher kommt ohne dich zurecht.«

»Er hatte bisher nichts erreicht, Amla.«

»Du weißt doch, Sonam: Hältst du eine Linse in die Sonne, sodass sich die Sonnenstrahlen in ein und demselben Punkt sammeln, so fängt dieser Punkt bald Feuer …«

Ich schluckte schwer.

»Amla, was wird jetzt aus Tsering Deki?«

Sie wischte sich mit dem Handrücken über die schweißfeuchte Stirn.

»Dir ist die Wahrheit so wichtig. Ich denke, es ist richtig, dass du auch diese Wahrheit erfährst: Sie werden ihn umbringen.«

»Warum bloß, Amla? Er ist ein alter Mann und geht auf Krücken!«

»Seine Heiligkeit hat im Exil eine neue Verfassung entworfen. Tsering Deki vervielfältigte davon Holzdrucke und ließ sie verteilen. Ich habe die Verfassung selbst vor Augen gehabt. Im zukünftigen Tibet soll Meinungsfreiheit an erster Stelle stehen, ohne Heimlichkeit oder Heuchelei. Tsering Deki rief alle Tibeter auf, die Bewegung zur Wiederherstellung der Freiheit zu unterstützen …«

Ihre Augen füllten sich mit Tränen.

»Noch in hundert Jahren wird man sich an seinen Namen erinnern.« Ich holte tief Luft.

»Ich verstehe. Und Norbu Rimpoche?«

Ein nervöses Zucken ging über ihr Gesicht. Sie legte zwei Finger an die Stirn.

»Jemand muss ihn warnen! Aber wer? Osher? Ich kann ihm das nicht aufbürden. Sein Vater stand ganz oben auf der schwarzen Liste. Nambol ist krank. Und ich kann kein Risiko auf mich nehmen. Amir Singh kennt meine Geschichte. Er hilft mir, das schon, aber er will keinen Ärger mit den Behörden …«

Sie verstummte. Der Alte mit dem Zahnbecher schlurfte vorbei, verschwand in einem der Zimmer. Als er weg war, sagte ich: »Amla, kann ich es nicht tun?«

Sie starrte mich an.

»Du? Ausgeschlossen!«

Ich zählte geduldig bis fünf.

»Ich muss dir etwas sagen, Amla. Darf ich?«

Ihr flackernder Blick kehrte zu mir zurück. Ich sagte: »Siehst du, ich bin den Chinesen nicht böse, man kann das nicht so nennen. Aber sie haben mein Leben zerstört. Das tut schrecklich weh. Ich habe zwei Bilder im Kopf. Auf dem einen Bild ist Lili, auf dem anderen ein Polizist mit einem elektrischen Schlagstock. Ich versuche zwischen diesen Bildern zu unterscheiden. Ich weiß nicht, ob ich es kann. Hass ist etwas sehr Schlimmes, deswegen weiß ich jetzt: Ich muss weg von hier. Sonst … sonst wird er stärker, verstehst du? Ich will das nicht, Amla.«

Sie hatte zugehört, sonderbar ruhig und ohne mich zu unterbrechen. Als sie sprach, klang ihre Stimme tonlos.

»Hass ist wie ein Riss durch unser Herz. Dein Vater und

ich reden nie davon. So ist er eben, der Hass. Er ist so, dass wir nicht davon reden können …«

»Ich fühle noch keinen Hass«, sagte ich leise. »Aber ich will nicht, dass wieder solche Dinge geschehen wie gestern. Und dass ich mich schämen muss, weil ich nicht alles getan habe, um das zu verhindern …«

Sie betrachtete mich, als sähe sie mich zum ersten Mal. Und sie zeigte mir ein merkwürdiges Gesicht, auf dem zugleich Stolz und Erschütterung stand. Auf ihrer Wange konnte ich einen Schatten erkennen, als lächelte sie. Und für einen Augenblick verdrängte dieses Lächeln die Furcht, die uns verfolgte. Sie legte ihre Hand, die so warm und stark war, auf meine Schulter.

»Du bist unsere größte Liebe.«

Sie sagte es in einem glücklichen Ton. Und dann erklärte sie mir sehr gründlich und sehr genau, was ich zu tun hatte.

15. KAPITEL

In Lhasa waren die Straßen mit Autos, Lastwagen und Fahrrädern verstopft. Überall wurde gebaut, Bagger wühlten den Schutt auf. Doch die überlieferten Pilgerpfade umschlossen die Stadt noch immer wie Ringe. Und heute wie einst kamen die Pilger von weit her, wobei sie – nach uraltem Brauch – den Weg mit ihrem Körper maßen. Aufrecht stehend legten sie die gefalteten Hände an Stirn, Lippen und Brust, knieten nieder, sanken nach vorn in die Bauchlage, das Gesicht im Staub. Dann schoben sie ihre Arme vorwärts, ritzten mit einem Stein einen Strich in den Asphalt: die Markierung für die nächste Niederwerfung. Motorräder knatterten, Lastwagen donnerten an ihnen vorbei, es sah lebensbedrohlich aus; doch die Augen der Pilger, auf ihre Vision gerichtet, waren blind für jede Gefahr.

Der Barkhor, der weite Platz, auf dem früher die Häuser der Beamten standen, umgab den Jokhang-Tempel, Tibets größtes Heiligtum. Als 1959 die Volksbefreiungsarmee Lhasa unter Beschuss nahm, war das Gebäude beschädigt worden. Aber dann wurde der Tourismus immer wichtiger und die chinesischen Behörden hatten den Tempel restaurieren lassen. Meiner Mutter gefiel er nicht. »Die Götter wohnen nicht mehr dort«, seufzte sie. Ich teilte ihre Wehmut nicht, denn wie sollte ich Bilder von damals mit Bildern von heute vergleichen? Mein Gedächtnis reichte nicht weit genug zurück. Für mich war der Tempel schön.

Das Portal stand weit offen. Hunde und Katzen dösten auf den glatten Steinfliesen. Sie waren mager und zutraulich; die Mönche überließen ihnen die Reste ihres kargen Essens. Im Innern des Tempels war die Luft dunkel und warm; es roch nach Weihrauch und Butterdampf. Die Pilger drängten sich in die schwach erleuchteten Hallen, berührten jedes Standbild, legten Geld und Gerstenkuchen als Opfergaben nieder. Große Gebetsmühlen aus Messing funkelten in den Nischen. Mönche kauerten betend auf roten Sitzkissen. Die Pilger spendeten Münzen, stumm, ehrerbietig. Die Mönche dankten mit sanftem Kopfnicken, murmelten einen Segensspruch und stapelten die Münzen zu kleinen, glitzernden Türmen auf. Vom Strom der Menge getragen wanderte eine Gruppe Touristen von Kapelle zu Kapelle. Die Frauen und Männer trugen gute Lederschuhe, wasserdichte Jacken, Videokameras und Fotoapparate. Norbu Rimpoche hätte ich auch ohne Dolkars Beschreibung auf den ersten Blick erkannt. Der hoch gewachsene Mann sprach ein wohlklingendes, ungezwungenes Englisch. Im Tempel, wo alle Menschen nur wisperten, konnte ich deutlich jedes Wort verstehen. Die Touristen bildeten einen Kreis um ihn herum, nickten interessiert, stellten Fragen. Einige hatten zusätzlich bezahlt, um filmen oder fotografieren zu können. Gelegentlich flackerten Blitzlichter auf. Die Sicherheitsbeamten des »Gong an Ju« waren hier sehr zahlreich. Männer und Frauen, unauffällig gekleidet, beobachteten mit wachsamen Augen das Gedränge. Es stimmte, dass Osher sofort aufgefallen wäre. Mich hingegen ließen sie ungehindert durch. So konnte ich mich ohne Schwierigkeiten den Touristen nähern und hören, was Norbu Rimpoche sagte.

»Früher waren die Butterlampen aus Gold und Silber, die Statuen mit Edelsteinen geschmückt. Jedoch – sie kamen in den Wirren des Befreiungskrieges abhanden.« Er ließ die Worte in der Luft hängen, lächelte versonnen und hintergründig. »Nun, Gold ist nichts als Gold. Es waren beschwerliche Zeiten und das menschliche Herz ist selbstsüchtig.«

Der chinesische Fremdenführer nickte dazu. Die meisten Touristen wohnten im Holiday Inn, das den Chinesen gehörte. Dolkar hatte mir erzählt, dass über jeden Ausländer Bericht erstattet wurde. Viele Touristen hatten keinen schlechten Eindruck von Lhasa – Englisch sprechende Chinesen unterhielten sich scheinbar zwanglos mit ihnen, gaben bereitwillig zu, dass außer vielem Guten auch einiges geschehen war, was übertrieben und grausam sein mochte. »Bitte, haben Sie Geduld!«, sagten sie. »Wir haben uns dem Wohlergehen der Bevölkerung geweiht, aber das Land ist groß und dünn besiedelt. Unser soziales Gewissen ist stark. Wir bauen neue Fabriken, Schulen und Krankenhäuser. Der Fortschritt setzt sich durch, aber wir brauchen Zeit. Hast und Ungeduld in der Frage der Demokratie sind nur destabilisierend.«

Die Touristen hörten zu, nickten, zeigten sich beeindruckt. Manche – die Aufgeklärten – äußerten Zweifel, stellten Fragen. Die Fremdenführer behielten sie im Auge. Doch für die Ausländer war es schwierig, Wahres von Falschem zu unterscheiden. Es kam auch vor, dass sie Dinge sagten, die den Chinesen missfielen. Die meisten wussten nicht, dass in ihrem Kopfkissen oder unter dem Bett Mikrofone versteckt waren. Dann jagte man ihnen Angst ein; Sicherheitsbeamte durchsuchten ihr Gepäck, konfiszierten ihre Filme. Es kam vor, dass die Touristen die Mikrofone bemerkten, sie herausrissen und sich wütend beschwerten. Es sei ein Versehen, ein Missverständnis, hieß es dann. Die Chinesen waren auf fremde Devisen erpicht; sie wollten die Touristen nicht verscheuchen.

»Diese Kunstwerke sind Zeugen unserer alten Hochkultur, aus einer Zeit, in der das Volk in Knechtschaft und Armut lebte«, sagte Norbu Rimpoche mit sanftem Hohn. »Doch seit der friedlichen Befreiung Tibets gibt es Nahrung für alle und die Menschen sind zufrieden. Wir Alten nehmen an Kursen für fortschrittliches Denken teil und haben das Glück diese Veränderungen noch zu erleben.«

Die Touristen murmelten zustimmend, filmten hingerissen den glänzenden Widerschein auf den Butterlampen. Eine junge blonde Frau stellte plötzlich eine Frage. Sie trug einen langen Daunenmantel, der im Halbdunkel rubinrot glänzte. Sie mochte nur wenig älter als ich sein. Eine Studentin, nahm ich an.

»Ich sehe in diesem Tempel kein einziges Bild seiner Heiligkeit, dem Dalai-Lama. Über seine politische Haltung kann man geteilter Meinung sein. Aber sollte er nicht als spiritueller Meister verehrt werden?«

Die Ausländer tauschten Blicke, scharrten mit den Füßen. Ein gedehnter Laut stieg aus der Gruppe der Mönche auf; am meisten glich er einem erschrockenen Atemholen. Viele verstanden kein Englisch – aber das Wort Dalai-Lama hatten alle herausgehört. Die anwesenden Chinesen verzogen keine Miene. Das Gesicht des Fremdenführers wurde zu Eis.

Die junge Frau lächelte; ihr Lächeln wirkte vollkommen arglos. Ihre Unbefangenheit täuschte, dafür blitzten ihre Augen zu kühn.

Norbu Rimpoche richtete den Blick auf sie, indem er den Kopf ein wenig zur Seite neigte. In seinen Augen tanzte ein unergründlicher Funke.

»Es kommt vor, dass sich Barmherzigkeit und Weisheit in menschlicher Form verkörpern. Sie leuchten dann auch im Dunklen, wenn das Sonnenlicht schwindet.«

Sie kniff leicht die Augen zusammen, aber ihr Lächeln blieb.

»Es tut mir Leid«, sagte sie langsam, »ich habe Sie von Ihrem Thema abgebracht.«

Er erwiderte ihr Lächeln auf eine sehr persönliche Art.

»Ich bin ein schrulliger alter Mann. Verzeihen Sie, wenn meine Antwort in keiner Beziehung zu Ihrer interessanten Frage steht.«

Ihre Mundwinkel zuckten.

»Natürlich«, erwiderte sie.

Norbu Rimpoche warf die Falten seines Gewandes über die Schulter und wandte sich an die schweigenden Touristen.

»Bitte, folgen Sie mir zu den Wandgemälden. Einige waren beschädigt und konnten dank großzügiger Spenden aus dem Mutterland restauriert werden.«

Er führte die Gruppe weiter, wies mit höflicher Handbewegung den Weg. Die blonde Touristin schritt dicht an mir vorbei. Unsere Augen trafen sich; unwillkürlich lächelten wir einander an. Sie las auf meinem Gesicht, dass ich den Wortwechsel verstanden hatte, denn sie gab mir ein Zeichen. Ihre Hand deutete zum Eingang. Ich sah sie verständnislos an. Sie fragte mich mit den Augen. Ich zögerte kurz, bevor ich nickte. Da lächelte sie zufrieden und ging, wobei sie sich mehrmals nach mir umdrehte. Ich sah ihr nach, wie sie sich entfernte. Mir war immer noch nicht klar, was sie eigentlich wollte, und ich hatte ein wenig Angst. Dann begriff ich plötzlich, dass sie wohl ein Gespräch mit mir suchte. Aber daraus würde nichts werden. Ich hatte anderes zu tun. Außerdem war es viel zu gefährlich für Tibeter, sich mit Ausländern zu treffen. Und ich wollte lieber kein Risiko eingehen.

16. KAPITEL

Ich presste mich gegen die Mauer und wartete, bis der Abt seine Führung beendet hatte. Als die Gruppe den Tempel verlassen hatte, stieg ich eine Holztreppe hinauf und wanderte durch einige Gänge. In einer Kapelle sangen Mönche die heiligen Texte. Das friedvolle Auf und Ab der Stimmen, begleitet von dem Pochen der Gebetstrommeln, wirkte wohltuend auf meine fiebrigen Nerven. Ein karminroter Vorhang verdeckte eine Tür; zwei kräftige Mönche standen davor. Auf dem Boden erblickte ich Sandalen, abgewetzt und staubig. Die beiden Türhüter blickten frostig; sie waren es gewohnt, Besucher abzuwimmeln. Der eine war jung, der andere hatte schon graue Stoppeln auf dem rasierten Schädel. Beide standen da, die muskulösen Arme verschränkt, wie Steinfiguren. Ich verbeugte mich, nannte meinen Namen. Ob mir der Ehrwürdige Norbu Rimpoche eine kurze Audienz gewähren würde? Meine Mutter habe ein Geschenk für ihn mitgeschickt. Die Mönche tauschten einen Blick; offenbar war ihnen Dolkars Name nicht unbekannt. Der Grauhaarige stellte noch ein paar Fragen und gab seinem Gefährten einen Wink mich anzumelden. Dieser verschwand für einen Augenblick, tauchte aber gleich wieder auf, verbeugte sich und hielt den Vorhang auf. Die Tür dahinter war offen. Ich schlüpfte aus meinen Schuhen und trat ein.

Der Raum war karg eingerichtet; nur über der Altarwand aus Nussbaum hingen zwei schöne, aber zerschlissene Rollbilder. Der Abt lehnte an einem Stapel Kissen. Sein runzeliges Gesicht sah eingefallen aus, doch seine samtbraunen Augen schimmerten ruhig und klar. Seinem Rang entsprechend erhob er sich nicht. Ich verneigte mich dreimal, wie es die Ehrfurcht gebot und empfing seinen Segen. Das angekündigte Geschenk bestand aus gedörrten Aprikosen, die ich ihm in einer weißen Schärpe überreichte. Norbu Rimpoche freute sich sehr und zeigte unvermittelt ein lebhaftes, jugendliches Lächeln.

»Aprikosen! Deine Mutter weiß, wie gerne ich sie mag!«

Er erzählte mir, dass im Garten seiner Eltern ein Aprikosenbaum gestanden hatte. Als Kind habe er sich nachts in den Garten geschlichen und sich heimlich den Bauch voll geschlagen. »Warum trägt der Baum so wenig Früchte?«, wunderte sich sein Vater, bis er ihn ertappte und verprügelte.

Er ließ ein glucksendes Lachen hören.

»Wie du vermutlich weißt, blickt Dolkar auf eine ähnliche Erinnerung zurück.«

Ich lächelte zaghaft.

»Bloß, dass es sich bei ihr um Birnen handelte.«

Der junge Türhüter, das Gesicht respektvoll zur Seite gedreht, brachte Buttertee und »Kabse«, ein Gebäck, das ich nicht besonders mochte. Als er wieder draußen war, sagte der Abt: »Kind, ich freue mich dich zu sehen. Dolkar hat mir viel von dir erzählt. Ich habe gehört, dass du in China studieren willst.«

Meine Wangen wurden heiß.

»Ich … ich konnte die Prüfung nicht machen. Ich war im Unterricht nicht gut genug.«

Er sah mich eindringlich an.

»Wie außerordentlich bedauerlich! Aber du weißt ja, die Studienplätze sind knapp.«

Ich schwieg unter seinen warnenden Augen.

»Wie blass du bist, Kind!«, fuhr er fort. »Sag, hast du Kopfschmerzen?«

Ich starrte ihn betroffen an. Ich fühlte mich nicht im Geringsten schlecht. Aber ich war niemand, dem man die Dinge zweimal erklären musste.

»Ja, eine ganze Zeit schon. Es tut mir Leid.«

»Das macht die stickige Luft. Komm, lass uns für ein paar Minuten nach draußen gehen!«

Er erhob sich. Hinter dem Raum war eine kleine Terrasse. Zwei Stockwerke tiefer lag ein kleiner Hof. Mönche kamen und gingen. Gebetsfahnen, auf Schnüre gereiht, flatterten im Wind. Auf den vergoldeten Dächern loderte die Glut schwelender Weihrauchbecken. Norbu Rimpoche wandte sich mir zu, die Lippen spöttisch gekräuselt.

»Hier können wir ungestört reden. Sie haben ein Mikrofon unter meinem Tisch angebracht. Sorgfältige Arbeit, muss ich schon sagen. Ich stelle mich ahnungslos.«

Mich überlief es. Er sprach gelassen weiter.

»Sie wollen dich also nicht in China lassen. Ziemlich heikles Thema, würde ich sagen. Aber man konnte es nicht anders erwarten.«

»Es ist so … entsetzlich demütigend!«

»Kind, sie behalten nicht immer die Oberhand.«

Ich schüttelte verzweifelt den Kopf.

»Sie ändern sich nie.«

»Hmmm! Sie brauchen Zeit, das ist alles. Es gibt zu viel Misstrauen auf beiden Seiten. Du kannst natürlich nicht ewig warten, bis du so altersschwach bist wie ich. Du solltest schon vorher etwas tun. Aber Dolkar schickt dich nicht zu mir, bloß weil ich Aprikosen mag. Nun, was gibt's?«

Ich schluckte.

»Wir waren gestern in Drepung, als die Soldaten kamen.«

Sein Blick wurde dunkel und starr.

»Davon musst du mir erzählen.«

Er stand ruhig in der Sonne, lauschte schweigend. Doch ich blickte auf seinen nackten, braunen Arm und sah, dass er mit einer Gänsehaut überzogen war. Als der Abt mich angehört hatte, erschien mir sein Gesicht plötzlich eingefallen und alt. Er nickte langsam und sagte mit gedämpfter Stimme: »Jaja … es war nur eine Frage der Zeit. Sag mir, wie viele Mönche haben sie verhaftet?« Ich erwiderte, dass es dunkel war und wir es nicht genau sehen konnten.

»Acht oder zehn müssen es gewesen sein. Und der Novize, der bei Tsering Deki war und so nett lächelte … den haben sie erschlagen.«

Er beugte sich leicht vor.

»Dschigme? Ist er tot?«

Ich nickte mit zugeschnürter Kehle. Ein tiefer, schmerzvoller Seufzer dehnte seine Lungen. Traumbefangen hob er die Hand, murmelte die alten Worte des Segens: »Götter, blickt mit Mitgefühl auf jene, die sterben! Die schwarze Finsternis der Furcht geleitet sie dahin. Blickt mit Mitgefühl auf jene, die sie segnen! Denn auch sie werden sterben …«

Dann schwieg er. Ich kämpfte gegen die Tränen an. Der Abt sprach weiter: »Tsering Deki wusste, dass es geschehen würde. Nun, ein Mönch lebt in Armut. Sein Körper ist das Einzige, was ihm wirklich gehört. Keinem fühlenden

Wesen darf er Schmerzen zufügen. Aber er kann seinen Körper für den Frieden opfern, sich selbst als Gebet darbringen. Es gibt Umstände, die solches erfordern.«

Die Tränen liefen mir über die Wangen, ich merkte es kaum. Wie durch Nebel drang Norbu Rimpoches Stimme an mein Ohr.

»Sei ruhig, Kind! Sie nehmen unser Blut, sie nehmen uns nicht den Geist. Sie wollen uns töten, aber wir leben ewig. Solange die Sterne kreisen …«

Ich wischte meine Augen trocken.

»Auch Sie sind in großer Gefahr. Sie … Sie wurden verraten.«

Er nickte gelassen.

»Von meinem Bruder, ich weiß. Wir Menschen haben Augenblicke der Schwäche und des Versagens. Aber Buddhas Lehren spenden Licht und keiner von uns geht rückwärts.«

»Osher kam, um Sie zu warnen. Osher, Sie wissen schon, Lotens Sohn … Meine Mutter hat ihn geschickt. Er wollte Sie sprechen und wurde jedes Mal abgewiesen.«

Der Abt schüttelte traurig den Kopf.

»Die Mönche haben Angst; man kann es ihnen nicht verübeln. Wie kann ich Osher danken, dass er sein Leben für mich und meine Sache gewagt hat? Osher wird wie sein Vater werden – Loten war der tapferste Mann, den ich je gekannt habe.«

Er stand eine Weile in Gedanken. Dann straffte er sich ein wenig.

»Das waren andere Zeiten. Nun, sie sind vorbei. Weine nicht, Kind, erzähle mir lieber von dir! Was hast du vor?«

Er wollte mich offenbar ablenken. Und vielleicht sich

selbst auf andere Gedanken bringen. Ich schuldete es ihm, auf die Frage einzugehen.

»Ich will in Nepal studieren. Obschon … ich bin mir nicht sicher, ob ich so weit weggehen sollte …«

»Glaubst du, dass du es schaffen wirst?«

Ich spürte ein Prickeln im Nacken.

»Es wird nicht immer leicht sein.«

»Hmmm …«

»Aber ich habe keine Angst.«

Er nickte.

»So ist's besser. Du begibst dich in eine Welt, von der du nichts weißt. Aber diese Welt wird dich nicht zerstören, sondern stark machen.«

»Wenn das nur wahr wäre«, seufzte ich.

Er sah mir in die Augen.

»Du kennst die Wahrheit, wenn du sie hörst. Die Wahrheit ist ein inneres Wissen. Du wirst sehen, es wird alles gut werden.«

Eine seltsame Kraft ging von ihm aus; fast glaubte ich einen gleißenden Schimmer, eine Aura zu sehen, aber es mochte wohl eine Sinnestäuschung im Gegenlicht sein.

»Deine Mutter soll sich keine Sorgen machen«, sagte er. »Unser Glaube wird bestehen, egal, was immer man uns auch antut. Jedoch – ich bin alt. Es ist Zeit, loszulassen. Alte Kämpfer müssen gehen, neue Kämpfer müssen kommen. Osher ist auf dem Weg. Du bist auf dem Weg. So soll es sein.«

Verstört starrte ich ihn an. Was meinte er damit? Zögernd fragte ich: »Werden Sie jetzt Lhasa verlassen?«

Sein Blick glitt an mir vorbei zu den Dächern, die im Sonnenlicht glänzten, zu dem türkisblauen Himmel darüber.

Das Geräusch der Trommeln umsäumte seine Gedanken, denen er einige Sekunden nachhing. Nie hatte ich ein Gesicht gesehen, das auf so edle Weise Trauer, Schmerz und Spott zeigte. Schließlich brach er das Schweigen mit einem kaum vernehmlichen Husten.

»Richte deiner Mutter meinen Dank aus! Aber feige ist, der vor Schmerzen flieht. Wo Mönche und Nonnen in Gefahr sind, darf ein Abt nicht davonlaufen. Und was dich betrifft …«

Sein Blick kehrte zu mir zurück, warm und offen wie zuvor. Er legte mir die Hand auf die Schulter.

»Wir verbrauchen unsere Körper im Wettlauf mit der Zeit, aber unsere Seele kennt ihre Aufgabe. Die Wege, die sie wählt, führen an ihr Ziel oder wenigstens in dessen Nähe. Es gibt ein Sprichwort: Nicht die Asche bewahren, sondern das Feuer hüten. Daran denke!«

Als ich das Heiligtum verließ, stand die Sonne hoch über dem Platz. Blendende Helligkeit schlug mir entgegen. Blinzelnd trat ich aus dem Tor, stieg im Gedränge die Stufen hinunter. Plötzlich fiel ein Schatten auf mein Gesicht. Dicht vor mir, im Gegenlicht, zeichnete sich eine Gestalt ab. Ich sah wehende blonde Haare, ein helles Gesicht, ein herzliches Lächeln.

»Ich habe auf dich gewartet«, sagte die Fremde im roten Daunenmantel.

17. KAPITEL

Benommen strich ich mein Haar aus dem Gesicht. Ich hatte sie längst vergessen. Jetzt nahm ich ihren Ausdruck zur Kenntnis, verschmitzt und etwas scheu und merkte gleichzeitig, dass jeder sie anstarrte.

»Entschuldige!«, sagte sie. »Ich wollte dich nicht erschrecken. Ich suche verzweifelt jemanden, der Englisch spricht.«

Sie wirkte auf komische Art befangen, aber die Herzlichkeit ihres Ausdrucks glich diese Steifheit wieder aus. Ich sagte zögernd: »Ich spreche Englisch … ein wenig.«

»Oh!«, rief sie erfreut, »das ist ja wunderbar!«

Ich wurde etwas rot.

»Ich bin wirklich nicht sehr gut. Ich verstehe vieles falsch. Und oft fehlen mir die richtigen Worte.«

Englisch war eine Sprache, die meinen Gefühlen wenig entsprach; für mich war sie nichts als ein Hilfsmittel, wie Worte es eben sind.

Sie schüttelte lebhaft den Kopf.

»Nein, nein! Du sprichst ausgezeichnet Englisch!«

»Die Bildungsbehörde hat Kurse eingerichtet.«

Ich sagte ihr nicht, dass nur wenige Tibeter diese Kurse besuchten und ich die einzige Schülerin unter Erwachsenen war.

»Und manchmal hat mein Vater Englisch mit mir gesprochen.«

»Dein Vater? Was macht er?«, fragte sie neugierig.

»Jogurt verkaufen. Auf dem Markt.«

Sie zog die Stirn kraus.

»Und er spricht Englisch?«

Ich wechselte rasch das Thema.

»Wo kommst du her?«

»Aus Schweden. Ich heiße Anna Björk. Und du?«

Ich nannte meinen Vornamen. Immerhin wusste ich, dass Schweden ein Land im Norden von Europa war.

Wir schlenderten gemeinsam über den Platz. Ich schaute beflissen geradeaus. An jedem öffentlichen Treffpunkt, an jeder Sehenswürdigkeit war das Netzwerk bezahlter Spitzel aktiv. Nach ihrer unverfrorenen Bemerkung über den Dalai-Lama hatten sie Anna garantiert längst ins Visier genommen. Obendrein hatte sie sich von ihrer Gruppe getrennt, mich angesprochen. Und dann stieg plötzlich Trotz in mir auf. Irgendwie war es doch hirnverbrannt, dass man nicht reden konnte, mit wem man wollte, ständig das Gefühl haben musste überwacht zu werden!

»Ich bin schon seit frühmorgens unterwegs«, erklärte Anna. »Jetzt habe ich Hunger. Wollen wir ins Holiday Inn gehen, dort etwas trinken und einen Sandwich essen? Da ist es ruhiger als in einem Teehaus.«

Mein Gesicht wurde heiß. Die Preise im Holiday Inn waren für die Mehrzahl der Tibeter nahezu astronomisch. Undenkbar, dass ich mich dort blicken ließ! Anna schien meine Gedanken zu lesen.

»Ach was, mach kein Theater! Ich lade dich ein. Ich wohne bloß in dem Luxuskasten, weil ich sonst nie nach Tibet gekommen wäre.«

Ich sah sie fragend an. Sie zog die Schultern hoch.

»Mein Vater ist der schwedische Konsul in Nepal, meine Mutter ist Wirtschaftsexpertin. Vorher waren sie in Peru. Sie leben in panischer Angst, dass ich entführt werde oder solche Sachen …«

Ich erfuhr, dass sie in Stockholm wohnte und die Ferien stets bei ihren Eltern verbrachte.

»Ich habe Ferien bis Ende Oktober. Und ich wollte unbedingt nach Tibet. Meine Mutter sagte, gut, aber nur mit einer Reisegruppe und in einem sicheren Hotel. Mir geht das völlig gegen den Strich, weißt du. In Stockholm habe ich ein eigenes Apartment, kann tun und lassen, was ich will.«

Ich wollte den Zwischenfall im Tempel lieber nicht erwähnen, aber sie fing von sich aus damit an.

»Vorhin bin ich mit meiner Fragerei wohl etwas zu weit gegangen. Mein Vater sagt immer: ›Anna, benimm dich so, dass du nicht auffällst!‹ Der bekommt rote Ohren, wenn ich auf diplomatischem Parkett ehrlich meine Meinung sage oder einfach mal nachbohre. Der Abt hatte zum Glück mehr Humor. Ich bin sicher, dass der sich innerlich totgelacht hat.«

Mir kam in den Sinn, dass sie Recht haben mochte. Aber ich stellte mich taub. Ich war nicht dazu im Stande, über Norbu Rimpoche sprechen. Es gab tausend Gründe dafür. Ich war viel zu aufgewühlt.

Im Holiday Inn trugen die Kellner und das Personal tibetische Kleidung, aber die meisten waren Han-Chinesen und geschult die Fremden zu überwachen. Das sagte ich Anna nicht. Vorsicht war besser. Erst als wir am Tisch saßen, wurde mir bewusst, wie hirnverbrannt es gewesen war, Annas Einladung anzunehmen. Ich weiß wirklich nicht, was in mich gefahren war, aber irgendetwas hatte mich dazu gebracht, alle Vorsicht über Bord zu werfen und mit der Schwedin zu sprechen. Ein unnötiges Risiko. Anna hielt mir die Menükarte hin.

»Was möchtest du essen?«

»Suche etwas für mich aus«, bat ich.

Anna bestellte eine chinesische Suppe und mit Hühnerfleisch belegte Brote. Dazu Tee. Einige Leute aus ihrer Gruppe kamen herein, setzten sich an einen runden Tisch. Anna lächelte ihnen zu. Auch der chinesische Fremdenführer war da. Er hatte eine Videokamera in der Hand und filmte die Gruppe. Die Touristen winkten lachend. Der Fremdenführer winkte zurück. Die Kamera schweifte kurz über uns hinweg; ich drehte rasch den Kopf zur Seite. Anna war nichts aufgefallen. Sie strahlte so etwas Unbefangenes, Freundliches aus. Mein Alter überraschte sie.

»Ich hatte dich für älter gehalten.«

»In der Schule hatte ich immer ältere Freunde«, gab ich zu. »Ich habe eine Klasse übersprungen.«

»Super!« Anna war beeindruckt. »Was willst du denn werden?«

Das Hühnerfleisch schmeckte mir plötzlich wie Stroh.

»Ich … ich kann nicht auf die höhere Schule.«

Sie zögerte, doch die Neugierde war stärker.

»Weil es – äh – zu teuer ist? Entschuldige, wenn ich frage!«, setzte sie schnell hinzu. »Gibt man dir kein Stipendium?«

Ich schluckte.

»Nein, mir nicht.«

Sie warf mir einen scharfen Blick zu, überrascht, neugierig und zugleich voller Wärme.

»Aber wieso denn nicht? Jemand, der so begabt ist wie du, muss doch gefördert werden.«

Im ganzen Hotel waren Kameras, Mikrofone und Bewegungsmelder angebracht. Das wusste ich. Der chinesische Fremdenführer bewegte sich locker und ungezwungen inmitten der Touristen, wobei er immer wieder in unsere Richtung blickte. Anna hatte nicht viel zu befürchten, aber für mich war dieser Ort sehr gefährlich. Ich sagte schnell: »Und du, was studierst du?«

»Wirtschaftswissenschaft, im zweiten Semester. Ich finde, dass man Umweltfragen, Menschenrechte und Wirtschaft nicht mehr unabhängig voneinander betrachten kann. Ich will wissen, wie alles läuft, und es später besser machen. Und ich bin nicht schnell zufrieden und leicht zu beglücken. Ich stelle Ansprüche, bitte schön. Hast du noch im Kopf, was der Dalai-Lama 1989 in seiner Nobelpreisrede sagte?«

Ich schluckte schwer und versuchte ihr ein Zeichen zu geben, aber Anna sprach unbeirrt weiter.

»Er sagte, dass wir uns alle den Planeten Erde teilen und lernen müssen in Harmonie und Frieden miteinander und der Natur zu leben. Die tibetische Hochebene sollte ein ›freies Sanktuarium‹ werden, ein kreatives Zentrum für die Förderung und Entwicklung des Friedens. Damals war ich ungefähr sieben. ›Was ist das, ein Sanktuarium?‹, habe ich meine Mutter gefragt. ›Eine Art Aquarium?‹ Sie hat mir erklärt, dass damit ein heiliger Ort gemeint sei, und ich war schwer beeindruckt. Dieser Dalai-Lama hat zwar einen merkwürdigen Namen, dachte ich, aber was er sagte, empfand ich ganz tief. Das hat sich bis heute nicht geändert. Wenn andere so dächten wie er, brauchten wir uns um unseren schönen blauen Planeten weniger Sorgen zu machen.«

Ich versuchte verzweifelt sie auf andere Gedanken zu bringen. Mit dieser Gesprächspartnerin käme ich sonst noch in Teufels Küche.

»Gefällt dir Lhasa?«

Der Versuch schlug fehl. Sie ereiferte sich, fuchtelte mit ihrer Gabel über den Tisch.

»Die Neustadt? Eine Katastrophe! Und was soll die rostige MiG auf dem Platz? Ein Kampfflugzeug als postmoderne Dekoration, wie geschmacklos! Mich juckt es in den Fingern, das Ding zu besprayen – mit irgendeinem blöden Spruch: ›Meiner ist zehn Meter lang.‹ Oder: ›Free Tibet.‹ ›Chinese, go home‹ wäre auch nicht schlecht. Was gefällt dir besser?«

Mir blieb der Bissen im Hals stecken. Gerade in diesem Augenblick brach die Touristengruppe in lautes Gelächter aus. Ich nützte den plötzlichen Lärmpegel, hielt meine Serviette vor den Mund und flüsterte: »Tu mir den Gefallen, sag nie solche Dinge! Auch in deinem Zimmer nicht. Du wirst ständig abgehört …«

Ich sah, wie ihre Augen sich weiteten, sah den betroffenen Ausdruck auf ihrem Gesicht. Ich sprach jetzt wieder mit meiner normalen Stimme.

»In ein paar Jahren wirst du Lhasa kaum wieder erkennen. Überall wird gebaut, die alten Häuser werden restauriert und bemalt. Die Touristen sollen sich bei uns wohl fühlen.«

Sie nickte langsam, ohne mich aus den Augen zu lassen. Sie hatte verstanden. Ich hob die kleine Teekanne und füllte ihre Schale nach. Wir tauschten ein schwaches Lächeln. Anna erzählte, dass ihre Reisegruppe morgen Heiligtümer und Vorzeigeklöster rund um Lhasa besichtigen würden.

»›Klosterrallye‹ nennen wir das. Ich habe eigentlich keine Lust mehr mitzumachen. Alles ist mir zu neu und kitschig. Nicht sorgfältig nachgemacht. Sind die Mönche eigentlich echt? Ganz ehrlich, ich würde mich lieber mit dir unterhalten.«

Schlagartig überfiel mich ein schlechtes Gewissen. Meine Mutter kam vor Sorgen fast um und Pemala bewachte seit zwei Tagen meinen Marktstand. Und Osher? Wo mochte bloß Osher sein? Ich spürte, wie ich ihn beinahe schmerzhaft vermisste.

»Ich muss jetzt gehen«, sagte ich nervös.

»Ich würde dich so gerne wieder sehen!«

»Ja, das wäre schön«, erwiderte ich.

Sie lachte glücklich auf. Ihre grünen Augen schimmerten im Licht. Wie Smaragde, dachte ich, hingerissen und etwas neidisch.

»Wo können wir uns treffen?«

Für den Bruchteil eines Atemzuges vergaß ich meine Unruhe. Mich erfüllte eine merkwürdige Schwäche und gleichzeitig auch ein tiefes, freudiges Gefühl. Wie kam es nur, dass ich sie mochte? Sie war ganz anders als ich, im Grunde genommen das genaue Gegenteil. Oder vielleicht auch nicht? Ich musste das herausbekommen. Ich sagte: »Auf dem Markt.«

Sie stutzte ein wenig. Ich lächelte, wenn auch nur flüchtig.

»Ich sitze da, solange mein Vater krank ist.«

»Oh«, sagte sie, »nichts Schlimmes, hoffe ich?«

»Er hat Husten und Fieber. Aber er wird bald wieder auf dem Damm sein.«

Sie blinzelte verschmitzt.

»Gut. Ich werde dich schon finden.«

»Bestimmt«, erwiderte ich.

Wir blickten uns an – und plötzlich lächelten wir beide.

18. KAPITEL

Ich hatte Anna gesagt, dass sie Lhasa in einigen Jahren nicht wieder erkennen würde. Das war durchaus ernst gemeint. Bohren und Hämmern, Klirren und Scheppern, das waren die Geräusche, die täglich durch die Straßen der Stadt hallten. Unser Leben verlief zwischen Baggern und Kränen, Schutthaufen und Scherben. Nach wie vor beherrschte der »Potala« – die Festung des Dalai-Lama – das Bild; aber er hatte seinen Atem eingebüßt, seine Seele verloren. Es waren die Klöster und Tempel, die Lhasa früher ihre Eigenart verliehen, der Gesang der Mönche und Nonnen, das Schlagen der Trommeln. Nachts, wenn die Menschen erwachten, hörten sie den Rhythmus wie einen pochenden Herzschlag, wandten sich beruhigt und eingewiegt wieder zur Seite. Dann kamen die Zeiten, da die Trommeln schwiegen. Lautsprecher wurden in den Bäumen befestigt. Die Stimme Chinas kreischte über der Stadt, gab Wetterberichte und Informationen bekannt, schmetterte Marschlieder, rief zur Arbeit auf.

Der Morgen war eisig blau und laut, als ich den Handwagen zum Markt schob. Die Stimmung war sehr merkwürdig, ich spürte es an tausend kleinen Zeichen. Angst kroch aus dem Unterbewusstsein in den banalen Alltag. Ich fuhr mit dem Rad gegen einen Stein; die Erschütterung ging mir durch sämtliche Knochen, die Milch schwappte über. Ich stieß und schob mit aller Kraft, als zwei starke Hände die Stangen packten.

»Wohin gehst du?«, knurrte Osher, der plötzlich aus dem Nichts aufgetaucht war.

Ich keuchte und wischte mir den Schweiß von der Stirn.

»Zum Barkhor, das siehst du doch.«

»Da wird es bald ziemlich heiß werden.«

Ich hörte die Worte, aber ich weigerte mich die Andeutung, die darin lag, zu verstehen.

»Osher, ich habe mit Norbu Rimpoche gesprochen.«

Er starrte mich fassungslos an.

»Was? Was hast du?«

»Ich war bei ihm im Jokhang.«

Osher schüttelte den Kopf mit dem wirren, lockigen Haar.

»Wie hast du das geschafft?«

»Meine Mutter hat das eingefädelt.«

»Was hat er gesagt?«

»Die Sache mit seinem Bruder ... er war schon unterrichtet.«

»Wie konnte er das wissen?«

Ich zuckte mit den Schultern.

»Darüber hat er nichts gesagt.«

Osher biss sich auf die Lippen.

»Vielleicht war ihm schon lange klar, mit wem er es zu tun hatte ...«

In einen der Milchtöpfe war eine Fliege gefallen. Fliegen sind unangenehm, aber auch sie haben ein Recht auf Leben. Ich fischte sie behutsam heraus.

»Was wird er jetzt tun?«, fragte Osher.

»Das weiß ich nicht. Er sagte, er würde seinen Weg gehen und andere sollten weitermachen. Es wäre Zeit für neue Kämpfe.«

Osher schaute mich an, sein Gesicht war reglos.

»Nach dieser Sache ist von ihm wohl nichts anderes zu erwarten. Die Chinesen sind keine Gespenster, die beim Hahnenschrei verschwinden.«

Ich zitterte in einem plötzlichen Anfall von Angst.

»Was soll das bedeuten, Osher? Was ist los?«

Er stand dicht vor mir. Der bittere Zug um seine Mundwinkel ließ ihn abgeklärt erscheinen.

»Es sind viele Gerüchte im Umlauf. Tsering Deki lebt nicht mehr, heißt es. Die Mönche protestieren. Keine Bomben werfen, nein, das ist nicht ihre Art. Singen und beten, ja. Die chinesischen Scharfschützen laden unterdessen ihre Gewehre. Sie kennen ihre Ziele …«

»Wann, Osher?«

»Sie sind schon unterwegs. Und du weißt, was das heißt.«

Ich spürte ein schleichendes Grauen in mir.

»Osher … hast du meine Mutter gesehen?«

Er zögerte und nickte dann. Ich war plötzlich wie von Sinnen.

»Sie ist doch in Sicherheit? Nicht wahr?«, rief ich. »Nicht wahr? Osher, sag doch!«

Er wich meinen Blick aus. Sein Gesicht drückte Unbehagen aus, aber auch die Unruhe einer steigenden Erregung.

»Sie weiß, was sie zu tun hat.«

»Aber sie kann doch nicht …«

Er blickte nervös um sich.

»Gehen wir jetzt!«

»Ich möchte wissen, wo sie ist!«

»Ich weiß nicht. Los, Sonam! Wenn das Blei fliegt, ist hier die Hölle los.«

Er wendete den Handwagen, wobei er fast mit einem Radfahrer zusammenstieß. Der Mann rief ihm ein Schimpfwort zu. Osher biss die Zähne zusammen. Aufgelöst lief ich neben ihm her. Meine Kopfhaut prickelte, ich hatte ein trockenes Gefühl im Mund.

»Und du, wo wirst du sein, Osher?«

Der Wagen quietschte und rumpelte. Osher starrte an mir vorbei, auf das Pflaster.

»Ich bin gern dort, wo es heiß ist.«

Mein Herz machte einen furchtsamen Sprung. Die Vorstellung, dass er sich freiwillig in Gefahr begeben würde, konnte ich kaum ertragen. Das Gefühl ließ sich nicht beschreiben, die Angst war einfach da.

Lastwagen mit Miliz fuhren am Barkhor auf, alle Soldaten trugen Stahlhelme. Schwer bewaffnete Polizisten streiften durch die Straßen, musterten argwöhnisch jeden Tibeter. Die Sicherheitspolizei errichtete Barrikaden. Osher hatte die Wahrheit gesagt. Die Mönche waren bereit ihr Leben zu opfern, weil sie es für wirksamer hielten, zu sterben als über Gewaltlosigkeit zu reden. Die Tibeter spürten das nahende Unheil. Die Angst war so groß, dass die Menschen weinten. Durch Lautsprecher wurde die Bevölkerung zur Ruhe gemahnt. Die Marktleute bauten ihre Stände ab, Händler ließen ihre Läden herunter. Als ich atemlos den Wagen in den Hof schob, war Osher schon wieder unterwegs. Mein Vater saß an seinem gewohnten Platz neben dem Ofen und sah beunruhigt zu, wie ich Gläser und Schüsseln in das Zimmer schleppte. Ich brauchte ihm keine Erklärung zu geben – er wusste augenblicklich, was los war.

»Komm, schließ die Tür!«, flüsterte er, weiß im Gesicht.

Wir hatten gehört, dass die Polizisten manchmal mit Maschinengewehren in tibetische Häuser feuerten, wodurch ganze Familien ums Leben kamen. Wir lauschten mit klopfenden Herzen. Draußen war alles still. Die Stille vor dem Sturm, dachte ich, voller Verzweiflung.

»Ein Glück, dass du da bist«, murmelte mein Vater.

Ich strich mir den Schweiß aus der Stirn.

»Es tut mir Leid, Pala. Ich muss noch mal weg.«

»Weg?« Er starrte mich entgeistert an. »Wohin denn?«

»Zu Amla. Ich habe Angst um sie.«

Nambols blasse Lippen zitterten.

»Warte! Sie wird jeden Augenblick hier sein.«

Ich schüttelte heftig den Kopf.

»Ich gehe und finde sie!«

»Nein, nein! Du kannst ihr nicht helfen.«

»Doch, Pala! Sie braucht mich.«

»Kind, sei nicht leichtsinnig!«

Sein Atem war wie ein Schluchzen. Es war das erste Mal, dass ich mich widersetzte. Seit ich ein Kind war, hatte ich stets das getan, was meine Eltern wollten. Aber jetzt dachte ich an meine Mutter, an die Aufgabe, die sie sich aufbürdete. Ich spürte keine Panik, nur etwas Seltsames wie hohes Fieber.

»Sei ruhig, Pala! Mach dir keine Sorgen!«

»Sonam! Sein Aufschrei verriet wirkliche Furcht. »Wenn dich eine Kugel trifft …«

Ein Hustenanfall schnitt ihm das Wort ab. Ich wirbelte herum, schlüpfte an dem Steppvorhang vorbei und rannte nach draußen. Die Tür schlug hinter mir zu.

19. KAPITEL

Atemlos und nass geschwitzt lief ich durch die Straßen. Es gab viele Leute, Frauen und Männer, die schneller rannten als ich. Sie riefen einander zu, schüttelten die Fäuste, schwangen Stöcke. Der Wind blies mir Staub und Sand in die Augen. In der Ferne erklangen Sprechchöre, während gleichzeitig Drohungen und Befehle aus sämtlichen Lautsprechern kreischten. Die Demonstranten wurden angewiesen nicht näher zu kommen. Der Lärm war ohrenbetäubend. Ich lief mit der Menge, wurde von schnelleren Füßen überholt. Kleine Gruppen formierten sich. Viele Tibeter hatten sich Tücher um den Kopf gewickelt; sie wussten, dass die Sicherheitsbeamten hier filmen würden. Junge Novizen waren auch dabei. Ihre Gesichter, blass vor Erregung, drückten verzweifelte Entschlossenheit aus. Die Menge wurde immer dichter, Frauen und Männer kamen in Scharen. Das Getümmel machte mir Angst, aber ich hatte nur den einen Gedanken – zu meiner Mutter zu kommen. Dann aber, mit einem Mal, spürte ich das Fieber all dieser Menschen auch auf mich übergreifen. Wir waren hier in einem Land, wo die Götter geehrt wurden. Wir hatten es satt, von Fremden beherrscht zu werden, die unser tägliches Leben kontrollierten, vom Augenblick des Erwachens an und durch alle Stunden des Tages. Wir wollten die Freiheit. Die Freiheit war wichtig genug, dass man für sie kämpfte und starb. Die Menge umringte mich, schob mich vorwärts durch eine Seitenstraße, dem Marktplatz entgegen. Dort aber konnten wir nicht weiter. Vor uns standen hinter Stacheldraht und aufgetürmten Sandsäcken die Soldaten in langen, dichten Reihen. Im Gegenlicht sah ich weitere Soldaten, mit Maschinengewehren bewaffnet, auf den Dächern stehen. Ihre Umrisse verschwammen im grellen Licht der Sonne. Ein paar atemlose Sekunden vergingen. Dann durchlief ein Beben die Menge. Von Sprechchören geleitet kamen die Demonstranten die Ringstraße entlang. Ein Leuchten ging von ihnen aus, daran war kein Zweifel. Es waren Menschen, die im Licht wanderten, in ihrem eigenen Licht. Eine merkwürdige Leichtigkeit trug ihre Schritte. Ich spürte in mir eine unendliche Liebe für sie und eine große Furcht. Was hier auf dem Spiel stand, war der Sieg der Menschlichkeit über die Gewalt, der Sieg vollkommener Hingabe über Profitgier und Zweckmäßigkeit. Und mit einem Mal stockte mir der Atem: Denn an der Spitze des Zuges schritt Norbu Rimpoche und hoch über seinem Kopf trug er die Flagge der tibetischen Unabhängigkeit. Zum ersten Mal fiel mir auf, wie farbenfroh sie war. Sie zeigte, in Goldbrokat gerahmt, das Dreieck der Berge, die aufgehende Sonne und die Schneelöwen, Sinnbilder der freien Natur. Ich stand zu weit entfernt, um den Wappenspruch zu lesen, aber ich kannte ihn auswendig und sprach ihn mit leiser Stimme wie ein Gebet: »Herz der Gletscher, Quelle der Ströme, Raum der Weite, Ort der Reinheit …«

Norbu Rimpoche hielt den Kopf erhoben, die Augen dem Tempel zugekehrt. Die Staubkörnchen im Sonnenlicht bewegten sich um ihn herum wie Wellen. Menschen brachen in Schluchzen aus, schrien und klagten. Bilder des Dalai-Lama, wie durch ein Wunder hervorgezaubert, wurden hochgehalten. Plötzlich dröhnte ein Befehl über den Platz. Eine Sekunde später fiel ein Schuss, ein einziger. Norbu Rimpoche stand hoch aufgerichtet und bewegte die Flagge, doch auf seiner Stirn war jetzt ein rotes Loch. Einige Atemzüge lang stand der Abt schwankend da, als ob sein ausströmendes Leben eine letzte, nahezu übermenschliche Kraft in ihm weckte. Dann taumelte er; die Flagge entglitt seinen Händen. Die starrenden Augen schienen auf jenen Punkt des Nichts gerichtet, auf dessen Schwelle seine Seele nun stand. Dann rann ein Schauer durch seinen Körper und langsam sank er in die Knie. Er fiel nach vorn, rollte herum und blieb still auf dem Pflaster, das sich rot färbte, liegen. Einen Augenblick lang herrschte Stille. Es war, als ob alles – die Luft, die Steine, die Menschen – den Atem anhielten. Dann brach der Tumult los. Aus der geordneten Menge wurde ein wildes, unübersichtliches Chaos. Die Soldaten hoben die Schilder zum Schutz gegen die Steine, welche die Tibeter nun schleuderten. Schweiß brach mir aus allen Poren, ich stand da wie gelähmt. Der Schreck nahm mir jedes Gefühl, jeden Gedanken. Wieder dröhnte ein Befehl über den Platz. Dann eröffneten die Chinesen das Feuer. Sie zielten zunächst auf die Demonstranten; noch während Mönche und Nonnen auf das Pflaster fielen, die Verletzten sich stöhnend in ihrem Blut wälzten, rissen die Sicherheitskräfte ihre Maschinengewehre herum und schossen von allen Seiten in die Menge. Und überall war Schreien, ein lautes, unablässiges, gellendes Schreien. Die Menschen rannten kreischend auseinander, duckten sich, suchten in Hauseingängen Schutz. Marktstände fielen um, die Fliehenden stolperten über Kisten und umgekippte Fahrräder. Viele waren verletzt und bluteten. Die grüne Masse der Soldaten bewegte sich immer weiter nach vorne. Ich wurde von der zurückweichenden Menge mitgerissen. Schüsse peitschten von allen Seiten, das Tränengas reizte die Kehle, drang in die Luftröhre, brannte und schmerzte wie verrückt. Die erstickenden Schwaden wehten über den Platz, wo einige Touristen, zwischen Polizei und Demonstranten eingeklemmt, verzweifelt versuchten das Holiday Inn zu erreichen. Wieder krachte eine Salve; die Menge kreischte, stob auseinander. Jemand versetzte mir einen Stoß, ich verlor das Gleichgewicht, fiel rücklings gegen eine Wand. Ich spürte den heftigen Aufprall, aber nicht den geringsten Schmerz, denn im gleichen Atemzug sah ich – nur ein paar Schritte von mir entfernt – einen blonden Haarschopf, einen roten Daunenmantel. Anna! Kaltblütig stand sie mitten im schreienden Gedränge und filmte mit einer Videokamera. Es war, als ob sie die Gefahr nicht sah, nicht einmal wahrnahm. Die Linse der Kamera erfasste die Demonstranten, die Toten und Verletzten, glitt höher, zu den Dächern hinauf, wo die Sicherheitskräfte hinter Bergen von Sandsäcken unermüdlich zielten und schossen. Doch auf einmal zuckte sie zusammen, fasste sich an ihren Oberarm, betrachtete mit verblüfftem Gesichtsausdruck ihre blutigen Finger. Und im selben Atemzug wurde mir klar, dass die Polizisten die Kamera gesehen hatten. Die Treffsicherheit ihrer Schützen war bekannt; dies sollte nur ein Warnschuss sein. Anna war eine Touristin und die Chinesen wollten keine Schlagzeilen machen.

»Anna!«, schrie ich zu ihr hinüber. Verzweifelt kämpfte ich gegen die Menge an, stieß einen alten Mann beiseite, prallte gegen eine weinende Frau.

»Anna!«

Jetzt hörte sie mich und wandte den Kopf, einen Augenblick lang von ihrem fassungslosen Starren auf das Blut abgelenkt.

»Sonam!«

Die ersten Lastwagen brausten um die Ecke. Soldaten schlugen mit elektrischen Schlagstöcken auf die Menschen ein. Sie packten die hilflos Schreienden und zerrten sie auf ihre Wagen. Ich rannte, Anna hinter mir herziehend, über die Straße. Das Tor zum Holiday Inn war geschlossen. Touristen, aufgelöst und schreiend, schlugen mit den Fäusten an das Holz. Endlich sprangen die Torflügel auf. Die Touristen zerrten uns mit sich, überrannten uns fast. Der Innenhof war voller Menschen, Tränengas und Lärm. Von draußen erschollen Schreie, Schüsse krachten. Anna hielt sich den verletzten Arm. Ihr Gesicht war kreidebleich, die Augen vom Tränengas gerötet. Ich half ihr aus dem Daunenmantel. Blut drang durch ihren weißen Pullover. Die Wunde war oberhalb des Ellbogens. Anna hielt sich ächzend den Arm, wobei sie mir ins Gesicht blickte.

»Ich … ich habe alles gefilmt.«

»Sie werden dein Gepäck durchsuchen«, flüsterte ich. »Sie dürfen die Kassette nicht finden.«

Sie nickte mit von Tränen umflorten Augen.

»Wohin damit?«

Wir tauschten einen Blick. Ich legte den Mantel über ihre Schultern und tat so, als wollte ich ihn zuknöpfen. Meine tastenden Finger ergriffen die Kamera, die sie mir reichte. Ich öffnete sie blindlings und ungeschickt, nahm die Kassette heraus und steckte sie in meine Jackentasche. Anna blinzelte mir zu, ließ einen Handschuh fallen. Ich bückte mich, hob ihn auf und schob die Kamera gleichzeitig unter eine Sitzbank. Mit dem Fuß stieß ich sie so weit nach hinten, dass man sie nicht mehr sehen konnte. Als ich mich aufrichtete, sah ich ein kleines Lächeln um Annas Lippen zucken. Das Lächeln war erstaunlich, ungewöhnlich, da sie gleichzeitig dabei mit den Zähnen klapperte.

»Hast du Schmerzen?«

»Es geht ...«

»Du musst dich behandeln lassen!«

»Das Hotel hat eine Krankenstation.«

Ich legte den Arm um sie, führte sie durch den Eingang, an der Rezeption vorbei. Anna atmete schwer. Blut sickerte durch die Strickmaschen, tropfte an der Hand entlang, auf den Boden. In der Krankenstation herrschte Gedränge. Touristen, Gesicht und Augen vom Tränengas verquollen, versuchten mit Wasser das Brennen zu lindern. Dr. Yang, die chinesische Ärztin, schnitt Annas blutverklebten Pullover auf und untersuchte die Wunde. Ihr Gesicht war weder freundlich noch unfreundlich, ihre Bewegungen leicht und geschickt. Anna habe Glück gehabt, meinte sie, die Kugel hatte nur den Muskel gestreift. Dann säuberte sie die Wunde, verband sie und gab Anna eine Armschlinge. Ob Anna jetzt eine Schmerztablette wolle? Anna erwiderte, sie würde das Mittel später einnehmen. Die Tablette sei ebenfalls geeignet zur Fiebersenkung, fügte die Ärztin hinzu. Wir hatten keinen Grund der Frau zu misstrauen, doch draußen sagte Anna zu mir: »Das Zeug schlucke ich bestimmt nicht.«

»Du solltest dich hinlegen«, sagte ich.

Sie ließ sich die Schlüssel an der Rezeption aushändigen und wankte Schritt für Schritt die Treppe hinauf. Annas Zimmer war aufgeräumt und ruhig; der Lärm drang nur als fernes Echo in den Raum. Jetzt setzte die Reaktion ein:

Anna begann am ganzen Körper zu zittern, ihr Haar klebte an der nassen Stirn. Mit jedem Atemzug entrang sich ihr ein Zähneklappern und sonst nichts. Sie ließ sich aufs Bett fallen. Ich half ihr die Bergschuhe aufzuschnüren und von den Füßen zu streifen. Dann ging ich ins Badezimmer, brachte ihr ein nasses Handtuch und ein Glas Wasser, das sie in einem Zug austrank. Ich drückte ihr das kühle Tuch auf die geröteten Augen, als sie auf einmal zu reden begann.

»Sie ... sie haben den Abt erschossen. Mitten in die Stirn ... Hast du das gesehen?«

Sie nahm das Tuch von den Augen und setzte sich auf. Ihr Gesicht war fast so weiß wie das Bettzeug.

»Er war so nett, dieser Mann ... Als ich ihn sah ... musste ich an meinen Großvater denken ... Der Abt hatte ... das gleiche Blinzeln in den Augen. Und jetzt ist er tot. Ermordet. Das ist ... unfassbar, ungeheuerlich. Ich ... ich werde mein ganzes Leben daran denken ...«

»Anna«, sagte ich.

Sie saß mit angezogenen Knien auf dem Bett und schaukelte langsam vor und zurück. Es war wie ein Krampf.

»Mein Gott, ich hatte ja keine Ahnung! Das ist keine innere Angelegenheit Chinas, wie mein Vater sagt, das geht uns alle an ...«

Ich legte meine Hand auf ihre.

»Anna!«

Das Zittern hörte auf. Sie kam halbwegs wieder zu sich. Durch Zeichen gab ich ihr zu verstehen, dass die Mikrofone überall angebracht sein konnten. Unter dem Bett, im Kopfkissen, wo auch immer.

»Scheißspione!«, schluchzte Anna.

Sie tastete mit ihrer gesunden Hand nach dem Kopfkissen, warf es im hohen Bogen durch das Zimmer. Dann murmelte sie kaum hörbar: »Aber ich habe alles auf Kassette. Alles! Und ich werde dafür sorgen, dass dieser Film überall gezeigt wird. Die Welt soll diese Dinge sehen.«

Sie schluchzte laut auf. »Aber warum er? Warum haben sie den Abt erschossen?«

Ich rückte näher an sie heran, sprach ganz leise an ihrem Ohr.

»Anna, Norbu Rimpoche half den Rebellen. Man hat ihn verraten.«

»Deswegen?«, hauchte sie.

»Ja, deswegen. Jetzt hör zu, Anna! Wir haben ganz wenig Zeit. Alle Touristen müssen raus aus Tibet. Entweder über Land per Bus oder mit dem Flugzeug. Sie bringen alle weg. Sie wollen keine Augenzeugen, verstehst du?«

Sie nickte und ich fuhr wispernd fort: »Die Polizei wird die Pässe einsammeln, Kameras und Filme konfiszieren. Die Aussagen der chinesischen Nachrichtenagentur dürfen nicht widerlegt werden.«

Annas Haut fühlte sich klamm an, sie atmete stoßweise. Aber es war ihr anzusehen, dass sie wieder klar denken konnte.

»Und was machen wir mit der Kassette?«

Meine Lippen formulierten fast lautlos die Worte: »Überlass die mir! Meine Eltern schicken mich nach Nepal …«

Sie starrte mich an.

»Was um alles in der Welt ist passiert?«, flüsterte sie dann.

»Das hat damit zu tun, dass ich nicht auf die höhere Schule kann. Und auch keinen Pass bekomme.«

»Heißt das, du gehst schwarz über die Grenze?«

»Abseits der Kontrollposten, ja. Das machen viele.«

»Und die Kassette?«

»Kriegst du in Nepal wieder.«

»Ist das nicht entsetzlich gefährlich für dich?«

»Wir müssen die Gelegenheit nutzen.«

Sie biss sich auf die Lippen. Dann stöhnte sie auf. »Und wenn du für Jahre ins Gefängnis kommst? Ich könnte es nicht aushalten, dein Unglück auf dem Gewissen zu haben! …«

Ich sagte ihr leise, aber bestimmt, ich habe keine Wahl.

»Ich bin zäh, das ist genetisch bedingt. Und ich gehe auch nicht alleine über die Pässe. Wir werden eine ganze Gruppe sein. Alles Leute, die sich auskennen. Meine Eltern waren … sie haben …«

Weiter kam ich nicht. Wir erstarrten im gleichen Atemzug. Durch den Spalt zwischen Zimmer und Boden drangen Geräusche aus dem Gang zu uns herein. Schwere, schnelle Schritte näherten sich. Eine Männerstimme rief einige chinesische Worte. Es klang wie ein scharfes Bellen. Ich las auf Annas Gesichtszügen Erschrecken und nackte Angst.

»Anna?« Ich packte sie an den schmalen, verkrampften Schultern. »Anna! Wo finde ich dich in Nepal?«

Annas Lippen bewegten sich, doch kein Ton drang aus ihrer Kehle. Der Lärm nahm zu. Jemand rüttelte an der Klinke. Fußtritte und Fausthiebe prasselten an die Tür. Eine Stimme brüllte: »Aufmachen, aufmachen!«

Mein Puls raste, das Herz schlug mir bis zum Hals.

»Rasch, Anna!«

Ihre Lippen öffneten sich. Sie krächzte: »Schwedisches Konsulat, Katmandu.«

Ein krachendes Bersten. Die Tür flog aus den Angeln. Drei Sicherheitsbeamte in Zivilkleidung stürmten ins Zimmer. Einer packte Anna, warf sie brutal aufs Bett; dabei drehte er ihr den verletzten Arm auf den Rücken, sodass sie gellend aufschrie. Der andere schlug mir ins Gesicht. Ein routiniertes Schlagen, eine Gewohnheit. Er zog mich an den Haaren und warf mich gegen die Wand, wobei er immer wieder ruhig und hart zuschlug, sobald ich mich aufrichtete. Der dritte durchstöberte inzwischen das Zimmer, schüttete den Inhalt von Annas Rucksack auf das Bett: Pass, Flugticket, Geld, Zahnbürste, Kopfschmerztabletten.

»Ich will die Kamera!«, schnauzte er sie auf Englisch an.

»Lassen Sie Ihre Dreckpfoten von mir!«, zischte Anna.

»Die Kamera, wo ist sie?«

»Die Kamera ist nicht mehr da!«, schrie ich auf Chinesisch dazwischen.

Der Polizist hörte auf mich zu schlagen. Meine Nase lief. Ich fuhr mit dem Handrücken darüber und sah Blut auf meiner Hand.

Die Männer blickten uns an, mit unbewegten Gesichtern. Kein Funken Gefühl, nichts. Sie verstanden ihr Handwerk. Ich begann zu reden. Mein Kopf brummte und pochte, meine Stimme hörte sich merkwürdig dumpf an.

»Sie ... sie fiel ihr aus der Hand. Draußen, als sie verletzt wurde ... Ein Junge hat sie gestohlen.«

»Kannst du ihn beschreiben?«

»Ich ... ich kenne ihn nicht.«

»Wie alt war er?«

»So alt wie ich ... oder jünger ...«

»Wenn er jünger war, wie alt war er denn?«

»Ich … ich kann es nicht sagen!«

Der Polizist ging noch etwas näher auf mich zu. Ich spürte seinen Atem auf meinem Gesicht. Er war kleingewachsen, aber breit und kräftig. Er holte aus und versetzte mir eine Ohrfeige. Das Blut tropfte auf meine Bluse. Ich schnäuzte mich in den Ärmel. Der Ärmel wurde rot.

»Ein letztes Mal«, sagte der Polizist. »Wie sah er aus?«

»Ich weiß nicht, ich weiß nicht …

Einer der Beamten lachte, die beiden anderen blieben ernst. Der Kleine bewegte keinen Gesichtsmuskel und stieß mich an die Wand, wie er es mit einem Ball tun würde. Ich prallte mit dem Hinterkopf auf; eine Sterngarbe explodierte vor meinen Augen. Die Knie gaben unter mir nach. Der kleine Polizist packte mich, stellte mich auf die Beine. Seine Fragen klangen wie durch einen Nebel zu mir.

»Erinnerst du dich jetzt?«

Ich machte ein Auge auf.

»Es waren so viele Leute da. Er ist fortgerannt …«

Die Beamten wechselten Blicke. Diebstahl war in Tibet nahezu unbekannt, aber wo unbeschäftigte Jugendliche Touristen begegneten, waren solche Zwischenfälle denkbar. Die Chinesen wussten das. Der Mann, der Anna festhielt, gab sie nun frei. Sie presste den Arm auf ihren Bauch, sie war völlig zusammengekrümmt und wimmerte vor sich hin. Mir war schwindlig. Mein Gesicht fühlte sich klebrig und heiß an, meine Lippen schmeckten nach Salz und Blut. Einer der Beamten blätterte in Annas Pass. Sie kämpfte nass geschwitzt gegen ihren Schmerz an und schluchzte vor Wut.

»Feiglinge! Erbärmliche Feiglinge! Ich bin schwedische Staatsbürgerin. Mein Vater ist Konsul in Nepal! Er wird

Protest einlegen! Warten Sie nur! Ich werde die Medien einschalten, Berichte schreiben. Sie werden sehen …«

Die Beamten scharrten mit den Füßen. Die Chinesen hatten Angst davor, in Verruf zu kommen. Wenn Touristen brutal behandelt wurden, konnten das die Sympathie für den tibetischen Freiheitswillen im Ausland nur stärken. Dessen waren sie sich bewusst.

»Wie heißt du und wo wohnst du?«, fragte mich der Kleine.

Einen falschen Namen angeben? Nein, sie würden einer Unwahrheit sofort auf die Spur kommen. Ich zog es vor, nicht zu lügen. Der Kleine schrieb auf, was ich sagte.

»Du sprichst gut Chinesisch«, stellte er fest.

Ich hatte mich inzwischen so weit beruhigt, dass ich wieder klar denken konnte. Verwirrung durfte ich nicht zulassen.

»Ich will in China studieren«, sagte ich, wohl wissend, dass das zu meinen Gunsten sprach.

»Warum triffst du dich mit einer Ausländerin?«

Ich entsann mich, dass wir im Café gefilmt worden waren.

»Ich spreche gut Englisch und sie hat mich zum Essen eingeladen. Heute sah ich zufällig, wie sie verletzt wurde. Ich habe sie zu Dr. Yang gebracht.«

Wieder notierte der Kleine die Antwort. Er räusperte sich und sagte zu Anna in gut verständlichem Englisch: »Man wird Sie morgen zum Flughafen bringen. Ihre Papiere bekommen Sie zurück. Es tut uns Leid, dass Sie Unannehmlichkeiten hatten. Solche Kundgebungen sind nutzlos und töricht. Provokationen werden hierzulande nicht geduldet, aber die meiste Zeit leben wir alle in Frieden.«

»Amen!«, zischte Anna voller Abscheu.

Der Kleine wandte sich mir zu, ausdruckslos.

»Wir werden dir noch Fragen stellen. Doch erst mal kannst du gehen.«

Er deutete mit dem Kinn zur Tür. Anna zuckte zusammen und sah aus, als wollte sie mich am liebsten festhalten. Unsere Augen trafen sich. Einige Atemzüge lang starrten wir einander an.

»Sonam, pass auf dich auf!«, flüsterte sie.

»Tu ich bestimmt«, versicherte ich. Meine aufgeplatzte Lippe pochte und brannte, jedes Wort wurde zu Qual.

Tränen verstopften Annas Nase. Ihre Stimme brach.

»Denk immer daran, dass ich mir Sorgen mache!«

Ich versuchte ein Lächeln anzudeuten; ich konnte nur schmerzvoll das Gesicht verziehen.

»Das weiß ich.«

»Wenn man dir etwas antut …«

»Sag nicht so was.«

»Raus!«, knurrte der Polizist mit spürbarer Ungeduld.

Ich ging schnell an ihm vorbei und lief davon.

20. KAPITEL

Der Innenhof war voller aufgebrachter, erschrockener Touristen. Alle husteten, hielten sich Taschentücher vor Mund und Augen. Das Gedränge kam mir gelegen; sämtliche Spitzel waren beschäftigt und ich gelangte unbemerkt nach draußen. Überall lagen Steine, Fensterscheiben waren zerbrochen, Möbel zu Barrikaden aufgetürmt und angezündet worden. Schwerfällig lief ich weiter, stolperte über den Schutt. Tränengas verklebte meine Lider, meine aufgeplatzten Lippen schmeckten immer noch nach Blut. Was nun? Mit der Kassette in der Jackentasche durfte ich kein Risiko eingehen. Es war geradezu ein Wunder, dass man mich nicht sofort durchsucht hatte. Ich musste um jeden Preis heil nach Hause kommen. Doch der Weg war mir abgeschnitten. In den Straßen hörte ich Entsetzensschreie, zornige Stimmen, das Geräusch von Motoren, das Rollen von Lastwagen. Hier und da fiel ein Schuss. Ich entschied mich für einen Umweg durch die Altstadt. Der Wind blies mir immer wieder Staub und Tränengas ins Gesicht, die Luft schmeckte bitter. Auf einmal wurde mir schwindlig; ich lehnte mich gegen die Wand und erbrach mich. Ich keuchte und erschauerte und aus meinen Augen tropfte das Wasser. Nach einigen Minuten hatte ich mich so weit beruhigt, dass ich wieder gehen konnte. Da sah ich die ersten Toten. Die meisten lagen in Höfen und verwinkelten Gassen, wo die Kugeln sie auf der Flucht erreicht hatten. Ich starrte sie an, unfähig einen klaren Gedanken zu fassen. In manchen der Gefallenen regte sich noch ein Funken von Leben, manchmal ein kaum wahrnehmbares Atmen. Im Staubnebel sah ich, wie ein Zucken über blutüberströmte Gesichter lief, wie ein Finger sich regte, ein Röcheln aus einer blutigen Brust drang. Keuchend stapfte ich weiter. Die Schreie in der Ferne hallten in meinen Ohren. Ich hatte plötzlich jede Orientierung verloren. Zögernd stand ich da und wischte mir die Tränen aus den Augen, als ein Stein meine Schulter traf. Ich fuhr zusammen und wandte mich um. Ich hörte ein schrilles Gelächter; ein zweiter Stein flog mir entgegen. Ich duckte mich verstört, sah etwas Scharlachfarbenes sich hinter einem Schuppen bewegen. Es war ein junger Mönch, kaum zwölfjährig. Er starrte mich an. Ich befeuchtete meine Lippen, als er wieder einen Stein hob und nach mir warf.

»Warum tust du das?«

Meine eigene Stimme kam mir ebenso unheimlich vor wie das Kichern vorhin. Ich wusste, dass etwas nicht stimmte, als im selben Augenblick der Novize hochschnellte. Im Bruchteil eines Atemzuges sah ich sein Gesicht und wusste, dass der Junge den Verstand verloren hatte. Offenbar hatte er so Schreckliches erlebt, dass er daran zerbrochen war. Ehe ich mich versah, griff er nach mir, zielte mit seinen Nägeln auf meine Augen. Ich stieß ihn so fest zurück, dass er taumelnd gegen die Wand fiel. Da kreischte er auf, zerbiss sich die Lippen und rannte davon, die Straße mit seinem Geschrei füllend. Mein Herz pochte wie ein Hammer in meiner Brust. Ich wischte mir den Schweiß mit den Fingern von der Stirn und taumelte weiter. Ein Hund schlich winselnd vorbei und an einigen Stellen war der Sand schwarz vor Blut. Plötzlich sah ich in kurzer Entfernung eine einsame Gestalt. Eingehüllt in flimmernde Dunstschleier beugte sie sich über die Toten, die da lagen, verweilte einen kurzen Augenblick, richtete sich wieder auf und ging weiter. Ein Plünderer, der die Toten nach Geld oder Schmuck durchsuchte. Atemlos presste ich mich an die Mauer; es war besser, dass ich von ihm nicht gesehen wurde. Da teilte ein Windstoß den Dunst; jetzt sah ich ihn deutlicher. Nein, er war kein Plünderer. Er beugte sich aufmerksam über jedes Opfer, drehte es manchmal behutsam um, sah nach, ob es noch lebte. Auf einmal packte er eine der liegenden Gestalten, schob und zerrte sie über die Straße. Im selben Augenblick ging eine Tür auf. Eine Frau trat rasch hinaus. Sie bückte sich, packte den Bewusstlosen unter den Armen und zog ihn ins Haus. Gerade als die Tür wieder zufiel, ertönte das Geräusch eines Motors. Ein Lastwagen bog um die Ecke. Der Mann, der den Verletzten in Sicherheit gebracht hatte, begann zu laufen. Er kam direkt auf mich zu; da erkannte ich ihn.

»Osher!«

Sein Mund öffnete sich; doch er verlor keine Sekunde mit Fragen. Er lief auf mich zu und packte meine Hand. Wir rannten los. Der Lastwagen kam näher, das Dröhnen des Motors vermischte sich mit dem Rauschen des Blutes in meinen Ohren. In der Ferne peitschten wieder Schüsse. Vor uns zweigte ein Weg ab. Wir bogen um die Ecke, hasteten weiter – und sahen mit Entsetzen, dass der Weg in einer Sackgasse mündete. Wohin jetzt? Zurückrennen war unmöglich. Da entdeckte ich eine schmale Treppe, die nach oben führte. Solche Dachtreppen gab es viele im alten Lhasa. Damals wurde auf den Flachdächern Brennholz aufgeschichtet und Getreide getrocknet. Gebetsfahnen flatterten an großen Stangen und auf jedem Dach brannte ein Weihrauchofen. Diese Zeiten waren vorbei. Das Haus war zugemauert, auf der Treppe häufte sich Unrat und Schutt, das Dach war an vielen Stellen eingestürzt. Wir rannten die Treppe hinauf und warfen uns, oben angekommen, flach auf den Bauch. Osher umfasste mich mit beiden Armen, sein warmer Atem streifte mein Gesicht. Er hielt mich ganz fest an sich gepresst. Endlose Minuten vergingen. Ich spürte Oshers Herz ebenso heftig schlagen wie meines. Von der Straße drang noch immer Motorenlärm, doch jetzt aus größerer Entfernung. Der Wagen fuhr weiter. In der einkehrenden Stille richteten wir uns vorsichtig auf und Osher brach mit leiser Stimme das Schweigen.

»Sie bringen die Verwundeten zum Verhör. Die Toten verscharren sie in Massengräbern.«

Unsere Blicke trafen sich. Erst jetzt nahm er meine aufgeplatzten Lippen, mein geschwollenes Auge wahr. Sanft strich er mit seinen Fingern über meine Wange.

»Die Polizei?«, stieß er erstickt hervor.

Ich nickte. Er starrte mich an.

»Hast du Schmerzen?«

»Nicht so schlimm.«

»Dreckskerle!«, zischte er.

Ich erzählte von Anna; wie sie alles gefilmt hatte und wie die Polizei versucht hatte die Kassette zu finden. Bisher hatte ich alles wie in einem Traumzustand erlebt. Jetzt drang die Angst durch, entsetzlich. Klebriger Schweiß brach mir aus allen Poren. Ich würgte die Worte hervor, fürchtete mich fast den Mund zu öffnen, so weh tat es. Dabei umklammerte ich Oshers Hand und merkte erst später, dass sich meine Finger in sein Fleisch gekrallt hatten, als ob ich ihn nie wieder loslassen wollte.

»Sie haben mich gehen lassen. Warum, weiß ich nicht. Sie hätten mich auf der Stelle verhaften können …«

»Sie werden ihre Gründe haben. Die Kassette … wo ist sie?«

»Hier … in meiner Tasche.«

»Gib her!«

Ich löste mühsam meine Finger. Meine Nägel hatten blutunterlaufene Abdrücke in seiner Hand hinterlassen. Wortlos reichte ich ihm die Kassette und er steckte sie in die Tasche seiner Felljacke.

»Bei mir ist sie gut aufgehoben.«

Ein Blick in sein Gesicht sagte mir, dass er ebenso aufgewühlt war wie ich. Er schluckte und blickte zur Seite.

»Sonam, ich muss dir etwas sagen. Deine Mutter … es geht ihr nicht gut.«

Ein plötzliches Kältegefühl, ein tiefer, lähmender Schrecken.

»Ist sie …«

Er umfasste meine Schultern sanft.

»Nein – nein, Sonam. Sei ruhig!«

»Lüg mich nicht an!«, flüsterte ich.

Er schüttelte heftig den Kopf. »Man hat sie angeschossen«, sagte er, »als sie versuchte einer verwundeten Nonne zu helfen.«

Ich bewegte mühsam die Lippen.

»Angeschossen?«

Er nickte.

»Sie sagte, es sei nicht schlimm. Ich brachte sie nach Hause.«

»Konnte sie gehen?«

»Nur langsam. Mit ihrer Atmung stimmt etwas nicht. Ich glaube, die Kugel muss entfernt werden.«

Meine Verzweiflung wuchs. Einen Arzt aufzusuchen kam nicht in Frage, die Chinesen hatten ja überall Spitzel. Sie würden meine Mutter ins Gefängnis bringen. Osher sprach weiter, ich hörte nicht zu. Ich hörte überhaupt nichts.

»Sonam!«

Oshers Stimme erreichte mich wie durch eine dicke Watteschicht. Ich spürte seine warmen, festen Hände um meine Schultern.

»Sonam, hörst du mir zu? Deine Eltern und du, ihr müsst raus aus Lhasa. Wir können nicht warten. Die Polizei wird heute Nacht die Wohnungen durchsuchen ...«

Ich stellte fest, dass ich darauf gefasst war. Meine Eltern lebten schon lange mit dieser Angst. Sie hatten die Fluchtbereitschaft unbewusst auf mich übertragen. Plötzlich war ich sehr ruhig und klar im Kopf.

»Hast du mit ihnen gesprochen?«

»Sie wollen nicht ins Gefängnis. Sie würden es nicht ertragen, nicht noch einmal. Ja, sie wollen weg. Sie haben keine Ahnung, wo du steckst, und sind vor Sorgen außer sich.«

Meine Nase war verstopft. Ich atmete mit offenem Mund.

»Ich wollte meine Mutter finden. Ich hatte Angst um sie. Pala hat mir verboten zu gehen. Da bin ich einfach weggelaufen.«

»Du hast getan, was du für richtig hieltest.«

»Es war falsch.«

»Dafür haben wir jetzt die Kassette.«

Ich nickte vorsichtig.

»Ja, die Kassette ist wichtig.«

Osher fuhr fort: »Wir treffen uns nach Mitternacht. Unter der alten Eisenbrücke.«

Ich nickte wieder und Osher sagte: »Onkel Wangdu wird mit den Pferden da sein. Ein paar Mönche wurden verletzt. Wir bringen sie zu einem Arzt. Er ist ein guter Arzt. Er kann auch deiner Mutter helfen.«

»Glaubst du, dass sie durchhält?«

»Sie ist sehr mutig. Sie wird es schaffen.«

Meine Kehle schnürte sich zusammen. Manche Dinge malt man sich besser nicht aus.

»Ich wünschte, wir wären schon dort.«

Osher legte den Arm fester um mich.

»Es wird nicht mehr lange dauern und dann sind wir in Sicherheit. Nimm warme Sachen mit, Handschuhe, Stiefel, eine Pelzmütze! Wir reiten in die Berge, östlich von hier, weiter oben. Du weißt ja, der Himalaya ist keine Blumenwiese.«

Ich hörte Oshers Worte und es ging mir besser. Er würde für mich da sein. Dolkar hatte mir erzählt, dass sich in dem Augenblick, in dem die Furcht sich bestätigt, Erleichterung einstellt. Das stimmte. Und gleichzeitig war mir, als ob die ganze Welt ihr Gesicht verändert hätte. Nichts würde je wieder so sein wie vorher. Ich wusste, dass ich mich an ein anderes Leben gewöhnen würde. Ich schon. Aber ich dachte daran, was es für meine Eltern bedeuten würde, zu fliehen, fortzugehen und niemals wieder zurückzukommen. Ob ich das jemals begreifen könnte?

21. KAPITEL

Im Innenhof unserer Wohnsiedlung wusch ich mir das Gesicht an der Pumpe. Das Blut auf meinen Kleidern war inzwischen getrocknet und fiel auf dem dunklen Jackenstoff nicht auf. Gerade, als ich mein Haar in Ordnung brachte, kam eine Frau mit einem Topf aus einer Wohnung. Ich grüßte verhalten; sie erwiderte meinen Gruß mit einem neugierigen Seitenblick. Zum Glück war es schon dunkel. Ich ging rasch ins Haus, lief durch den Gang und kratzte an der Tür. Eine Zeit lang rührte sich nichts. Mein Atem flog. Dann hörte ich drinnen ein schlürfendes Geräusch.

»Wer ist da?«, fragte die heisere Stimme meines Vaters.

»Ich bin's, Sonam.«

Der Riegel wurde zurückgeschoben, die Tür öffnete sich einen Spaltbreit, sodass ich hindurchschlüpfen konnte. Ich hob den Steppvorhang, hörte einen erstickten Laut. Im schwachen Licht einer Kerze sah ich meine Mutter auf dem Bett liegen, still in ihrem Schmerz.

»Amla! Wie fühlst du dich?«

Ihre trockenen Lippen bewegten sich.

»Ich … ich kann schlecht atmen. Wie gut, dass du da bist, Kind!«

Mein Vater knetete verzweifelt seine Hände.

»Ich habe die Wunde verbunden, aber sie blutet stark. Die Kugel ist ihr durch die Seite eingedrungen und hat … eine

Rippe zerschmettert. Dolkar muss dringend zum Arzt. Aber wir können nicht ... in unserer Lage ...«

Er stockte, biss sich verstört auf die Lippen. Dolkars Gesicht war wachsbleich, Schweißtropfen perlten an ihren Schläfen. Sie bewegte matt die Finger.

»Sonam ...«

Ich setzte mich zu ihr und nahm ihre Hand.

»Ja, Amla?«

»Sag ihm, er soll ruhig sein! Es ist nicht schlimm.«

Es war ein Wunder, dass sie überhaupt noch sprechen konnte. Und wieder einmal sorgte sie sich mehr um ihn als um sich selbst, das war schon immer so gewesen. Nun packte sie meine Hand und versuchte sich aufzurichten.

»Komm, hilf mir!«

Ich schob sie etwas höher, bis sie halb saß, gestützt von einem Kissen.

»Jetzt geht es mir besser«, flüsterte sie. »Weißt du ... dass Norbu Rimpoche getötet wurde?«

Ich schluckte würgend.

»Ja, ich war dabei.«

Von der Kassette wollte ich jetzt nicht reden. Das hätte ihren Schrecken nur vergrößert. Mein Vater starrte mich an.

»Dein Gesicht, Kind! Was ist geschehen? Bist du verletzt?«

»Ich bin gefallen«, log ich. »Im Gedränge. Zum Glück hat mir Osher geholfen.«

Ich nutzte die Gelegenheit, um zu berichten, was Osher mir aufgetragen hatte. Dass sein Onkel einen Arzt kannte. Und dass er nach Mitternacht unter der Eisenbrücke auf uns warten würde.

»Er hat versprochen, dass er uns wegbringt.«

Dolkar drückte meine Hand. Ich beugte den Kopf hinunter, damit ich sie verstehen konnte.

»Er wird uns helfen«, flüsterte sie mit ruhiger Gewissheit. »Er ist Lotens Sohn.«

Nambol betrachtete sie mit einem verzweifelten Ausdruck im Gesicht.

»Du kannst in deinem Zustand nicht reiten.«

Sie schloss die Augen und sagte: »Ich werde reiten.«

Mein Vater ließ einen langen, schweren Seufzer hören. Als er sprach, klang seine Stimme tonlos. »Es ist unsere freie Wahl. Es gibt nichts mehr, was wir noch tun können. Andere werden unsere Aufgabe erfüllen, besser als wir. Vielleicht können wir irgendwann einmal zurückkommen – wenn die Götter und das Schicksal es wollen.«

Humpelnd trat er vor den kleinen Hausaltar, verneigte sich vor dem kleinen Metallbehälter, in dem das Bild der »Weißen Tara« im Licht der Butterlampe schimmerte. Ehrfürchtig nahm er den flachen Behälter aus der Vitrine, wickelte ihn in verblichenes Brokat und befestigte ihn an einem ledernen Riemen. Mit einer leichten Geste winkte er mich zu sich.

»Trage dieses Bild! Es soll jetzt deines sein. Die Erlöserin wird deine Reise beschützen.«

Ich neigte den Kopf und faltete die Hände. Ich betete zur barmherzigen Göttin, dass sie ihren Segen der Welt schenken möge. Ich betete, dass sie meiner Mutter Genesung schenke und meinem Vater Frieden. Ich betete, dass sie uns half Gefahren zu entgehen. Und ich betete, dass sie alle Menschen, die in Angst lebten, mit Kraft und Hoffnung erfüllte. Das war mein Gebet. Dann verknotete ich den Riemen fest um meinen Hals, verbarg den Talisman unter dem Pullover. Inzwischen löschte Nambol mit einer behutsamen Bewegung die Butterlampe. Das Flämmchen warf einen letzten Schein; ein winziger Rauchfaden verströmte einen herben Geruch und löste sich auf. Die Gottheit hatte ihren Wohnsitz verlassen und wanderte mit mir in eine andere Welt.

Zur »Stunde des Ochsen« – also nach Mitternacht – verließen wir das Haus. In den Straßen war alles dunkel. Es herrschte Ausgangssperre, doch wir wussten, wie wir die Kontrollposten umgehen konnten. Zwischen den alten Häusern führten verwinkelte Gassen zum Fluss. Im weißen Leuchten der Scheinwerfer zeichneten sich die offiziellen Gebäude am Himmel ab. Als wir im tiefen Schatten über den Parkplatz gingen, kamen wir an dem alten Sockel vorbei, der damals vor dem Haus meiner Großeltern stand. Zum letzten Mal strich ich mit der Hand über die glatte Steinfläche. »Leb wohl!«, flüsterte ich. Mit jedem Schritt schob ich die Erinnerungen von mir weg, fühlte, wie sie zurückwirbelten, sich auflösten. Dolkar ging langsam, hielt den Kopf gebeugt, atmete so flach wie möglich. Ich stützte sie und trug ihren Rucksack. Mein Vater schlurfte stumm neben uns her. Manchmal hielt er sich ein Taschentuch vor den Mund, um einen Hustenanfall zu unterdrücken. Ab und zu pressten wir uns in den Schatten, lauschten angsterfüllt, wenn Lastwagen in der Ferne rollten. Einmal schrie eine Frau kurz und schmerzvoll auf, das Bellen eines Hundes erstarb in einer Folge von winselnden Tönen. Und dann nichts mehr. Schweigen. Es war eine Nacht voller Unruhe und Schrecken, eine Nacht, in der das Grauen umherging.

Bevor wir uns auf den Weg machten, hatte ich Dolkars Verband erneuert. Die Wunde war ein kleines, scharlachrotes Loch entlang der untersten Rippe. Man konnte tief im Fleisch die Splitter sehen. Dolkar sagte, ich sollte den Verband fest anziehen, auf diese Weise würde die Rippe gehalten. Ich nahm an, dass die Kugel die Lunge knapp verfehlt hatte. Aber die Schmerzen mussten entsetzlich sein.

In der Nähe des Flusses roch es nach Kloake. Vor uns erhoben sich die Pfeiler der alten Brücke, die seit Jahren gesperrt war. Man hatte herausgefunden, dass die in den Treibsand gerammten Pfeiler das Gewicht von Fahrzeugen nicht tragen konnten, und hatte deshalb etwas weiter flussabwärts eine moderne Betonbrücke gebaut. Ich führte meine Eltern in einen kleinen Bunker, der verlassen oberhalb der Böschung stand. Dort stank es unangenehm, aber die beiden waren in Sicherheit. Dann kletterte ich die Böschung hinab, hörte das Wasser murmeln und glucksen. Vorsichtig stieg ich über lockeres Geröll, als mir ein Pfiff entgegentönte. Ich zuckte zusammen.

»Osher?«, rief ich leise.

Da – wieder der gleiche Pfiff. In dem Nebel, der vom Wasser heraufkam, sah ich die Silhouetten wartender Männer, dahinter die Umrisse einiger Pferde und Maultiere.

Ein Schatten löste sich aus der Dunkelheit und einen Atemzug später stand Osher neben mir. Sein Blick folgte meiner deutenden Hand und er nickte. Wir führten Dolkar und Nambol aus dem Bunker, die Böschung hinab. In dem Nebel stapfte ein hoch gewachsener Mann auf uns zu, half Dolkar behutsam über die Uferfelsen. Ihr Atem ging stoßweise und machte mir Angst.

»Können Sie in diesem Zustand reiten?«, hörte ich den Mann besorgt fragen. Dolkars Hand strich unruhig über den Verband.

»Danke, Wangdu. Ja, ich … kann reiten.«

Im Schatten der Brückenpfeiler schlug uns die warme Ausdünstung der Pferde entgegen. Die leisen und undeutlichen Eindrücke für Auge und Ohr, die ich hier unten wahrnahm – das leise Klirren von Metall, das dumpfe Stampfen von Hufen, das trübe Glitzern eines Gewehrlaufes –, deuteten darauf hin, dass hier eine größere Gruppe wartete. Allmählich gewöhnten sich meine Augen an die Dunkelheit. Ich sah einige Nomaden in Fellmäntel gehüllt. Wangdu trug einen chinesischen Garnisonshut mit Ohrenklappen und doch war er ganz und gar Khampa, mit einem hochmütigen Gesicht und einer Haut wie glänzend gegerbtes Leder. Seine breiten Schultern waren leicht nach vorn geneigt – in der halb gebückten Haltung eines Mannes, der immer bereit ist nach der Waffe zu greifen oder in Deckung zu springen. Solche Männer gab es noch in Tibet, und solange es sie gab, kannten Chinas Soldaten keinen ruhigen Schlaf und sehnten sich zurück in die heile Welt des Mutterlandes.

Einer der Nomaden sagte leise ein paar Worte. Ich hörte ein Stöhnen; einige Gestalten, die am Boden kauerten, richteten sich schwerfällig auf. Ein fahler Lichtschein fiel auf ihre roten Gewänder; ich sah, dass sie Mönche waren. Manche konnten sich kaum aufrecht halten, einer blutete aus dem Auge. Eine Nonne, kaum älter als ich, wurde behutsam auf ein Maultier gehoben. Es handelte sich um jene Nonne, die ihre Rettung meiner Mutter verdankte, erfuhr ich später Ein Polizist hatte ihr mit einem elektrischen Schlagstock das Knie zerschmettert. Alle hier Versammelten hatten an der Demonstration teilgenommen und waren in großer Gefahr. Auch für meine Eltern stand ein Maultier bereit; Maultiere sind ruhiger als Pferde und haben einen sicheren Gang. Wangdu ließ meinen Vater aufsitzen und half Dolkar in den Sattel. Ihre Zähne gruben sich in die bebende Unterlippe, doch sie setzte geschickt ihre Füße in den Steigbügel und hielt sich an Nambol fest. Der Mönch mit dem blutenden Auge wiegte sich vor Schmerz hin und her.

Eine Hand legte sich auf meine Schulter. Ich hatte nicht bemerkt, wie Osher in den Sattel stieg. Nun stand Powo dicht hinter mir, schnaubte leise und erregt. Die Hufe sämtlicher Tiere waren mit Lumpen umwickelt, was ihre Schritte geräuschlos machte. Ich ergriff wie selbstverständlich Oshers Hand und schwang mich hinter ihn auf den Pferderücken. Er sah mich über die Schulter hinweg an.

»Halt dich gut fest!«

Das ließ ich mir nicht zweimal sagen. Ich umklammerte seine Taille, drückte mich an ihn und wir setzten uns zusammen mit den anderen Reitern in Bewegung. Eine Zeit lang ritten wir unterhalb der Landstraße. Kurz hinter der

Stadt hielt die Gruppe an. Einer der Männer stieg ab und nahm den Reittieren die Tücher von den Hufen, damit ihre Füße sicherer auftreten konnten. Dann ritten wir weiter. Die Nacht war eisig und klar, die Helligkeit der Sterne flimmerte auf den Schneegipfeln. Eine seltsame Leere war in mir, alles hallte darin wieder wie in einer hohlen Muschel. Ich wusste nicht mehr, ob ich schwitzte oder fror, ob ich wachte oder träumte. Wir ritten über schmale Pfade immer bergan. Die Hügel erhoben sich stufenweise. Als wir das Gebirge erreichten, brach im Osten das Grau der Dämmerung hervor. In einer Stunde würde die Sonne aufgehen und bei Tageslicht zu reiten war gefährlich; das Militär würde die Pferde mit Feldstechern leicht ausmachen können. Doch die Reiter schienen das Gelände genau zu kennen und wir kamen schnell vorwärts. Der Nachtwind pfiff durch die Wälder und heulte gespenstisch in den Schluchten. Dolkar schwankte bei jedem Schritt des Maultieres. Der Ritt musste ihr unsägliche Schmerzen bereiten. Aufmerksam ritt Wangdu dicht neben ihr, um sie zu halten, falls ihre Kräfte versagten. So stiegen wir weiter, Absatz um Absatz. Dann und wann lösten sich kleine Steine vom Abhang und sprangen mit leichtem Sirren den Steilhang hinunter. Pferde und Maulesel bewegten sich mit größter Vorsicht. Ihre schweißnassen Flanken dampften. Bald wurde der Pfad so steil, dass die Tiere richtiggehend klettern mussten. Dolkar klammerte sich unter Aufbietung ihrer letzten Kräfte an Nambol fest, so gut es ging,. Die Verletzten schienen kaum mehr fähig sich lange im Sattel zu halten. Die kleine Nonne schluchzte leise vor sich hin. In zahllosen Windungen führte die Piste hinauf, ein Weg, den Yaks oder Wildesel im Laufe der Zeiten ausgetreten hatten.

Inzwischen färbte sich der Himmel rot und die Vögel begannen zu zwitschern. Der Morgenwind brachte den Geruch nach Schnee, nach feuchten Gräsern; ein frischer, erdiger Geruch, fern von dem Gestank nach Abgasen und Benzin, der Lhasas Straße verpestete. Osher wandte den Kopf und nickte mir zu.

»Wir sind bald da.«

Nach einer Weile sah ich im ersten Sonnenlicht Felsblöcke, auf denen mit weißem Kalk die geweihten Worte »Om mani padme hum« gemalt waren. Meine Kopfhaut kribbelte. Wo solche »Mani-Steine« den Weg säumten, begann ein heiliger Bezirk. Hier öffneten Himmel und Erde ihre Pforten, die Felder ihrer Kraft berührten sich. Ich spürte diese Kraft wie Wellen über den Boden gleiten, mich machtvoll und sanft erfassen. Auf der Rückseite der Steine schlängelte sich der Pfad weiter empor und führte uns in eine weite Schlucht. Wir ritten jetzt eine schwindelnd hohe Granitwand entlang. Fichten und Lärchen wuchsen hier und ein kleiner Bach, die Ränder weiß von Raureif, murmelte zwischen Steinen. An einer großen Stange wehten Gebetsfahnen – von Wind und Schnee verblichen. Sie waren mit Segenswünschen für alle lebenden Geschöpfe, Menschen und Tiere, beschriftet. Blauschafe weideten auf der Bergwiese. Alles war friedlich, bis uns die Luft das Bellen von Hunden entgegentrug. Die Reittiere spitzten die Ohren, ein Pferd ließ ein heftiges Schnauben hören. Das Hundegebell kam näher. Drei kräftige, schwefelgraue Tiere sprangen mit bleckenden Zähnen den Hang hinab. Gleichzeitig wurde ein junger Mönch zwischen Felsblöcken sichtbar. Er stieß einen kurzen, schrillen Pfiff aus, worauf die Hunde augenblicklich einen Haken schlugen, sich duckten und beruhigt zurückliefen. Nur das Geräusch der Hufe auf den nassen Gräsern war jetzt zu hören. Am Berghang, wo der Mönch wartete, zeichnete sich eine leuchtende Linie ab, wie ein erstarrter roter Blitz. Das Feuer warf seinen Schein im Dämmerlicht. Ein wirkliches, warmes Feuer, aus Zweigen, die nur wenig Rauch gaben. Es brannte vor einer Höhle, in der sich Gestalten bewegten. Es waren Mönche, alte und jüngere, mit scharlachroten Tüchern und Fellmänteln bekleidet. Ich wusste, dass sich viele Mönche als Einsiedler in die Berge des Himalaya zurückgezogen hatten. Manche lebten schon jahrelang dort. Das Militär fand nur selten den Weg zu ihren Grotten. Als wir näher ritten, fiel in den flackernden Halbkreis um das Feuer der Schatten einer hohen, mageren Gestalt. Es war ein alter Mann mit abgezehrten Zügen, der uns gelassen entgegentrat. Über seine dünnen Lippen wanderte ein sanftes Lächeln. Seine Stimme war ruhig und dennoch tönte sie weit wie eine bronzene Glocke in der Morgenstille.

»Kommt und wärmt euch am Feuer der Freundschaft! Möge der große Friede des Ortes mit euch sein!«

22. KAPITEL

Der Mann, der gesprochen hatte, trug ein formloses Mönchsgewand von derselben Farbe wie der knotige lange Ast, auf den er sich stützte. Er sah zerbrechlich aus, als ob ein Windstoß ihn forttragen konnte. Doch der Eindruck täuschte: In Wirklichkeit war er wie der Pfeiler eines Tempels, erdbebenfest. Später sollte ich einiges über ihn erfahren. Sein Name war Paldor Lhakyi. Sein Alter? Niemand vermochte es zu sagen. Bevor er das Mönchsgelübde abgelegt hatte, trug er den Titel »Menrampa«, was dem eines Medizinprofessors entsprach. Nachdem der Dalai-Lama 1959 ins Exil gegangen war, hatte er sich als Einsiedler in die Berge zurückgezogen. Viele verfolgte Mönche hatten hier Zuflucht gefunden. Einige dieser Mönche bildete Paldor Lhakyi als Ärzte aus. Die tibetische Medizin wendet Kräuterheilmittel und Mineralien an, die in den Bergen ausreichend vorhanden sind. Darüber hinaus war die Einsiedelei als Ort bekannt, wo politisch Verfolgte Verpflegung und Unterkunft fanden, bevor sie über die Pässe nach Indien oder Nepal flohen.

Inzwischen hatten die Mönche den Verwundeten vom Pferd geholfen. Paldor Lhakyi segnete sie voller Mitgefühl. Den Umständen zum Trotz hatten die verwundeten Mönche »Katas« – Glücksschärpen – bei sich, die sie dem Ehrwürdigen »Menrampa« überreichten. Seine Gehilfen sprachen den Flüchtlingen Trost zu, verloren keine Zeit und kümmerten sich um ihre Wunden. Wangdu hatte meine

Mutter wie ein krankes Kind aus dem Sattel gehoben. Sie schien einer Ohnmacht nahe. Ihre Haut spannte sich über die Knochen, ihre Nasenflügel waren eingefallen und bläulich verfärbt. Voller Entsetzen bemerkte ich, dass ihre »Tschuba« unter der Jacke nass von Blut war. Paldor Lhakyi, der sie kurz betrachtet hatte, blickte zuerst Nambol, dann mich an. Sein Gesicht drückte Besorgnis aus. Zu Dolkar sagte er: »Komm, meine Tochter! Du brauchst jetzt viel Ruhe und sorgsame Pflege.«

Die Höhle, in die er uns führte, schien eng und finster, doch nach ein paar Schritten weitete sich der Gang. Das rötliche Licht kleiner Butterlampen flackerte auf sorgfältig gezimmerten Holzaltären. Das Gewölbe strahlte einen merkwürdig farbigen Glanz aus. Als sich meine Augen an das Halbdunkel gewöhnt hatten, sah ich, dass die Wände mit »Thankas« bedeckt waren. Die Rollbilder aus Brokat, mit Goldfäden und Edelsteinen bestickt, zeigten Götter und Göttinnen, Erleuchtete und Weise, alle Tiere und Blumen dieser Welt und die Landschaften des Paradieses. Diese Kunstwerke schmückten früher Klöster und Heiligtümer, bevor die Roten Garden sie raubten und zerstörten. Die Pflanzenfarben, die damals in Gebrauch waren, hatten ihre Leuchtkraft auf erstaunliche Weise bewahrt. Besonders wertvolle Stücke waren mit Schutzschleiern versehen, die oberhalb des Bildes wie Vorhänge gerafft wurden. Als wir weitergingen, zeigte es sich, dass die Grotte aus verschiedenen Räumen bestand. Wir wanderten über Bretter von einer Höhle zur anderen. Unsere Schatten glitten über die Wände, löschten jeweils für Augenblicke die märchenhaften Farben. An manchen Stellen stapelten sich alte Schriftrollen auf Regalen. Ich sah handgewobene Wollstoffe, Schlafsäcke, Körbe voller Lebensmittel und ein altmodisches Funkgerät. In einem Gewölbe, weit bis ins Dunkle hinauf, war eine Statue gemeißelt. Sie war groß wie zwei Menschen übereinander. Der Kopf des Buddhas war sanft und rund, das Gesicht leuchtete lebendig im Halbschatten und die Hand war in der Geste der Verklärung erhoben. Hinter dem Standbild befand sich eine kleine Kammer. Dort war es, wo Wangdu und mein Vater Dolkar behutsam auf ein Lager betteten. Ein Mönch hatte ein Feuer entfacht. Der Rauch zog durch ein Felsloch ab, das auf halber Höhe einen Handteller großen hellen Fleck an die Wand warf. Dolkar bewegte zuckend die Hände; an ihren Lippen klebte blutiger Schaum. Paldor Lhakyi legte Mittelfinger und Ringfinger auf ihren Puls, zuerst am rechten, dann am linken Handgelenk. Seine Atemzüge passten sich dem Atem der Verletzten an. Nach einer Weile öffnete Dolkar die Augen, aber nur einen Spalt. Sie wollte etwas sagen, doch der Arzt schüttelte den Kopf.

»Nicht sprechen, meine Tochter. Schone deine Kräfte!«

Wangdu entfernte sich, als der Arzt vorsichtig begann Dolkars Jacke aufzuknüpfen. Der blutgetränkte Verband klebte am Körper. Paldor Lhakyi nahm ein kleines Messer, schnitt behutsam den Verband auf. Meine Mutter zuckte zusammen. Als der Arzt die Wunde sah, erstarrte sein Gesicht. Er deckte die Verletzte zu, um sie warm zu halten, und wandte sich an seinen Gehilfen.

»Mach Wasser heiß, ich muss die Wunde waschen!«

Zu meiner Mutter sagte er: »Ich will sehen, was ich für dich tun kann. Zuerst werde ich dir ein Mittel geben. Du wirst schlafen und die Schmerzen nicht spüren.«

Er schürte das Feuer; sobald die Flammen höher schlugen, nahm er aus einem Stoffbeutel eine kleine, braune Stange und hielt sie in die Glut. Als die Masse weich geworden war, brach er ein Stückchen ab und rollte es zwischen den Fingern. Dann hob er Dolkars Kopf und hielt ihr einen Becher an die Lippen.

»Schluck diese Kugel mit ein wenig Tee hinunter! Und warte!«

Eine Weile verging, bis sich das Gesicht meiner Mutter entspannte. Der Arzt fühlte wieder ihren Puls. Er horchte auf das Blut, auf den inneren Rhythmus. Jetzt lagen Dolkars Finger offen und unverkrampft. Paldor Lhakyi schob ihr behutsam eine Decke unter den Kopf; seine Augen glitten zu Nambol hinüber, der stumm neben dem Lager kauerte.

»Sie hatte große Schmerzen, aber das Mittel wirkt schon.«

»Dank sei Ihnen«, flüsterte Nambol. »Wird sie wieder gesund?«

»Ich werde ihre Wunde befragen«, erwiderte der Arzt. »Sie wird mir Antwort geben und ich werde ihren Rat befolgen.«

Er betrachtete ihn aufmerksam und setzte hinzu: »Sie sind gewiss müde und durstig. Die Mönche werden sich um Sie kümmern; sicher wird Ihnen eine Tasse Tee gut tun.«

Ich merkte, dass er meinen Vater nicht dabeihaben wollte. Doch als ich mich anschickte, ihn aus der Kammer zu führen, hielt der Arzt mich mit einer Handbewegung zurück.

»Kind, willst du mir helfen?«

Bald dampfte auf dem Feuer ein kleiner, bauchiger Kessel. Der Gehilfe zerriss ein sauberes Tuch in Streifen. Paldor Lhakyi warf ein paar Kräuter in das Wasser und wartete, bis es abkühlte. Neben dem Lager befand sich eine Sturmlaterne, die jedoch nur schwaches Licht verbreitete. Paldor Lhakyi schaute zu mir auf und bat mich die Laterne über seine Hände zu halten. Dann reinigte er geschickt und gründlich das Einschussloch, wobei zwischen den zersplitterten Knochen immer wieder frisches, hellrotes Blut heraussickerte. Mit einem schmalen Messer, das er zuerst in die Flammen hielt, um es zu reinigen, schnitt Paldor Lhakyi jetzt behutsam die Hautfetzen fort. Seine gelenkigen Hände waren so sicher und sanft wie die einer Frau. Dann neigte er sich lange über die Bewusstlose. Ich hielt das Licht unentwegt hoch, rührte mich nicht und wandte kein einziges Mal die Augen ab.

Nach einer Weile richtete der Arzt sich auf, reichte die blutigen Instrumente seinem Gehilfen und verband die Wunde neu. Dann sackte er leicht in sich zusammen und stieß hörbar den Atem aus.

»Du kannst die Lampe jetzt wegnehmen.«

Ich stellte sie neben mich, massierte meinen steifen Arm. Nachdenklich und traurig blickte er mich an. In seinem braunen Gesicht schimmerten die dunklen Augen wie weicher Samt.

»Kind, ich schulde dir die Wahrheit: Es besteht keine Hoffnung.«

Meine Schultern sackten vornüber, als wäre mir mein eigenes Gewicht zu schwer geworden. Ich hielt die verschlungenen Hände fest in meinem Schoß und ich dachte nur daran, ihretwillen ruhig zu bleiben. Sie hätte es nicht gemocht, wenn ich Schwäche gezeigt hätte.

Paldor Lhakyi sprach weiter. »Die Kugel schlug zu nahe am Herzen ein. Eine Vene wurde durch die Splitter der zerschmetterten Rippen beschädigt. Zusammen mit dem Blut dringt allmählich Luft in die Brusthöhle.«

Ich starrte ihn an. Mir kam in den Sinn, dass ich es von Anfang an gewusst hatte.

»Sie hätte nicht reiten sollen …«

Ein Seufzer hob seine magere Brust.

»Unsere Medizin geht eigene Wege. Sie ist in der Behandlung vieler Krankheiten erfolgreich. Daneben besteht eine Tradition, die operative Eingriffe ablehnt. Ich befürworte diese Einstellung nicht; sie entspricht nicht mehr der heutigen Zeit. Ein guter Chirurg hätte deine Mutter retten können. Aber nach dem, was geschehen ist, hätte man ihr jede Hilfe verweigert und sie im Gefängnis qualvoll sterben lassen. Sie wünschte sich ein friedliches Ende und nahm das Risiko auf sich.«

Ich nickte mit zugeschnürter Kehle.

»Wird sie … noch lange leiden?«

»Sie braucht nichts mehr auszuhalten. Ich gebe ihr das Nötige und noch etwas mehr.«

In meinen Kopf trat eine Stille. Eine steinerne Stille.

»Ich verstehe.«

Er legte die Hand auf meine völlig erstarrte Schulter.

»Ich werde es deinen Vater wissen lassen.«

23. KAPITEL

Mein Vater und ich wachten bei Dolkar den ganzen Tag und die ganze Nacht. Der Arzt hatte sein Versprechen gehalten. Das Mittel löste den Muskelkrampf auf, nahm ihr den Schmerz. Nambol hielt ihre Hand umfasst, die kraftlos und glühend heiß in der seinen lag. In einigen lichten Momenten, wenn sie wie aus weiter Ferne auftauchte, erkannte sie uns und lächelte. Zum Sprechen war sie zu schwach. Nambol aber redete leise und zärtlich zu ihr und seine Worte stärkten und erleichterten ihre Seele; er versuchte gar nicht erst sie glauben zu machen, dass sie wieder gesund werde. Ich aber fühlte mich wie außerhalb meiner selbst; als sei dieses Mädchen, das neben seiner sterbenden Mutter kniete, eine Fremde. Ich erlebte sehr deutlich dieses erstaunliche Schauspiel: zu sehen, wie ich mich verwandelte. Was ich bisher nur dunkel in mir gespürt hatte, trat hell und offen hervor. Fassungslos und still versank ich in mir selbst, formte ein neues Bild von mir – ein Bild, in das ich hineinwuchs, für immer.

Kurz bevor Dolkar starb, öffnete sie ein letztes Mal die Augen. Ihr dunkler Blick richtete sich auf mich. Ihre trockenen Lippen bewegten sich und sie murmelte: »Ich fühle keinen Schmerz mehr. Mir ist, als schwebe mein Geist. Alles ist einfach und klar …«

Ich erwiderte matt ihr Lächeln.

Sie sagte: »Du wirst Tibet verlassen, doch immer eine

Tibeterin bleiben. Vergiss deinen Glauben nicht, Sonam! Vergiss nicht unseren Kampf!«

Erschöpft hielt sie inne. Ich erwiderte: »Ich werde es nicht vergessen.«

Ihre Augen blickten mich stumpf an. Ich hatte das Gefühl, dass ihr Körper nur noch mit dem Dehnen und Einziehen der Rippen beschäftigt war, eine Aufgabe, die er mit letzter Anstrengung bewältigte. »Nambol ... hat seinen Entschluss gefasst. Alles ist gut. Ich bin glücklich für ihn.«

Mein Vater streichelte ihre Hand und nickte; mir war, als ob sich seine blutlosen Lippen bewegten, als ob über seine abgezehrten Züge ein Lächeln wanderte. Welchen Entschluss?, dachte ich. Doch mir fehlte der Mut ihm die Frage zu stellen.

Dolkars Gesicht war so fahl wie der dämmernde Winterhimmel. Ihr Atem ging röchelnd, wurde schwach, schwächer, dann rasselte er wieder, selbst mein Herzklopfen vermochte ihn nicht zu übertönen.

»Sonam ...«

Ich beugte mich über sie.

»Ja, Amla?«

Sie sprach leise, mit verzweifelter Kraft.

»Osher ... du kannst dich auf ihn verlassen.«

Ihre Stimme brach. Blutiger Schaum trat in ihre Mundwinkel. Ich wandte den Kopf ab, um vor ihr meine Tränen zu verbergen. Doch sie sah mich nicht mehr an. Ihr Blick war auf meinen Vater gerichtet, der sie in seinen Armen hielt. Ihre weit geöffneten Augen leuchteten voller Zärtlichkeit und Frieden. Der Anflug eines Lächelns glitt über ihr Gesicht. Mit deutlicher Stimme sagte sie: »Die Götter werden siegen.«

Das waren ihre letzten Worte. Blut floss in dünnen Fäden aus ihrem Mund, stoßweise, in kleinen Wellen. Schreckerfüllt rief ich nach Paldor Lhakyi. Doch als der Arzt ein paar Minuten später erschien, lebte meine Mutter nicht mehr. Paldor Lhakyi beugte sich über sie, kratzte leicht mit seinem Nagel an dem matt glänzenden Augapfel. Dann schloss er ihr sanft die Lider.

Meine Mutter wurde eingeäschert: eine Bestattung, die ursprünglich hohen Lamas vorbehalten war. Eigentlich bestimmte ein Astrologe die Zeitspanne der Aufbewahrung und den Tag für die Bestattung. Doch die Umstände erforderten eine einfache Zeremonie. Der Leichnam wurde mit Heilkräutern und verschiedenen Ölen eingerieben und in weiße Baumwolle gehüllt. Nambol und ich verbrachten eine Nacht bei der Toten. Wir wachten und beteten. In hunderten von Glas- und Zinngefäßen brannten kleine Flämmchen. Der steinerne Buddha warf seltsam bewegliche Schatten, als ob er lebte und atmete. Die Erschöpfung brachte das weite Feld der Erinnerung in Bewegung, meine Gedanken schwirrten wild und planlos umher, bevor sie sich langsam beruhigten. Ich fühlte, wie die schwebende Seele meiner Mutter mir half meine eigene Welt wieder aufzubauen. Sie wollte Frieden, nicht Einsamkeit hinterlassen. Wer ein Gefühl dafür hat, spürt diese Dinge.

Die Zeremonie fand am hellichten Morgen statt. Die Mönche knieten abseits in ihren roten Gewändern. Der Wind trug mir das Murmeln der Gebete zu, den hellen Klang kleiner Zimbeln. Als alles vorbei war, sammelten mein Vater und ich Dolkars Asche in einer kleinen Urne und schütteten sie in den glitzernden Gebirgsbach. Der Geist meiner Mutter, von allen Leiden und Sorgen befreit, schwebte nun über Berge und Schneefelder, über Gräser und Blumen. Sie war überall. Und so entbot ich ihr meinen Abschiedsgruß. Wie lange ich am Ufer des kleinen Wildbaches kniete, weiß ich nicht. Doch die Luft war dünn vor Kälte und die Sonne blassrot, als ich zu meinem Vater ging und dieser mir sagte, dass er diesen Ort niemals wieder verlassen würde. In der Überzeugung, dass nur Liebe den Hass überwinden konnte, hatte er beschlossen Mönch zu werden, die Lehren Buddhas zu vertiefen und bis zu seinem Tod für alle Lebewesen zu beten.

24. KAPITEL

Als ich erwachte, war es noch früh. Ich hatte tief und traumlos geschlafen. Ein Luftzug strich über mein Gesicht, ein rosa Lichtschein ließ mich blinzeln. Die Mönche waren beim Gebet; ihre Stimmen schwangen im mächtigen Rhythmus. Sie dröhnten in der Höhle wie der tiefe Summton eines Horns. Es war, als ob die Felsen vibrierten. Ich befreite mich aus dem Schlafsack und ging über die knarrenden Bretter. Vor der Höhle brannte ein Feuer warm und hell; der Wasserkessel zischte. Die Khampas kneteten kleine Kügelchen aus gerösteter Gerste, die sie mit ein paar Brocken trockenem Käse verzehrten. Ich ging an ihnen vorbei zum Bergbach. Die verschneiten Gipfel schimmerten rosa, die Fichten hoben sich wie Scherenschnitte vor dem veilchenblauen Morgenhimmel ab. Die Gebetsfahnen flatterten mit einem seidigen Geräusch wie gurrende Tauben und ganz in der Nähe murmelte der Wildbach. Auf jedem Blatt, jedem Grashalm glänzte ein Tautropfen, in dem sich die rötlichen Sonnenstrahlen brachen. Hinter ein paar Felsen zog ich mein verschwitztes Zeug aus, wusch mich von Kopf bis Fuß. Die Kälte schmerzte auf der Haut und drang mir bis ins Mark. Es tat gut. Fröstelnd trocknete ich mich ab, zog frische Sachen an und befestigte den Talisman wieder unter meinem Pullover. Als ich mich auf den Rückweg zur Höhle machte, sah ich Osher in einiger Entfernung die Pferde zur Tränke führen. In diesen schweren Tagen hatten wir nur ein paar Worte gewechselt. Osher hatte mir kurz gesagt, wie sehr ihm der Tod meiner Mutter nahe ging, und mich dann ganz meiner Trauer überlassen. Doch ihn in meiner Nähe zu wissen hatte mir Trost gespendet. Ich ging auf ihn zu, wobei ich mein Haar flocht und dann das Ende des Zopfes zwischen die Lippen klemmte. Osher saß am Boden neben Powo, der friedlich graste. Wir tauschten ein schwaches Lächeln.

»Mein Vater wird hier bleiben«, sagte ich.

Er nickte.

»Ja, die Mönche haben es mir gesagt.«

Er saß locker und entspannt auf den Fersen. Ich setzte mich zu ihm, warf meinen Zopf auf den Rücken. Oshers Gesicht lag im Schatten seiner Mütze und er kaute einen Grashalm.

»Hast du immer noch die Kassette?«, fragte ich.

Er schlug auf die Tasche seiner Tschuba.

»Die ist bei mir gut aufgehoben.«

Ich umklammerte meine Knie.

»Ich muss sie Anna bringen. Ich habe es ihr versprochen.«

Osher spuckte den Grashalm aus.

»Und wie kommst du nach Nepal? »

Ich hatte mir die Frage lange genug durch den Kopf gehen lassen. »Kannst du mich mit dem Pferd nach Tingri bringen? Mein Vater gibt mir etwas Geld. Ich werde mir einen Pilgerpass beschaffen und von dort aus mit dem Bus fahren.«

Osher zog ein Päckchen Zigaretten aus der Hosentasche und hielt es mir hin.

Ich schüttelte verneinend den Kopf und fragte: »Rauchst du?«

»Nur, wenn ich nachdenke«, sagte Osher. »Und im Augenblick denke ich ziemlich fest nach.«

Er kramte nach Streichhölzern, betont langsam, und zündete sich eine Zigarette an.

»Tingri ist ein militärischer Stützpunkt. Die Soldaten kontrollieren alle Reisenden und wühlen im Gepäck. Und was, wenn sie die Kassette finden?«

Ich umklammerte meine Knie.

»Es ist ein Risiko, ich weiß. Aber mein Vater sagt, dass er ein paar Leute kennt, die mir weiterhelfen.«

Osher stieß den Rauch durch die Nase.

»War es schwierig für dich, nach Drepung zu reiten?«

Ich lächelte schwach.

»Ich hatte Muskelkater.«

»Alles nur Training«, sagte er.

»Stimmt.«

Wieder Schweigen. Osher rauchte, den Blick in die Ferne gerichtet. Nach einer Weile sagte er: »Ich könnte dich nach Nepal bringen.«

Ich starrte ihn an.

»Zu Pferd? Wie stellst du dir das vor?«

»Wir reiten abseits der Hauptstraße. Es gibt eine Menge Pilgerpfade. Ich kenne die Strecke auswendig.«

»Osher!«, rief ich überrascht. »Warst du schon mal an der Grenze?«

»Schon oft, aber nur im Kopf.«

»Das hilft uns nicht viel!«, sagte ich seufzend.

»Sonam, hör zu!«, sagte er eindringlich. »Mein Vater hat mir alles gesagt, was ich wissen muss, auf hundert verschiedene Arten. Wir riskieren gar nichts.«

»Gar nichts?«, erwiderte ich mit müdem Spott.

Er blinzelte.

»Sagen wir mal ... es kann nicht so schlimm sein. Wir müssen bloß wie die Pferde denken.«

»Wie die Pferde?«

»Sicher. Die Pferde handeln instinktiv. Und sie haben uns eine Menge zu sagen. Deshalb verlasse ich mich blind auf sie. Es gibt Jungen, die lieber Motorrad fahren. Auch gut. Eine Maschine läuft, solange genug Benzin da ist. Du kannst auch mit ihr reden, aber sie gibt keine Antwort.«

In seinem Kopf ging vieles gleichzeitig vor. Ich brachte ihn in die Wirklichkeit zurück.

»Osher, sei vernünftig! Ich kann das nicht von dir verlangen.«

Er sah mich an, fast böse.

»Es ist wichtig. Es geht mir um die Kassette. Und auch ... um dich. Hier in Tibet landest du früher oder später im Gefängnis.«

»Die Gefahr, dass du im Gefängnis landest, ist ja wohl erheblich höher«, erwiderte ich mit bitterem Spott.

Er kicherte. »Mein Vater sagte, man lernt eine Menge hinter Gittern.«

»Ach, rede keinen Unsinn!«, rief ich scharf. »Ich fahre mit dem Bus und fertig. Da brauche ich nicht ständig Angst um dich zu haben.«

»Um mich?«

Er sah mich an, mit gerunzelten Augenbrauen und aufeinander gepressten Lippen, als ob ich ihn beleidigt hätte. Ich wäre am liebsten aufgesprungen und weggelaufen. In meinem Magen flatterte es unruhig. Hatte ich zu viel verraten davon, was mich in meinem Innersten bewegte? Doch ich musste ehrlich sein.

»Ich will nicht, dass die Chinesen dich festnehmen.«

»So darfst du nicht denken«, sagte er, mit einer Sanftheit, die mich überraschte. Er beugte sich leicht vor, legte seine Hand auf meine, umfasste sie. Ich spürte die Wärme seiner Haut, das leichte Pulsieren des Blutes. Es war eine sehr intime Geste. Ich zog meine Hand nicht zurück, ich wollte den Moment der Nähe nicht verlieren. Die Luft um uns herum roch nach Rauch und Gras, das kühle, frostige Frühlicht funkelte zwischen den Felsen. Nach einer Weile brach Osher das Schweigen.

»Du brauchst ein Pferd. Die Tiere gehören Wangdu. Aber er schuldete meinem Vater Geld und wird mit sich reden lassen.«

Ich blickte ihn an und sagte: »Und was wird aus dir, Osher?«

Er zog die Schultern hoch.

»Meine Mutter hatte nicht die Angewohnheit mir Vorträge zu halten. Doch als sie mich beim Abschied segnete, sagte sie: ›Osher, du musst dein Leben lenken wie dein Pferd. Lass es nie zu, dass dein Pferd dich irgendwohin trägt!‹«

Ich schwieg, er verzog das Gesicht und murmelte wie zu sich selbst: »Ein guter Ratschlag, Amla, aber einer, den ich nicht beachten kann!«

Er drückte seine Zigarette auf einem Stein aus und ging, um mit Wangdu zu reden. Das Gespräch war ziemlich kurz und endete damit, dass Wangdu mir einen kleinen, robusten Wallach zur Verfügung stellte. Osher hatte versprochen alles zu tun, damit das Tier die Reise gesund überstand. Denn die Khampas lieben ihre Pferde über alles. Der Braune, den ich reiten würde, war ein umgängliches Tier. Wegen seiner borstigen Fesselbehaarung hatte man ihm den Namen »Komtse« – Igel – gegeben.

Am Morgen unserer Abreise gab mir mein Vater das Geld, das meine Mutter für mich gespart hatte. Er legte Osher und mir zwei Glücksschärpen um den Hals. In der hellen Bergsonne sah er unendlich müde und verbraucht aus. Es war, als hätten die vergangenen Tage zehn Jahre von seinem Lebensfaden abgeschnitten. Er war plötzlich ein abgezehrter Greis mit einem Gesicht, das keiner Gefühlsregung mehr fähig schien. Dies zu sehen tat mir weh. Ich umarmte ihn mit dem Gedanken, dass es möglicherweise das letzte Mal war. Er ersparte mir auch die üblichen Ratschläge, wohl wissend, dass sie mich nicht anders machen würden.

»Geh mit den Göttern!« Mehr sagte er nicht und mit diesen Worten schenkte er mir sein Vertrauen und gab mich frei.

Die Mönche hatten uns Proviant mitgegeben: geröstete »Tsampa«, Teeziegel, einen Zuckerstock, getrocknetes Yakfleisch, mit Salz und rotem Pfeffer gewürzt. Das Trockenfleisch führte dem Körper alle notwendigen Vitamine zu. Wangdu überließ uns zwei gute Schlafsäcke der chinesischen Volksarmee, die er, wie er grinsend betonte, »beschlagnahmt« hatte. Dazu eine Feldflasche für das Trinkwasser. Er drohte Osher mit dem Finger: Für die Pferde sollte er besser sorgen als für sich selbst. Wenn nicht, würde er ihn zur Rechenschaft ziehen! Wir nahmen Abschied von den Verletzten, die sich, dank der Heilkunst der Einsiedler, auf dem Weg der Besserung befanden. Doch einer der Mönche hatte sein linkes Auge verloren und die junge Nonne würde ihr Leben lang an einem Stock humpeln, denn die Kniesehne war unheilbar beschädigt und die entsprechenden Nerven abgestorben.

Auch von Paldor Lhakyi erhielten wir Glücksschärpen als gutes Omen für die Reise. Als ich ihm meinen Dank aussprach, kamen mir die Tränen. Doch in seinen Augen lag so viel Lebenskraft, dass ich mich gestärkt fühlte.

»Weine nicht, Kind! Es ist dein Schicksal, Tibet zu verlassen. Wohin du auch gehen magst, gedenke deiner Heimat, und mit dieser Erinnerung dürfte dein Leben gar nicht so anders werden.«

Er legte seine Hand auf mein Haar, und selbst als er sie zurückgezogen hatte, war mir, als spürte ich noch die Kraft seines Segens. Auch Osher beugte den Kopf mit den zerzausten Locken, faltete ehrerbietig die Hände. Der alte Mann sprach zu ihm in einem bestimmten Tonfall, fast scherzhaft, aber voller Zuneigung.

»Könnte ich der Friedensstifter in deiner Seele sein und die Zwietracht deines Wesens in Einklang verwandeln! Aber wie kann ich das, wenn du selbst nicht weißt, wer du bist?«

Die Hunde bellten aufgeregt, als wir in den Sattel stiegen. Wie eine Feuerkugel glitt der Sonnenball hinter den Bergkämmen hervor. Mit einem Schlag entsprang aus dem Schatten das Morgenlicht, leuchtete auf den zerschlissenen Gewändern der Mönche und ließ sie aufglänzen wie kostbares Brokat. Über der Felswand schwebte ein Adler, er hing mit gespreiztem Gefieder im Wind. Dann fand er eine Säule tragender Luft, kreiste höher und segelte empor, den Gletschern entgegen. Er hielt dem Schneeland die Treue, während ich entfloh.

25. KAPITEL

Die Sonne stieg rasch. Lichtfluten überzogen die blauen Farben des Morgens mit einem perlmutterfarbenen Schleier. In der Nacht, als wir Lhasa verließen, hatte ich kaum bemerkt, wie steil der Berghang war. Jetzt trat der Pfad Schwindel erregend und hart gefroren zu Tage. Ein kleiner Rutscher und wir würden in einem Abgrund landen.

»Lass die Zügel locker und halt dich am Sattel fest!«, sagte Osher.« Die Pferde schaffen es schon. Wir Khampas sagen, Pferde haben Augen an den Hufen.«

Und wahrhaftig, Powo und Komtse fanden leicht und behände ihren Weg. Die Bergwelt war ihren kräftigen Beinen vertraut. Sie setzten ihre kleinen, polierten Hufe auf Stellen, von denen ich das Gefühl hatte, ich hätte selbst nie darauf stehen können. So stiegen wir abwärts. Im Hochtal wandte sich der Fluss Tsangpo unweit der großen Asphaltstraße nach Osten. Und hinter den Hügeln lag Lhasa. Die Chinesen hatten den Aufstand erstickt, alle Touristen aus dem Land verwiesen, die übliche Nachrichtensperre verhängt. Wir aber besaßen eine Kassette, die die Wahrheit zeigte. Diese Kassette mochte uns in große Gefahr bringen. Wir wussten es beide, doch das machte uns nur noch entschlossener.

Hoch oben auf den Bergkämmen wuchs wenig Grünes. Einsame Blaufichten reckten sich steil in die Höhe. Aus ihren schuppigen Rinden tropfte das Harz wie Gold. An manchen Stellen erhob sich ein Steinhaufen, »Lhartsen« genannt, am Weg. Wie alle Reisenden legten wir einen weißen Stein auf das kleine Heiligtum und baten die Gottheiten der Berge um Schutz.

Hier und da klebten Dörfer an den Hängen. Über den flachen Lehmhäusern wehte Rauch. Der Wind trug ferne Stimmen zu uns herüber, das Krähen der Hähne, das Tuckern vereinzelter Traktoren. In der dünnen Höhenluft schien die Sonne wie durch ein Brennglas. Quarzstrahlen funkelten auf den warmen Felsen. Ich wurde nicht müde die weite, lebendige Landschaft zu beobachten, als Osher plötzlich zu singen begann. Im wiegenden Auf und Ab des Sattels, den Kopf leicht gesenkt, sang er vor sich hin. Seine weiche, kehlige Stimme war wie ein natürliches Echo der Natur. Ich war von dieser Melodie gefesselt, fühlte mich wie im Traum, hoch in die Lüfte getragen auf den Flügeln des Liedes. Oshers Stimme verstummte so plötzlich, dass ich eine merkwürdige Leere empfand. Ich wollte zumindest einige Worte des Liedes wieder finden. Erst da merkte ich, dass die Sprache, in der Osher gesungen hatte, mir unbekannt war.

»Was war das für eine Sprache, Osher?«

Er warf mir einen raschen Blick zu; seine Wangen waren um eine Spur dunkler geworden.

»Das war die alte Sprache unseres Volkes.«

»Kannst du mir die Worte übersetzen?«

Osher nickte nachdenklich.

»Warte, lass mir ein wenig Zeit!«

Er summte fast tonlos mit halb geschlossenen Lippen, bevor er die Worte langsam aussprach.

»Morgen wird der Weiße Kranich über Lithang ziehen.
Dort, wo er sein Nest baut,
wachsen Blumen aus der Asche.
Neues Leben erwacht
aus verbrannten Ruinen.«
Ich schluckte. »Osher, du bringst mich zum Weinen.«

Oshers Mundwinkel hatten jetzt einen bitteren Zug. »Mit dem Weißen Kranich ist der Dalai-Lama gemeint. Das Lied wurde von den Chinesen verboten, weil es zum Widerstand aufruft. Doch dieses Lied hält uns wach.«

Die Zeit verging. Seit Stunden saß ich nun im Sattel. Wenn ich von Zeit zu Zeit die Füße aus den Steigbügeln schob, um die Beine zu strecken, merkte ich, wie alle meine Muskeln schmerzten. Über den Bergen wurde der Himmel gelb, als wir einen Rastplatz fanden. Ein leichtes Plätschern brach die Stille. Das Wasser drang aus der feuchten Erde und sprudelte über Moose und Farne den Hang hinab.

»Der Bach bewässert die Felder im Tal«, sagte Osher. Er ließ sich aus dem Sattel gleiten und kam auf mich zu. »Komm, ich helfe dir!«
Ich schwang ein Bein über den Sattel.
»Glaubst du nicht, dass ich …«

Ich sprach den Satz nicht zu Ende. Osher giff nach meiner Taille, als beide Beine unter mir nachgaben. Einen Moment hielten wir uns aneinander fest. Osher blickte mir in die Augen, und ich erwiderte seinen Blick. Ich spürte seinen Atem auf meiner Wange. Doch dann wandte er den Kopf ab und ließ mich los. Mein Gesicht brannte.

»Du hast dich gut gehalten«, sagte er und lachte unbeholfen.

Ich setzte mich, steif wie ein Holzklotz und unfähig mich zu rühren. Meine Wangen glühten noch immer. Inzwischen sattelte Osher Powo und Komtse ab, befreite sie von ihrem Gepäck und führte sie an den Bach. Mit seinem Messer, dessen Griff mit einem Türkisstein besetzt war, schlug er etwas Brennholz. Nachdem wir ein kleines Feuer entfacht hatten, öffnete ich ein Päckchen Ziegeltee, warf die Blätter in eine kleine Kanne, die uns die Mönche mitgegeben hatten. Wir mischten den Tee mit Gerstenkörnern, streuten Salz hinein und schlürften das heiße Getränk. Dazu kauten wir Trockenfleisch. Wir sprachen wenig. Zwischen uns war eine leichte Befangenheit eingetreten. Die plötzliche Nähe zuvor war zu überwältigend gewesen.

Osher brach das Schweigen und fragte: »Woran denkst du?«

Ich seufzte. »Es ist seltsam.«

»Was ist seltsam?«

»Mein Leben ist plötzlich ganz anders geworden. Jetzt stehe ich alleine da. Es ist ein besonderes Gefühl.«

»Macht dir das Angst?«

Ich dachte über seine Frage nach. »Nein, eigentlich nicht. Es ist der Schmerz, weißt du. Nur der Schmerz. Ich kann mir nicht vorstellen, dass meine Mutter nicht mehr lebt. Ich sehe sie noch so deutlich vor mir …«

Er nickte. »Ich weiß, was du sagen willst. Ich habe das auch mitgemacht.«

»Dein Vater … wie ist er gestorben?«

Er hob das Glas hoch.

»Er starb wie ein Reiter.«

Ich sah ihn fragend an. Er erwiderte ruhig meinen Blick.

»Er war herzkrank, schon seit Jahren. In seinen letzten Monaten saß er vor der Jurte und sah den Traktoren zu. Und lächelte dabei, als ob er sich über die ganze Welt lustig machte. Bald ließen seine Kräfte nach; er hatte Schwierigkeiten beim Atmen und konnte kaum noch das Bett verlassen. Meine Mutter kümmerte sich um die Herde, stellte die Milchprodukte her und half den Hirten bei der Arbeit. Die Yaks brauchen viel Pflege, vor allem im Frühling, wenn sie Junge bekommen. Mein Vater sorgte sich um sie, weil sie so hart arbeiten musste. Aber sie sagte zu ihm: ›Sei ruhig, Loten! Der Junge hilft tüchtig mit!‹«

»Stimmte das?«

»Nein. Ich spielte Billard. Ich wollte vergessen, dass er sterben würde, verstehst du das?«

Ich nickte und Osher sprach weiter.

»Eines Tages schlief er, bis Mittag vorbei war. Als er erwachte, war meine Mutter auf dem Feld. Es war ein heißer Sommer; unser Hund Ronpa wurde von Zecken geplagt. Ich hatte ihn zwischen die Knie genommen und suchte sein Fell ab, als mein Vater mich rief. Er lag da, unfähig sich zu rühren – ein lahmer alter Mann, dachte ich mit Entsetzen. Doch er befahl: ›Osher, leg die Kissen hinter meinen Rücken und hilf mir mich aufzurichten!‹ Ich zog ihn mit aller Kraft an den Händen hoch. Zuerst setzte er sich auf den Bettrand, dann stand er scheinbar sicher und fest auf den Füßen. Seine Stute Latscham war vor der Jurte angebunden. Er befahl mir das Tier zu satteln. Ich hielt ihn für verrückt, aber ich gehorchte und half ihm beim Aufsteigen. Im Schritt verließ er die Koppel, wobei er in die Ferne zu den Bergen hinüberblickte. Plötzlich beugte er sich über die Mähne der Stute und stieß dicht an ihrem Ohr den uralten Ruf der Steppenreiter aus. Die Stute schnellte vorwärts wie eine Sprungfeder. Sie galoppierte nicht – ich schwöre dir –, sie flog über das Hochtal.«

Osher trank einen Schluck und fuhr fort: »Ich bekam Angst und lief zu meiner Mutter. Sie erschrak und sagte: ›Komm, wir müssen ihn suchen!‹ Wir sattelten unsere Pferde und ritten ihm nach. Die Sonne ging unter, als wir in der Ferne ein Pferd erblickten, das unbeweglich über einer liegenden Gestalt stand. Ein Khampa-Pferd weicht nie von seinem verunglückten Reiter, hast du das gewusst? Es stellt sich schützend über ihn, verteidigt ihn mit Zähnen und Hufschlägen. Aber Latscham stand ganz ruhig, wandte nur den Kopf und richtete ihre Augen auf uns. Da wussten wir, dass mein Vater nicht mehr am Leben war.«

Osher verstummte. Ich hielt den Atem an. Nach einer Weile sagte er kehlig: »So möchte ich auch sterben.«

»Ich weiß«, flüsterte ich. »Und ich verstehe dich.«

Es war plötzlich dunkel geworden. Sternengarben sprühten am Himmel und wir krochen in Wangdus Schlafsäcke. Osher zog seinen Schafspelz über uns beide. Eine Weile lagen wir still. Ich hörte, wie er atmete. Dann zog er mich in die Beuge seines Armes. Eine Zeit lang lagen wir da, Wange an Wange, mit halb geschlossenen Augen. Osher bewegte das Gesicht hin und her, streichelte mich mit seinem warmen Hauch. Als wir uns küssten, verloren wir uns in uns selbst, schlossen uns gegen alles ab, was außen war. Unser Atem vermischte sich, das Hämmern unserer Herzen wurde zu einem einzigen Zittern. Nach einer Weile rückten wir ein wenig auseinander und sahen uns an, blinzelnd und wie benommen. Er sagte ganz leise: »Ich kann mir nicht vorstellen jemals von dir getrennt zu sein.«

Ich flüsterte: »Ich habe meiner Mutter versprochen, dass ich nach Nepal gehe.«

»Du musst dein Versprechen halten.«

Er rollte sich auf mich, stützte die Arme rechts und links neben meinen Kopf, kam mit seinem Gesicht ganz dicht zu mir hinunter, sodass sein Haar dicht über meinen Lippen lag. Ich umfing seinen Nacken mit beiden Händen.

»Hast du jemals gedacht«, fragte ich, »dass es so sein würde? Ich meine ... zwischen dir und mir?«

»Die ganze Zeit«, sagte er. »Ich habe an nichts anderes denken können.«

»Und woran denkst du jetzt?«

Er streichelte mein Gesicht.

»An gar nichts mehr.«

Er küsste mich wieder, fordernder. Unsere Zungenspitzen spielten miteinander und er begann, meinen Körper mit seinen schlanken Händen zu erforschen. Als er meine Brust berührte, stöhnte ich leise auf. Seine Finger fuhren über meinen Bauch und ertasteten die Rundungen meines Körpers. Ich bog mich ihm entgegen. So lange hatte ich mich in meinem tiefsten Inneren nach dieser Berühung gesehnt, und nun fühlte es sich an, als wären wir nie ohne einander gewesen. Als hätte es nie ein »vorher« gegeben. Unsere Körper schienen einander bereits zutiefst vertraut, und als ich ihn schließlich tief in mir spürte, ergriff mich ein Gefühl von Vollkommenheit und Geborgenheit, das mich in seinem Rhythmus ganz gefangen nahm. Ich fühlte nicht, wie mir Tränen des Glücks über die Wangen liefen.

Der Wind war stärker geworden. Eine Weile hörten wir noch, wie er in den Schluchten heulte. Und dann hörten wir gar nichts mehr.

26. KAPITEL

Der Himmel färbte sich rot, ein Zeichen von Kälte, als wir uns auf den Weg machten. Die Bäume sahen verkümmert aus, je höher wir kamen. Der mit Flechten bedeckte Boden war elastisch unter den Füßen der Reittiere. Aber die Berge waren voller Tücken: Steine, die plötzlich unter den Hufen wegrutschten, bedrückend nahe Gletscherspalten, schmale Pfade, kaum breit genug für einen Menschen, geschweige denn für die Pferde. Der geringste Fehler, ein Stolpern, eine falsche Bewegung, konnte schlimme Folgen haben. Osher ritt immer voraus; sein Instinkt, seine Muskeln, Nerven und Augen waren für ein solches Abenteuer besser geschaffen als meine. Wir sprachen nur das Nötigste. Oshers ganze Aufmerksamkeit galt dem Gelände. Oft jedoch tauschten wir einen Blick und lächelten. Zu der Zärtlichkeit und der Freundschaft, die wir füreinander empfanden, stellte sich ein ganz neues Gefühl des Vertrauens ein. Und an die Zukunft wollten wir nicht allzu viel denken.

Am späten Nachmittag erblickten wir weit über dem ockergelben Hochtal die schneeweißen Eiskegel der Everest-Kette. Die Weite der Landschaft raubte mir den Atem. Unten verlief das gleißende Band der Asphaltstraße; Lastwagen und Busse kamen schnell voran. Doch die Straße, von den Chinesen gebaut, musste sich dem Gebirge anpassen. Manchmal wurde sie so schmal, dass die Wagen ihre ganze Breite einnahmen und die Räder den ausgebröckelten Rand am Abgrund streiften. Trotzdem steuerten die Fahrer gefährlich schnell und wild hupend. Die Blechteile abgestürzter Fahrzeuge, die in den Schluchten verrosteten, machten auf sie nicht den geringsten Eindruck. Wir bemerkten auch größere Kolonnen von Lastwagen mit chinesischem Militär. Schwer bewaffnete Soldaten hockten unter den Planen. Offenbar hatten die Unruhen auch auf andere Städte übergegriffen. Die Kontrollposten vor und hinter jeder Ortschaft bestätigten uns in diesem Verdacht.

»Wie nach jeder Demonstration«, stellte Osher fest. »Viele Leute verlassen mit falschen Papieren das Land.«

»Aber uns erwischen sie nicht.«

Er erwiderte mein Lächeln.

»Nein, uns nicht.«

Unser Ziel war der Nangpa-La, der Grenzpass zwischen Tibet und Nepal. Der Pass war nur von Mai bis August geöffnet und wir hatten bereits Oktober. Im Gebirge hing die Tageslänge von der Höhe der umgebenden Gipfel ab. Wir nutzten die warmen Stunden, wenn die Sonne prall vom Himmel schien, um so schnell wie möglich zu reiten. In viertausend Meter Höhe wurde es nachts eiskalt. Wir rasteten unter Felshängen oder in kleinen Höhlen und teilten den gleichen Schlafsack. Manchmal fauchte der Wind, manchmal wehten Schneeschleier. Osher war sehr unruhig in dieser Zeit; merkwürdig, wie er in manchen Augenblicken so stark sein konnte und in anderen so unsicher. Doch wenn wir uns in den Armen hielten und unsere Körper einander berührten, schien alles einfach und klar.

In dieser Nacht sahen wir zwischen den vielen Sternen einen beweglichen Stern. Ein fernes Brummen hallte von den Bergen wider.

»Eine chinesische Militärmaschine«, sagte Osher.

»Sie ist weit weg«, murmelte ich.

Er träumte vor sich hin, plötzlich hörte ich ihn seufzen.

»Glaubst du an Zufälle?«

Ich rieb mein Gesicht an seinem Hals.

»Ja, doch. Aber ein Zufall nach dem anderen wird zu dem, was wir Schicksal nennen. Und ich denke, sein Schicksal kann man auch steuern, irgendwie ...«

Er ließ einen Atemzug verstreichen. Dann sagte er: »Als es meinem Vater schlechter ging, sagte ich ihm, dass ich das Gleiche tun wollte wie er. Da fragte er mich: ›Bist du ganz sicher?‹ Ich sagte: ›Mal sehen.‹ Mein Vater schnauzte mich an. ›Werde erst mal ein Mann, dann reden wir darüber!‹« Ich schwieg und Osher fuhr fort: »Daraufhin nahm ich mir fest vor wie mein Vater zu werden. Ich wollte lernen von ihm, ich war ganz versessen darauf. Das machte ihn kaum freundlicher. ›Tu nicht so übereifrig, du Grünschnabel!‹ Also gab ich mir Mühe von der Sache überzeugt zu sein. Im Endeffekt fand mich mein Vater nützlich und starb mit dem Gedanken, dass ich meinen Weg kannte. Und jetzt sehe ich, dass es im Leben noch anderes gibt ... Anderes, das wichtig ist. Und dass ich nicht sicher bin, welchen Weg ich nehmen soll.«

Er stockte. Ich sagte leise: »Mach dir keinen Kummer, Osher. Denk nicht, dass du mir etwas schuldig bist!«

Er spielte mit meiner Hand.

»Vielleicht ist es nicht so einfach für mich.«

Ich biss mir leicht auf die Lippen.

»Für mich auch nicht.«

Wir betrachteten unsere Gesichter, in weißes Sternenlicht getaucht.

»Und was nun, Osher?«

Es war nicht die Kälte, die ihn zittern ließ.

»Einerseits will ich mit dir über die Grenze gehen«, brach es aus ihm heraus. »Ich ... will das alles hier aufgeben! Und andererseits schäme ich mich vor meinem Vater. Wenn ich nur wüsste, ob du mich richtig verstehst ...«

»Ich verstehe dich nur zu gut«, sagte ich.

»Du hast eine gute Schulbildung, ich nicht. Ich weiß alles über Schafe und Pferde, über Waffen und Motoren. Aber das ist nicht genug. In Nepal wäre ich ein Asylant. Ich bräuchte einen Pass, kann aber keinen bekommen, es sei denn, illegal natürlich. Aber das ist sehr teuer.«

»Man würde dir einen Flüchtlingsschein ausstellen.«

»Nur befristet. Tibeter müssen beweisen können, dass sie gefoltert wurden oder im Gefängnis waren. Und ich habe nicht einmal einen Kratzer.«

»Ich könnte dir helfen. Eines Tages wirst du ja etwas verdienen. Inzwischen könntest du bei meinen Verwandten wohnen.«

»Und ihnen zur Last fallen.«

»Tu doch nicht so«, sagte ich. »Womöglich bist du es, der in zehn Jahren die ganze Sippe – mich inbegriffen – versorgen muss.«

Er umfasste meinen Kopf und blickte mich lange an.

»Möchtest du, dass ich bei dir bleibe?«

Mein Gaumen war plötzlich trocken.

»Es hängt von dir ab.«

Ein paar Sekunden starrte er mich an, mit unbewegtem Gesicht.

Dann sagte er leise und sehr ernst: »Es gibt Entscheidungen im Leben, die einem das Herz in Stücke reißen.«

27. KAPITEL

Und weiter ging der Ritt, über Bergpfade, Kämme und Geröllhalden. Die Ausdauer der Pferde war bewundernswert. Doch die Kälte nahm zu. Eisiger Schneewind wehte. Es wurde immer gefährlicher, im Freien zu übernachten, und so waren wir froh, wenn wir am Rande kleiner Ortschaften ein Kloster antrafen. Die gewaltigen Bauten sahen wie Festungen aus. Vor den Mauern lagerte, dicht aufgestapelt, das Reisigholz, das bis über das Dach reichte. Die Mönche gewährten uns großzügig Gastfreundschaft. Osher konnte im Gemeinschaftsraum schlafen. Ich jedoch durfte als Frau nicht in einem Männerkloster übernachten, aber die Mönche fanden meist schnell eine Familie, die mir Obdach gab. Die Bauern lebten in Großräumen, die recht dürftig eingerichtet, dafür aber lebendig und gemütlich waren. Nachts schlief ich mit der ganzen Familie – von den Großeltern bis zum Kleinkind – in Decken gehüllt auf dem Boden neben der Feuerstelle. Im gleichen Raum schliefen auch die Hunde, die Katzen und die Hühner.

Eines Abends entdeckten wir in der Ferne eine Ansammlung dunkler Punkte: Hirten waren mit den Yakherden ihrer Kommune unterwegs. Wir ritten ihrem Lagerplatz entgegen. Frauen und Männer waren in schmuddelige Kleider und Windjacken gehüllt. Ihr Haar war in strähnigen Zöpfen geflochten und die Frauen trugen Muschelketten um den Hals und Amulette in kleinen Lederbeuteln an einer Schnur. Die Hirten freuten sich über den Besuch, der Abwechslung in ihr eintöniges Dasein brachte. Trotz der Nachrichtensperre waren sie auf geheimnisvolle Weise über die Unruhen in Lhasa unterrichtet. Als sie merkten, dass sie Augenzeugen vor sich hatten, bestürmten sie uns mit besorgten Fragen. Dann bewirteten sie uns mit einer Suppe aus Yakknochen, später flickten sie meine Stiefel. Eine Frau zeigte uns stolz ihren kostbarsten Schatz: ein altes, verblichenes Bild seiner Heiligkeit. Dass sie der Besitz des Bildes in ein Straflager führen konnte, wusste sie. Wir übernachteten mit ihnen in einem großen Zelt aus schwarzen Yakhaaren, in dessen Mitte sich ein aus Lehmziegeln geformter Ofen befand. Immer stärkere Windböen fegten inzwischen über das Hochtal, sodass wir sehr dankbar waren die Nacht in der Wärme verbringen zu können. Frühmorgens, als wir die Pferde sattelten, kam ein Mann mit einem Reisigbündel auf den Schultern zu uns.

Er warnte uns. An vielen Stellen habe die Sonne den Neuschnee zum Schmelzen gebracht, sodass Gletscherarme jetzt Hochwasser führten. Auch das Hochtal, welches wir überqueren mussten, sei überflutet. »Ihr dürft die Brücke nicht verfehlen«, sagte der Mann. »Sie ist nicht für Reiter gemacht, aber es gibt keine andere. Mögen die Götter euch schützen!«

Als wir aufbrachen, flammte die Bergkette mohnrot. Die Hirten segneten uns; ihre Hunde bellten und die jüngeren Burschen liefen eine Zeit lang winkend und lachend neben den Pferden her. Der Felsabhang fiel in steilen Stufen ab; dahinter bildete die Himalaya-Kette eine riesige Wand aus schimmerndem Weiß. Das Hochtal, von senkrecht aufragenden Felsen umschlossen, war von halb gefrorenen Bächen durchzogen. Schon von weitem hörten wir das Rauschen des Wassers und trafen schon bald auf den Gletscherarm. Schäumende Wellen rissen Brocken von Bruchholz, vereiste Erdschollen und Steine ins Tal. Plötzlich machte der Fluss einen Bogen; gleich dahinter war die Brücke. Ihr Anblick war alles andere als ermutigend: Zwei Baumstämme, wackelig und morsch, waren über das Wasser gelegt worden und führten steil abwärts zu dem anderen, sehr viel niedrigeren Felsufer.

Wir tauschten einen betroffenen Blick. Ich fragte Osher: »Glaubst du, dass wir es schaffen?«

Er schnalzte mit der Zunge. »Schwierig! Wir müssen die Pferde am Zügel führen.«

Das Rauschen des Wassers dröhnte gewaltig; man konnte sein eigenes Wort nicht verstehen. Beklommen stiegen wir aus dem Sattel und führten die Pferde dem vereisten, schlüpfrigen Steg entgegen. Osher gab mir durch Zeichen zu verstehen, dass er zuerst gehen würde. Vorsichtig, Schritt für Schritt, trat er auf die Baumstämme. Ich hielt den Atem an. Powo betrat die Brücke mit äußerstem Widerwillen. Argwöhnisch betastete er mit dem rechten Vorderfuß das glitschige Holz, setzte ihn dann langsam nieder. Der hintere folgte, ebenso vorsichtig tastend. Osher hielt die Zügel, ermutigte den Rappen mit Koseworten und Schmeicheleien. Powo überwand sein Misstrauen nur mit Mühe. Nach ein paar Schritten blieb er zitternd vor Anstrengung stehen. Mein Herz klopfte stürmisch. Was nun? Sollte er nicht lieber umkehren? Doch der Steg war zu schmal und zu steil – umdrehen konnte das Tier jetzt nicht mehr. Widerwillig setzte sich Powo schließlich in Bewegung. Noch einen Schritt ... jetzt noch einen. Endlich! Der Hengst erreichte das andere Ufer, schüttelte sich und schlug mit dem Schwanz, während Osher ihm den Hals tätschelte, das Gesicht liebevoll an seine Nüstern legte. Er ließ das Pferd sich von seiner Anstrengung ausruhen, indem er den Sattelgurt lockerte. Dann wandte er sich mir zu, hob den Arm: Ich sollte kommen. Ich nahm meinen ganzen Mut zusammen und betrat den Steg, wobei ich Komtse am Zügel hinter mir herzog. Ich brauchte das Tier nicht anzutreiben, es hatte gesehen, dass der Rappe es geschafft hatte, und ging von selber weiter. Die Augen hielt ich fest auf Osher gerichtet und mied den Anblick des schäumenden Wassers unter mir. Plötzlich wurde ich mit solcher Wucht zur Seite geschleudert, dass nur mein Instinkt mich vor dem Sturz in die Tiefe rettete. Mein Herzschlag setzte aus; das Wasser, die Berge, die Brücke drehten sich im Kreis. Alles vollzog sich im Bruchteil einer Sekunde, bevor ich – wie durch ein Wunder – mein Gleichgewicht wieder fand. Und dann sah ich, was geschehen war. Der rechte Hinterhuf meines Pferdes war auf der halb vereisten Rinde ausgerutscht und hatte sich zwischen den beiden Stämmen festgeklemmt. Komtse zitterte am ganzen Körper, seine Ohren waren flach zurückgelegt. Die angstvoll verdrehten Augen gaben das von einem rötlichen Adernetz durchzogene Weiß des Augapfels frei. Dann senkte er den zottigen Hals. Stoßweise atmend sammelte er seine Kräfte, versuchte den gefangenen Fuß zu befreien. Vergeblich. Wieder und wieder zog er so fest es ging, wobei das morsche Holz seine Haut blutig scheuerte. Als er merkte, dass es ihm nicht gelingen würde, drang ein dumpfes, verzweifeltes Wiehern aus seiner Kehle. Ich stand da mit verkrampftem Magen, unfähig mich zu rühren. Osher rief mir etwas zu, machte mir heftige Zeichen. Das Wasser brauste und tobte, ich verstand kein

Wort. Dann trat er ganz nahe an den Rand der Böschung, streckte die Hand nach mir aus. Ich ließ die Zügel los, die ich immer noch hielt, wankte über den Steg und erreichte die andere Seite. Osher packte meine Hand und zog mich hoch. Ich krallte mich an seiner Schulter fest.

»Osher!«, schrie ich. »Können wir nichts tun? Irgendwas?«

»Warte!«, schrie er zurück. Er kletterte an mir vorbei, stapfte vorsichtig über den Steg auf das Pferd zu. Ich schwitzte; und gleichzeitig liefen mir Schauer durch den ganzen Körper bis in die Kniekehlen hinunter. Inzwischen bückte sich Osher, kroch auf allen vieren unter dem Bauch des Pferdes weiter. Dicht hinter dem Wallach drehte er sich gelenkig um, wobei er sich an den schwankenden Stämmen festhielt. Dann kniete er nieder, zog sein Messer hervor und begann, den Spalt zwischen den Stämmen zu vergrößern. Das Pferd stand da wie eine Bildsäule. Nur hier und da zuckte ein Muskel unter dem klebrigen Fell. Einige bange Minuten vergingen. Doch das aufgeweichte Holz ließ sich schnell lösen und bald war der Spalt so weit offen, dass Komtse mit einem kurzen, kräftigen Ruck seinen Fuß herausziehen konnte. Es war ein Wunder: Ohne das Gleichgewicht zu verlieren, stellte Komtse seinen Huf ganz behutsam dicht neben Oshers Gesicht, sehr bemüht ihm nicht wehzutun. Und ganz geduldig wartete der Braune, bis Osher unter seinem Bauch hervorgekrochen war, sich aufgerichtet und die Zügel ergriffen hatte. Jetzt setzte das Tier einen Fuß vor den anderen und folgte ihm, vorsichtig balancierend, über den schwankenden Steg. Am Ufer starrten wir uns an, keuchend und schwitzend, den Schrecken immer noch in den Gliedern. Dann schlug unsere Spannung ins Gegenteil um: Wir brachen in Gelächter aus. Angst und Übelkeit waren wie verflogen: Wir lachten, bis wir fast erstickten und uns setzen mussten.

»Wangdu hätte mich umgebracht!«, keuchte Osher und wischte sich die Tränen aus den Augen. Als wir wieder zu Atem gekommen waren, untersuchten wir Komtses Fuß. Die aufgeschürfte Haut blutete, aber die Verletzung war nicht schlimm. Osher wusch die Wunde und verband sie mit einem sauberen Tuch. Der Braune stieß ein sanftes, dankbares Schnauben aus. Ich war voller Bewunderung für das Tier, das geduldig ausgeharrt hatte und stets bestrebt gewesen war seinen Retter nicht in Gefahr zu bringen.

»Ich habe nicht gewusst ... dass Pferde so sein können.«

Osher lächelte mich an. Mit der Spitze seiner Fingernägel strich er dem Tier leicht und zärtlich über das Fell.

»Ich bin mit Pferden groß geworden. Fast alles, was ich weiß, habe ich von ihnen gelernt. Sie spüren, was wir denken, und enttäuschen uns niemals. Würden die Menschen auf die Pferde, auf die Tiere, auf die Natur hören, dann gäbe es weniger Hass, Unterdrückung und Leid. Die Welt wäre nicht, wie sie ist, glaubst du nicht auch?« Er warf mir einen Seitenblick zu.

Ich sagte: »Schon möglich, dass du Recht hast.«

Sein Lächeln verschwand. »Mir kommen von Zeit zu Zeit solche Gedanken. Ich wollte nur hören, was du darüber denkst.«

»Inwiefern bringt uns das weiter?«

Oshers Blick wurde ernst, fast finster.

»Stimmt«, sagte er knapp, »es führt zu nichts.«

28. KAPITEL

Längst war das Hochtal hinter Felswänden verschwunden. In zahllosen Windungen führte der kleine Pfad bergauf, von Menschen und Tieren im Laufe der Zeit ausgetreten. Der Weg wurde immer steiler. Kein Baum wuchs hier, kein Strauch. Eisberge, glatt geschliffen vom Wind, schlossen diese Mondsteppe ein, auf der man vergeblich eine Spur von Leben suchte. Es war eine Landschaft der Steine, der Felsen, des Schnees und der kalten Sonne. Gegen Mittag zogen bleigraue Wolken auf. Die Pferde reckten die samtene Nase in den Wind, schnüffelten aufmerksam und krümmten den Rücken. Osher verzog das Gesicht.

»Sie riechen den Schnee!«

Die Temperatur fiel ständig und plötzlich sank der Wind zu einem gespenstischen Flüstern ab. Der ganze Himmel war inzwischen grau überzogen. Bald fielen die ersten Flocken, erst langsam, dann immer heftiger und es dauerte nicht lange, bis alles weiß war. Die jagenden Flocken klebten sich überall an: auf die Rucksäcke, Mützen, Augenbrauen, Handschuhe. In kurzer Zeit lag der Schnee zentimeterdick. Vorsichtig wie Rehböcke suchten sich die Pferde ihren Weg durch die weiße Weite. In ihren Mähnen hingen bereits zahlreiche Eiskügelchen. Alles war gefroren: die durchnässten Kleider und Stiefel. Die Kälte zog bis in die Knochen und in die Gelenke. Zum Glück entdeckten wir gerade noch rechtzeitig einen Unterschlupf. Die Abnutzung des Kalksteins hatte in den Felsen Spalten gebildet und eine davon war tief genug, dass wir mit den Pferden dort rasten konnten. In dem Loch war es stockdunkel, aber es gelang uns, ein Feuer zu entfachen. Das feuchte Holz entwickelte beißenden Qualm, der unsere entzündeten Augen rötete, doch wir genossen die Wärme. Das Feuer brachte allmählich die überfrorenen Wände zum Schmelzen und schon bald rieselten einzelne Tropfen über die glänzende Steinfläche. Die Pferde waren nass geschwitzt; wir rieben sie mit den Satteldecken ab und hängten ihnen die Futtersäcke um. Dann setzten wir uns an das zischende Feuer, schmiegten uns eng aneinander und sprachen über die Zukunft.

»Es ist immer gut, wenn man über Schwierigkeiten nachdenkt – meinst du nicht auch, Osher?«

»Vielleicht hätte ich ein besserer Schüler sein sollen.«

»Vielleicht.«

»Manchmal denke ich, das Einzige, was ich in der Schule gelernt habe, ist kein Chinese zu sein. In Nepal habe ich keine Wahl. Ich werde Steine klopfen.«

»Zeitverschwendung.«

»Ich könnte auch Kurse nehmen. Englisch lernen.«

»Das bringst du dir selbst bei.«

Er lachte kurz auf.

»Glaubst du, ich habe eine Chance?«

»Eine Chance auf was?«

»Zurechtzukommen.«

»Osher, du bist nicht dumm. Du bist sogar sehr begabt.«

»Nur für das, was mich interessiert.«

»Und im Leben zurechtzukommen, das interessiert dich nicht?«

Er zog eine Grimasse.

»Es gibt viel nutzlosen Krempel in meinem Kopf.«

»Du weißt viele Dinge, die andere nicht wissen.«

»Kann ich davon leben?«

Darauf wusste ich keine Antwort. Sein trotziges Gesicht faszinierte mich. Oft schien er eine innere Stimme zu hören oder Dinge zu sehen, die ich nicht sah. Mittlerweile war es klar, dass er das Leben in Tibet, so wie die Chinesen es vorschrieben, hasste. Und ich war sicher, dass er sich anderswo durchschlagen können würde. Aber gleichzeitig rebellierte er gegen jeden Zwang, fürchtete Fremdes und erlebte in seinen Träumen eine ganz andere Geschichte. Er träumte von vergangenen Zeiten, von der vom Sturmwind gepeitschten Hochebene, von Reitern, die pfeilschnell über die Steppe stürmten, von riesigen Yakherden im Schneesturm. Er träumte von der alten Stadt Lithang, von den steilen, mit Granit gepflasterten Gassen. In seinen Träumen sah er die Menschen von früher, sah ihr Bild, als sei es gestern gewesen. Je nach Provinz oder Stammeszugehörigkeit trugen sie damals Filzhüte, Kappen aus farbiger Seide oder Pelzmützen, Umhänge aus Schafsfellen oder seidene Gewänder. Die »Khammo« – die Frauen aus Kham – waren in bunt schillerndem Brokat und edlem Tuch gekleidet. Und jede Einzelne trug den Schmuck einer Königin: Blutkorallen, Türkise, Bernstein. Stammesfürsten erschienen in kostbaren Mantelgewändern, die silberbeschlagenen Gewehre nachlässig über die Schulter geworfen. Sie schmückten sich mit dem Fell von Schneeleoparden, ihre Gürtel waren mit Patronen bestückt. Orangerote und schwarze Stoffe waren wie Kronen um ihre langen Zöpfe geschlungen. Hieß es nicht im Volksmund, die Khampas tarnten ihre Teufelshörner mit Seidenquasten? Sie waren die großen Nomaden, die Herren der östlichen Grenzen, das Volk der Könige …

»Und doch haben wir den Krieg verloren«, sagte Osher. »Heute wollen die Behörden, dass wir unsere Trachten aus der Mottenkiste holen und die alten Reiterspiele wieder vorführen. Touristenfutter, was sonst? Mit unserer früheren Welt hat das nichts mehr zu tun. Mein Vater hat diese Welt noch gekannt. Und er sprach immer mehr davon, je älter er wurde. Die Leute meinten, er sei ein wenig verrückt.«

»Und du, Osher, was dachtest du?«

»Ich dachte, dass er ein seltsames Leben führt. Ein Leben in einer Welt, die nicht mehr existiert. Für ihn aber wurde sie immer realer. Und er erzählte immer häufiger davon. So gewann diese Welt am Ende auch für mich Bedeutung. Sie war im Begriff gewesen für immer zu entschwinden. Und plötzlich ist sie wieder da, ganz nahe …«

»Wo, Osher? Die Chinesen haben alles zerstört, nach ihren Plänen neu aufgebaut …«

Er zog mich in seine Arme.

»Da ist eine Welt, die ich finden will. Das ist eine Beschäftigung, die mich interessiert. Und du weißt ja, ich besitze eine ziemliche Ausdauer.«

»Wozu, Osher?«

»Um zu warten, bis die Zeit einen Bogen macht. Bis sie den Punkt erreicht, wo sie zurückschlägt wie eine Spirale.«

»Warten, in alle Ewigkeit? Ist es wirklich das, was du meinst?«

»Das macht mir nichts aus. Ich trage alle Bilder in mir, sie sind mit mir verwachsen. Ich müsste ein Stück von mir abhacken, mit einem Beil, um von ihnen loszukommen.«

Ich dachte nach. Mein anderes Ich – das kühle, vernünftige – fand seinen Traum von der vergangenen und gleichzeitig zukünftigen Welt unsinnig. Aber Osher sprach so selbstverständlich und so enthusiastisch und überzeugend von diesen Dingen, dass ich ebenfalls anfing an diese Illusion zu glauben. Ich streichelte seine Stirn, die glatt und kühl unter meinen Fingern lag.

Der Wind heulte stärker; ein paar Schneeflocken wirbelten in die Grotte. Die Pferde schliefen. Wir saßen da, bis Osher schließlich das Schweigen brach.

»Woran denkst du?«, fragte er.

Ich antwortete sehr leise: »Ich denke an dich, an deine Träume und unser Leben in Nepal.«

Ein leichter Schauer überlief ihn und er flüsterte: »Ohne dich wäre ich nur halb.«

Ich sah ihn prüfend an, doch er wich meinem Blick aus.

»Ich auch, Osher«, sagte ich nur.

29. KAPITEL

Der Schneefall ließ gegen Ende der Nacht nach. Als am nächsten Morgen alles in Nebel gehüllt war, erschien mir die Welt zu einer weißen Kugel zusammengeschrumpft. Die Pferde gingen langsam, Schritt für Schritt, mit doppelter Vorsicht. Und genau wie die Pferde schien Osher einen sechsten Sinn zu besitzen; er lenkte die Tiere ohne Kompass, ohne Sicht. Ich hatte den Eindruck, dass er hauptsächlich nach Gefühl ging, obwohl er immer wieder an dem fast eiförmigen weißen Hang genau die Stellen berechnete, an denen wir weitergehen konnten, ohne in einen Abgrund zu stolpern. Ich folgte ihm, die Augen fast geschlossen, auf jenes Kribbeln in den Füßen und in den Fingerspitzen achtend, das Erfrierungen ankündigte. Inzwischen schneite es wieder, dicht und stetig. Das Gelände senkte sich mal mehr und mal weniger. Wir kämpften uns durch den Schnee und standen plötzlich am Rand einer Felswand. Oben am Grat lagerte sich Flugschnee ab; ein paar Mal versanken die Tiere darin bis zum Bauch. Der Schnee eignete sich nicht, um darauf zu reiten, weil er zu pulvrig war. Wir zogen die Pferde in den Windschatten und versuchten die Situation abzuschätzen.

»Wir kommen an den Gletscher«, sagte Osher. »Er ist auf der anderen Seite ziemlich zerrissen.«

»Gefährlich?«

»Wenn der Schnee friert, wird es schlimmer.«

»Dann also losgehen?«

»Zu viel Nebel«, murmelte Osher.

Mit Sicherheit ließ sich nicht sagen, ob wir es schaffen würden.

»Was meinst du denn?«, fragte ich.

Er verzog das Gesicht.

»Wenn ich das wüsste!«

»Warten wir ein paar Stunden«, schlug ich vor.

Wir warteten also. Es schneite und schneite. Unsere Kehle war trocken, wir hatten entsetzlichen Durst und kein Wasser mehr in der Feldflasche. Unter dem Felsvorsprung versuchten wir ein Feuer anzuzünden. Doch es half alles nichts: Die kleine Flamme wollte nicht brennen. Rauch war das Einzige, das wir zu Stande brachten – die Feuchtigkeit machte alles zunichte. Es war nicht gut, Schnee zu lutschen, man bekam einen Eisbauch davon. Wir schon recht verzweifelt, als gegen Abend der Schneefall plötzlich nachließ. Die Wolkendecke riss auf. Plötzlich eröffnete sich uns ein faszinierender Blick: Ein Leuchtstreifen erschien hinter der Felswand, blitzte auf wie ein Edelstein und überzog das Schneefeld mit glitzerndem Licht. Heller und breiter entfaltete sich das Leuchten und der Mond stieg in geisterhaftem Glanz am Himmel hoch; ein Mond, der klirrende Kälte ankündigte. Wir überdachten unsere Lage. Die Sicht war gut. Warum sollten wir nicht reiten? Osher schlug vor: »Eine Stunde oder zwei, solange der Mond scheint?«

Ich stimmte ihm zu. Wir hatten uns bisher schon entsetzlich gequält, aber noch mehr Schnee bedeutete Lebensgefahr.

Der Mond funkelte wie blinkendes Silber, als wir die

ersten Moränenfelder erreichten. Blaugrüner Lichterglanz flimmerte auf dem Gletscher. Schwarze Felsen schimmerten durch das Eis; jeder Spalt, jeder Schatten, zeichnete sich deutlich ab. Der Eisabbruch an der gut tausend Meter hohen Gipfelflanke war gangbar. Langsam und vorsichtig betraten wir die Moräne, deren Abbruchstelle steil in eine Schlucht fiel. Die Schneekruste knirschte leicht, aber sie schien fest; trotzdem blieb die Möglichkeit, mit einem Schneebrett in den finsteren Abgrund zu stürzen, so lange bestehen, bis wir das Eisfeld überquert hatten. Durch den tiefen Schnee, verschiedene Felsinseln umgehend, stapften wir weiter und erreichten ein geschütztes Hochtal. Das hier war keine erstarrte Welt mehr: Hier wuchsen sogar Krüppelstauden, von ihrer Schneelast fast erdrückt. Plötzlich ertönte aus der Ferne ein eigentümlich melodischer, unendlich lang gezogener Heulton. Er erinnerte an das Klagen des Windes, doch nicht der leiseste Hauch regte sich. Und nicht die Luft trug uns dieses Geräusch zu; es kam vom Boden her, ja, es klang, als stiege es aus dem Inneren der schneebedeckten Erde empor. Die Pferde erstarrten mit jähen Ruck, als die beweglichen Fellkegel ihrer Ohren die fremden Tonschwingungen erfassten.

»Wölfe!«, sagte Osher halblaut.

Tibeter fürchten sich nicht vor ihnen. Sie wissen, dass sich Wölfe nur selten und nur in Zeiten großer Hungersnot in die Nähe von Menschen wagen. Normalerweise ernähren sie sich von Kaninchen, Blauschafen oder Rehen. Die Pferde ließen sich mit einigen Koseworten beruhigen.

Wir befanden uns auf einem Gipfelfelsen, der in seinem Mittelteil zu einer senkrecht abfallenden Mauer wurde.

Der Neuschnee hatte den Talgrund in ein sanftes, unendlich weites Feld verwandelt. Die nächtliche Helligkeit ließ auf seiner Oberfläche silberweiße Wellen spielen. Und mitten in dieser Spiegelung des Mondscheins waren die Wölfe. Es war ein kleines Rudel von sechs oder sieben ausgewachsenen Tieren. Sie balgten sich und spielten wie von der Freiheit des Raumes und der Weite des Himmels berauscht. Sie versetzen einander Hiebe mit den Pfoten, Stöße mit dem Kopf, verfolgten sich, purzelten übereinander. Die anmutigen, ungezwungenen Bewegungen wirkten wie ein traumhafter, vom Mondlicht angestrahlter Tanz. Lange Zeit hielten wir den Blick auf die Tiere gerichtet, bis Osher mit leiser Stimme das Schweigen brach.

»Die Wölfe gehören niemanden. Selbst wenn wir sie zähmen, sie sind immer frei. Die Chinesen töten die wilden Tiere, ›die nutzlosen Fresser‹ – wie sie sagen – mit einer Kugel zwischen die Augen oder mitten ins Herz. Ich war dabei, ich habe gesehen, wie sie die Tiere erschossen. Wie sie sich dabei freuten. Es spielte für sie keine Rolle, ob das Tier wild oder wehrlos, edel oder schön war: Sie töteten, sie töteten …«

»Warum?«, flüsterte ich.

Er antwortete wie ein Mensch, der im Traum redet.

»Es ist die Freude an der Macht, verstehst du? Sie glauben, sie könnten die Tiergeister mit ihren Gewehren vertreiben. Und ebenso den Glauben aus unseren Herzen. Sie betrügen und belügen unser Volk, unterdrücken und demütigen uns. Sie stellen Atomraketen auf, lagern nukleare Abfälle. Tibet ist ein Testgelände für ihre Giftgase, ihre bakteriologischen Waffen. Sie haben keine Achtung vor der Natur – vor dem Leben. Aber für uns ist das Leben – alles Leben – heilig. Und wir sind wie die Wölfe. Wir sind frei. Die Chinesen bemühen sich sehr uns zu zähmen. Sie verbrauchen dabei viel Kraft. Aber Mao ist tot und Tibets Götter leben.«

30. KAPITEL

Als der Mond hinter die Berge tauchte, verkrochen wir uns todmüde in einer Felsnische. Die dunklen Umrisse der Pferde bewegten sich vor dem hellen Hintergrund der Schneefelder. Wir fühlten uns von ihnen beschützt und schliefen, bis die Morgenkälte uns weckte. Als die Sonne aufging, waren wir bereits zwei Stunden unterwegs, zwischen Felstürmen und blau-weißen Hängegletschern. Jede klare Stunde war kostbar; nur die Geister mochten wissen, wie die dünne Schneeschicht auf den Felsplatten haftete und wie wenig es brauchte, dass sie abrutschte in brausendes Chaos. Die Gefahr lag in der Luft, deutlich spürbar, drohend. Aber es half nichts, wir mussten weiter. Für die Pferde war es mehr ein Klettern als ein Laufen. Alles war gefroren, sogar der Schweiß auf unserer Haut. Die letzte Steigung zur Passhöhe war am schlimmsten: Die Pferde kamen nur mit größter Mühe vorwärts. Stellenweise mussten sie sich fast senkrecht aufstellen. Dann stiegen wir aus dem Sattel, um ihnen das Klettern zu erleichtern. Bei jedem Absatz gönnten wir den Tieren etwas Ruhe, damit sie wieder zu Atem kamen. Doch nicht nur die Kälte und der beschwerliche Weg setzten uns zu – auch der brennende Durst raubte uns fast den Verstand. In großer Höhe braucht der Körper viel Flüssigkeit, unsere Wasserration war längst aufgebraucht. Zum Glück entdeckten wir tief zwischen Steinen ein Rinnsal. Es war ein Wasserfaden nur und bloß erreichbar, indem wir uns auf den Boden legten und den Kopf zwischen die Steine klemmten. Gletscherwasser ist sehr ungesund, aber wie sollten wir es abkochen? Also leckten wir im Liegen das Wasser auf und ließen dann auch die Pferde trinken. Danach kletterten wir weiter und erschraken, als sich irgendwo oben Steine lösten, die dann sirrend und pfeifend über den Hang sprangen. Wir pressten uns gegen den Felsen, den Kopf mit beiden Armen schützend. Die Steine polterten und hüpften an uns vorbei – ein paar Augenblicke lang –, sie erschienen uns wie eine Ewigkeit. Dann kamen die Felsstücke wieder zur Ruhe. Wir brachen wieder auf. Jeder Abschnitt konnte neues Unheil bringen; wir prüften jeden Schritt voll Misstrauen und Furcht, bis wir endlich die Passhöhe erreichten. Die Müdigkeit lag bleiern in uns. Auch der Atem der Pferde ging schwer, ihre Beine zitterten. Wir standen auf dem Nangpa-La, von heulenden Winden umbrandet, in fünftausend Meter Höhe. Vor dem Passheiligtum verweilten wir ein paar Augenblicke, sprachen ein Dankesgebet und befestigten – wie es Brauch ist – unsere Glücksschärpen an den Steinen. Dann ritten wir langsam und mühevoll weiter. Uns schmerzten alle Knochen, die Pferde waren am Ende ihrer Kraft. Doch auf der anderen Seite des Nangpa-La war der Weg deutlich gekennzeichnet. Und nach etwa einer Stunde schienen sich die Felsen plötzlich zu teilen: Vor uns lag der endlos gewundene Pfad, der die letzte Bergwand des Himalayas durchschnitt.

Bevor wir das Hochland an der Grenze Nepals erreichten, vergingen jedoch noch drei entsetzliche Tage. Unbarmherzig brannte die Sonne, der Himmel war hart und blau wie Kristall. Das weiße, stechende Schneelicht raubte uns fast die Besinnung. An manchen Stellen herrschte eine derartige Kälte, dass wir uns vom Wind abkehren mussten, um überhaupt atmen zu können. Wir ritten über Hochtäler, die völlig vereist waren. Wenn es ging, stiegen wir ab, um uns durch Gehen die Füße zu wärmen. Osher stach mit einem langen Stock in den Schnee: Wir fürchteten uns vor den Spalten, die möglicherweise unter der Kruste verborgen waren; sie konnten zehn Meter tief sein. Osher erzählte, dass manchmal beladene Yaks oder Maultiere durch die Schneekruste stürzten und erst im Frühling, nach der Schneeschmelze, gefunden wurden. Unsere Verzweiflung erreichte ihren Höhepunkt als an diesem Tag auch noch die Sohlen unserer Stiefel brachen. Was nun? Jeder von uns kannte Horrorgeschichten von Flüchtlingen, die sich ihre gefrorenen Gliedmaßen amputieren lassen mussten. Dabei wurden nicht selten beide Füße bis über die Knöchel abgetrennt. Das Maß war längst voll, Angst und Kälte lähmten uns; die Hoffnung, heil durch den Himalaya zu kommen, war dahingeschwunden, als wir auf einmal das Bimmeln von Glöckchen hörten. Gleich darauf sahen wir ein Dutzend schwer bepackter Yaks und drei Männer den Pfad hinunterkommen. Es war ein Händler mit seinen Söhnen; braun gebrannte, fröhliche Kerle, die von unserem Anblick mindestens ebenso überrascht waren wie wir von dem ihren. Es war nicht die Jahreszeit, um über die Pässe zu gehen. Der Vater erzählte uns, dass Regenfälle im Süden sie wochenlang aufgehalten hatten. Von den Unruhen in Lhasa drangen nur spärliche Gerüchte über die Grenze; doch die Chinesen hatten alle Grenzposten verstärkt. Der Händler befahl seinen Söhnen ein Feuer anzuzünden und bewirtete uns mit kochend heißem nepalesischem Tee. Der Anblick unserer Stiefel entlockte ihm schallendes Gelächter. Auf sein Geheiß wühlte der jüngte Sohn in den Warenballen und bot uns zwei Paar wetterfeste Gummistiefel an. Der Preis war unverschämt. Osher hätte ohne Widerspruch gezahlt, denn Nomaden sind in Geldsachen unbesonnen. Ich aber hatte auf dem Markt gelernt den Wert jeder Münze zu schätzen und feilschte unerbittlich, bis der durchtriebene Händler meinen Geschäftssinn lobte und prustend vor Lachen nachgab. Während die Söhne Teekanne, Becher und Süßigkeiten einpackten, beschrieb uns der Mann die Strecke.

»Folgt dem Weg und beeilt euch! Nutzt die Zeit, in welcher kein Wind weht! Ihr müsst noch vor Einbruch der Nacht durch die Schlucht. Und dahinter geht der Weg hinab zur Grenze.«

Von den Treibern geführt setzten sich die Lasttiere in Bewegung; ihre Grunzlaute und das Bimmeln ihrer Messingglöckchen verklangen in der Ferne. Obwohl die Sonne hoch stand, nahmen wir uns den Rat des Händlers zu Herzen und ritten schnell. Der Pfad war von Steintrümmern übersät und die verschneiten Felskanten rasiermesserscharf abgeschlagen. Er führte, steil nach unten abfallend, in eine Art Kessel. Die Steinwände waren fast senkrecht und bröckelig und verengten sich zu einem schmalen Durchgang. Bald wurden wir in eine Eisrinne gedrängt und hier begann auch die Schlucht, die den letzten Abschnitt der Bergkette wie die Kerbe eines Säbelhiebes in zwei Teile teilte. Wir schauderten. Es bedurfte einer geradezu fürchterlichen Entschlossenheit, sich durch diesen Trichter zu wagen. Die eisige Luft flimmerte; es war, als ob die Felswände sich in den Himmel schwangen und dort oben erstarrt hingen, jederzeit bereit zurückzufallen und alles zu zerschmettern.

Und kaum hatten wir – Osher voraus – die ersten Schritte getan, da wurde es für unsere an das Sonnenlicht gewohnten Augen stockfinster. Nur hoch über uns schimmerte ein schmaler, blauer Lichtstreifen. Der spiegelglatte Boden glänzte schwarz-grün und die Kälte kroch an uns herauf wie ein eisiger Atem. Die engen Wände warfen das Dröhnen der Hufe in vielfältigem Echo zurück, die Schlucht schien voller unheimlicher, böswilliger Kräfte. Mit größter Vorsicht, der möglichen Gefahr bei jedem Schritt bewusst, ritten wir vorwärts. Als Osher seine Arme ausbreitete, berührte er zwei spiegelglatte Flächen. Eiszapfen hingen über uns wie Raubtierzähne, und wir mussten uns immer wieder unter glasig schillernden Eiswülsten ducken. Plötzlich wandte Osher den Kopf.

»Da ist ein Loch, gerade groß genug …«

Das Echo seiner Stimme flog von einer Wand zur anderen. Ein Streifen Tageslicht fiel in die Schlucht; wir ritten darauf zu. Um durch das Loch zu kommen, mussten wir uns flach über den Hals des Pferde legen. Noch ein paar Schritte. Plötzlich flammte das Licht der Sonne auf, schien uns grell und blendend in die Augen. Und im selben Augenblick riss uns der Wind fast vom Pferd. Mit der Wucht eines Orkans heulte der Sturm und der ganze Berg war ein einziges Kreischen, als ob alle Erdgeister ihre Stimmen erhoben. Vor uns führte ein Pfad geradeaus, so weit das Auge reichte. Die sinkende Sonne glitzerte auf dem blanken Eis, zauberte unter den Hufen der Pferde einen Glanz von Rubinenstaub. Komtse und Powo mussten bei jedem Schritt erst einen Halt für ihre Hufe finden. Geschickt tasteten ihre Füße nach dem kleinsten Riss, der geringsten Unebenheit, die sie am Ausrutschen hindern konnten. Doch sie hatten einen Verbündeten: den Wind. Beide Tiere lernten schnell sich mit seiner Hilfe vorwärts zu bewegen. Sie lehnten sich an die Luftströmung, nutzten die Gegenkraft. Die sinkende Sonne verwandelte die Berge in ein Flammenmeer. Es war, als wanderten wir über Feuer. Immer noch führte der Weg steil abwärts, bald enger, bald breiter werdend. Allmählich verloren die Windstöße an Gewalt. Trockene Gräser und verkrüppeltes Dornengestrüpp wuchsen zwischen vereisten Steinplatten. Hier und da wurden lehmige Erdklumpen sichtbar. Plötzlich hoben die Pferde den Kopf, schnupperten, begannen trotz ihrer Erschöpfung schneller zu laufen. Wir ließen die Zügel locker, versuchten nicht die Tiere zurückzuhalten. Da öffneten sich die Felsen. Unter uns, so weit das Auge reichte, erhoben sich waldige Hügel. Sie gaben Weite, ohne zu umgrenzen. Jetzt liefen beide Pferde mit zäher, neu erwachter Kraft. Und jetzt rochen auch wir den Duft nach Fichten und Kräutern, nach Holzkohle und Harz, der uns aus der Tiefe emporwehte. Der blutroten Sonne zugewandt, ritten wir aus dem Schatten der Eiswüsten dem Hochland Nepals entgegen.

31. KAPITEL

Die Hügel verschwammen im silbrigen Dunst, von den glitzernden Adern vieler Bäche durchzogen. Die Luft war schneekalt, aber Vogelschwärme wirbelten empor und auf den Feldern waren Backsteine zum Trocknen ausgelegt. Tief unten im Tal wand sich eine Straße in engen Kurven, auf der Busse und Lastwagen im Schneckentempo vorwärts krochen. Wir hörten in der Ferne verworrene Geräusche, Stimmen, Glockengebimmel und das Rasseln von Baggern, die am Straßenrand wühlten. Nachmittags erblickten wir fünfhundert Meter tiefer einen milchig grünen Flusslauf. Die Strömung trieb mächtig und schäumend dahin, fraß sich durch Kiesablagerungen. Wir kauerten auf einem Felsvorsprung im Schatten hoher Tannen, die Pferde standen still hinter uns und rührten sich nicht. Wir brauchten nicht einmal die Zügel zu halten.

Osher sagte, während er auf verschiedene Punkte im Gelände wies: »Die Grenze verläuft dem Wasser entlang. Auf der anderen Seite liegt Nepal. Siehst du die Brücke dort? Da ist der Grenzposten.«

Ich sah die auf Eisenpfählen erbaute Brücke. Eine Wagenkolonne staute sich vor der Zollschranke. Reisende ließen ihre schwer bepackten Yaks oder Maultiere am Straßenrand warten. Ich sah schwarze Punkte, die sich bewegten, sah den flachen Betonbau, in dem die chinesische Grenzpolizei untergebracht war. Gleich dahinter befand sich das Dorf.

»Und wie kommen wir da hinüber, Osher?«, fragte ich.

»Es soll im Fluss flache Stellen geben. Aber wir müssen warten, bis es dunkel ist.«

Als wir den Hang hinabritten, versuchten wir im Schatten der Felsen zu bleiben. An einer geschützten Stelle ließen wir uns nieder. Wir wollten wegen der klaren Luft kein Feuer machen und kauten den Rest getrocknetes Yakfleisch und tranken abwechselnd ein wenig aus der Feldflasche. Später kreisten Dohlen über den Hang, hingen so tief im Wind, dass wir das Spiel wechselnder Regenbogenfarben auf ihrer Brust sahen. Mit großer Sorgfalt erforschten Oshers Augen die Hügel gegenüber. Seine Suche begann in der Ferne und rückte näher, ohne einen Felsen, ein Gebüsch oder eine vorspringende Kante auszulassen.

Schließlich murmelte ich: »Was ist los, Osher?«

Er kniff die Augen gegen das sinkende Licht zusammen.

»Ich weiß es nicht. Irgendetwas ist faul.«

Mir wurde plötzlich flau im Magen.

»Glaubst du, dass wir beobachtet werden?«

»Man kann nie wissen. Sie haben Fernrohre und Infrarot-Geräte.«

Ich schluckte.

»Hast du Angst, Osher?«

»Nein. Aber das ändert nichts.«

»Gibt es keine bessere Stelle?«

»Weiter unten sind Stromschnellen.«

Ich kuschelte mich enger in meine Daunenjacke.

»Ist dir kalt?«, fragte er.

»Ja … nein, es sind nur die Nerven.«

»Leg deinen Kopf an meine Schulter!«, sagte Osher. Er

saß unter einem Baum, den Rücken gegen den Stamm gelehnt. Ich umschlang ihn mit beiden Armen.

»Besser?«, fragte er.

»Viel besser.«

»Bald haben wir es geschafft.«

Ich drückte das Gesicht an seinen Hals.

»Wirst du dich an das Leben in Nepal gewöhnen?«

»Ob ich nun hier oder sonst wo bin …«

»Was wirst du dort anfangen?«

»Ob ich nun das mache oder etwas anderes …«

Wir lachten beide und wurden im gleichen Atemzug wieder ernst. Ich küsste ihn und er erwiderte meinen Küsse. Nach einer Weile befreite er sich sanft aus meiner Umarmung. Seine Stimme klang plötzlich anders, schleppend und etwas heiser. Ich hatte diese Stimme schon gehört, in jener Nacht, als er von den Wölfen sprach.

»Die Kassette, Sonam … Besser, du nimmst sie an dich.«

Er zog sie aus der Tasche seiner Felljacke und reichte sie mir. Ich starrte zuerst auf die Kassette, dann auf sein Gesicht. Sein Ausdruck erweckte in mir ein Frösteln, ein ganz merkwürdiges Gefühl.

»Warum jetzt plötzlich, Osher?«

Er warf den Kopf zurück, wie um eine Beklemmung abzuschütteln.

»Einfach so. Nimm sie, man kann nie wissen. Und wenn es kritisch wird, verliere keine Sekunde. Reite, so schnell du kannst! Warte nicht auf mich! Ich komme schon zurecht. Versprochen?«

Unsere Augen trafen sich. Mein Herz hämmerte so laut, dass er es hören musste. Ich schluckte und sagte: »Versprochen.«

32. KAPITEL

Allmählich wurden die Schatten länger. Die Wälder schimmerten kupfern. Die Sonne glitt hinter die schwarzen Hügel und der abnehmende Mond brachte eisigen Nachtwind. Wir warteten, bis es völlig dunkel war, und setzten uns langsam und vorsichtig in Bewegung, die Pferde am Zügel führend. Im Hochtal blinkten vereinzelte Lichter und oberhalb der Brücke war der Grenzposten hell erleuchtet. Mir kam in den Sinn, dass sie wohl einen Generator haben mussten – dann konzentrierte ich mich wieder auf den schwierigen Pfad. Stellenweise war der Hang sehr steil; manchmal löste sich ein kleiner Stein unter den Pferdehufen und verursachte – so kam es mir vor – entsetzlich viel Lärm. Endlich wurde der Boden flacher, der letzte Abschnitt war leicht. Und schon sah ich auch das Wasser zwischen dem Buschwerk glitzern und spürte eine kalte Luftschicht auf meiner Haut. Noch ein paar Schritte und wir hatten sandigen Boden unter den Füßen. Osher nickte mir zu, gab mir ein Zeichen in den Sattel zu steigen. Dem Grenzposten den Rücken kehrend entfernten wir uns im Schatten der Bäume. Unter den Hufen der Pferde war der Boden steinig und nass. Plötzlich hielt Osher an.

»Hier«, sagte er leise. »Bleib immer hinter mir!«

Der Flusslauf war breit, von Sandbänken durchzogen. Schritt für Schritt trieben wir unsere Reittiere in den Fluss, schräg gegen die Strömung hinein. Das Wasser, nicht sehr tief, erreichte kaum die Knie der Pferde. Osher ritt zielstrebig vorwärts; ich vergewisserte mich immer wieder, dass ich genau hinter ihm blieb. Das andere Ufer kam näher. Nur noch ein paar Schritte, dachte ich, und wir würden in Nepal sein. In dem Moment explodierte die Stille. Irgendwo blitzte eine Flamme auf, ein peitschender Knall riss die Welt in Stücke. Der Wallach zuckte zusammen, sprang zur Seite. Schon krachte ein zweiter Schuss: Ein heftiger Stoß unter der Schulter riss mich fast vom Pferd. Ich fiel zur Seite, hielt mich wie durch ein Wunder im Sattel. Das Tosen des aufspritzenden Wassers war ebenso ohrenbetäubend wie die Schüsse. Ich hatte das Gefühl, dass mein Trommelfell platzen müsste. Osher rief etwas, aber der Lärm ließ kein Wort zu mir dringen. Endlich erreichte seine Stimme mein Ohr.

»Warte nicht, Sonam! Reite! …«

Wieder krachte ein Schuss, dann noch einer. Eine ganze Salve folgte. Aus den Augenwinkeln sah ich Osher sein Tier mit gewaltigem Schwung seitwärts werfen. Er legte sich über die Mähne des Pferdes, stieß den gellenden Schrei aus, mit dem schon seit Jahrhunderten die Steppenreiter ihre Pferde zur höchsten Geschwindigkeit antrieben. Ein heiseres Schnauben drang aus Powos Kehle. Im vollen Galopp schwenkte der Rappe ab, stob durch das aufspritzende Wasser. Mit rasender Geschwindigkeit jagte das Tier in die Richtung zurück, aus der wir gekommen waren, dem tibetischen Ufer entgegen. Und da – im prasselnden Gewehrfeuer – fiel Osher kopfüber. Der Sattel war leer! Mein Herzschlag setzte aus, während der Rappe wie ein Blitz, wie ein Phantom durch den Fluss raste. Und dann sah ich, im Gewirr von Hell und Dunkel, eine Gestalt unter dem Leib des Pferdes auf die andere Sattelseite gleiten. Ein Schuss krachte, ein Lichtfunke blitzte unter dem Hals des Tieres auf. Im Bruchteil eines Atemzuges erinnerte ich mich an die Pistole, die Osher beim Würfelspiel gewonnen hatte. In kaum hundert Meter Entfernung fiel ein Mann auf den weißen Kieselsand. Es musste der Schütze sein, der soeben auf mich gezielt hatte. Schon hoben zwei gewaltige Sprünge den Rappen über die Böschung. Abermals knallte der dumpfe Laut der Pistole. Wie als Antwort rasselte das Feuer sämtlicher Maschinengewehre, erfasste das Unterholz, in dessen Schatten der Reiter verschwunden war. Mit hochgehaltener Waffe rannten die Grenzwachen auf das Ufer zu. Von allen Seiten dröhnten Befehle, Scheinwerfer flammten auf. Im wirren Taumel meiner Gedanken erfasste ich, dass Osher meine Flucht decken wollte, indem er die Soldaten in die andere Richtung lockte. Schon hatte Komtse Boden gefasst, preschte geradeaus weiter. Ich hielt die Zügel locker, ließ das Pferd seinen Weg finden, schützte Gesicht und Kopf, indem ich mich dicht an Komtses Hals presste. Der Mond war hinter Wolken verschwunden. Sehen konnte ich nicht das Geringste, ich musste mich auf den Instinkt des Tieres verlassen. Durch Buschwerk ritt ich eine Anhöhe hinauf, durch einen Tannenwald, immer noch mit dem Geräusch der Maschinengewehre in den Ohren. Der kleine Wallach röchelte, sein Galopp war schwerfällig und ungeschickt. Bald wurde es still; der Wind wehte aus anderer Richtung, trug das Echo der Schüsse von mir fort. Aus irgendeinem Grund wurde das Reiten immer schwieriger. Der Wallach begann zu gleiten und zu stolpern. Er musste todmüde sein. Doch da war noch etwas anderes, etwas, das ich nicht verstehen konnte. Dieser stoßweise Atem, dieses

Zittern seiner Flanken … Und mit einem Mal blieb das Tier stehen. Es konnte nicht mehr. Schweißgebadet richtete ich mich auf, stieg langsam und steif aus dem Sattel. Als ich die Füße auf den Boden stellte, knickte ich zusammen, hielt mich am Sattelknauf fest. Mit gesenktem Kopf stand der Wallach da – seine Augen traten starr und glasig hervor, die Zunge hing leblos und geschwollen zwischen den gelben Zähnen. Als ich zitternd seine klebrigen Flanken berührte, wandte er den Kopf und sah mich an. Und in diesem Augenblick trat der Mond aus den Wolken. Geisterhaftes Licht fiel durch das Unterholz. Da sah ich das dunkle Loch unterhalb seiner Brust und das Blut, das die Vorderbeine rot färbte. Und während ich wie gelähmt auf die Wunde starrte, machte Komtse ein paar steife, taumelnde Schritte, bevor er zusammenbrach. Tränenlos schluchzend befreite ich ihn von Sattel und Zaumzeug, nahm ihm das Gepäck ab, damit er freier atmen konnte. Hilflos und verzweifelt kauerte ich mich neben ihm nieder. Der sterbende Wallach wurde von Krämpfen geschüttelt. Es gab nichts, das ich für ihn tun konnte. Ich strich über den mächtigen Kopf, rief halblaut seinen Namen, doch Komtse ließ nur ein Schnauben hören. Sein Schweif bewegte sich schwach, er machte eine Bewegung, wie um sich aufzurichten, dann fiel er schwer auf die Seite. Mit den Nägeln strich ich leicht und zärtlich über seine Stirn zwischen den Augen, wie Osher es oft getan hatte. Ich neigte mich über ihn, sprach leise, tröstende Worte: »Hab keine Angst, Komtse. Ich bin bei dir. Ich verlasse dich nicht. Du hast mich gerettet, Komtse. Ich danke dir … Es dauert jetzt nicht mehr lange. Warte nur, du wirst sehen. Gleich hast du keine Schmerzen mehr … Du wirst ruhig schlafen.«

Aus den gepeinigten Lungen des Pferdes entwich rasselnder Atem. Es verging eine Weile, in der das Pferd sich zu entspannen schien. Mit einem Mal seufzte es tief. Komtses Augen, auf mich gerichtet, wurden trüb. Der schwere Körper zuckte, streckte sich ein letztes Mal, bevor er endgültig zur Ruhe kam. Ein paar Augenblicke saß ich wie erstarrt. Dann begann etwas in meinem Kopf zu pochen, zu glühen. Ich drückte beide Handflächen gegen die Schläfen. Ich zitterte. Dichte, heiße Tränen liefen mir über die Wangen. Osher hatte die Gefahr offensichtlich vorausgesehen. Nach den Unruhen versuchten viele Tibeter das Land zu verlassen und die Wächter hielten die Grenzen unter schärfster Beobachtung. Ja, Osher hatte gewusst, wie gefährlich die Überquerung der Grenze war! Deshalb wollte er, dass ich die Kassette an mich nahm. Die Kassette! Und wenn ich sie jetzt verloren hatte? Hastig schob ich die Hand in meine Jackentasche. Sie war noch da, zum Glück. Aber jetzt auf einmal fühlte ich einen Druck an den Rippen. Irgendwas tat mir weh. Vielleicht war der Talisman auf der Flucht verrutscht und klemmte. Ich hob meinen Pullover hoch und hielt ihn mit dem Kinn fest. Dann knöpfte ich meine Bluse auf, schob den silbernen Behälter zurecht. Doch irgendwas war nicht, wie es sein sollte. Ich sah genauer hin. Da entdeckte ich die kleinen Löcher in meinen Kleidern, die merkwürdig verbrannt rochen, sah die große Hautabschürfung in der Nähe des Herzens. Und erst jetzt spürte ich deutlich den Schmerz der Prellungen, den ich vorher nicht wahrgenommen hatte. Auf einmal wusste ich, was geschehen war: Der erste Schuss hatte Komtse getroffen, der zweite mich. Die Kugel war wohl im schrägen Winkel auf meine Brust aufgetroffen und von der Metallplatte abgelenkt worden.

Dabei hatte sie die Haut ein wenig verletzt, ohne eine richtige Wunde zu schlagen. Es war kaum zu glauben. Und so fasste ich neuen, verzweifelten Mut. Die gütige Tara war bei mir; sie würde mich niemals verlassen. Und ich betete zur Göttin des Schneelandes, dass sie Osher vor der Wut seiner Verfolger rettete, vor allen Gefahren schützte und ihm die Freiheit der Wölfe schenkte – für immer.

33. KAPITEL

»*Mach doch nicht* so ein Gesicht!«, sagte Anna zu mir. »Schon frühmorgens im Badezimmer.« Wir standen beide vor dem Spiegel.

Ich hielt einen Kamm und zog an meinen Haaren, die sich störrisch wehrten, bis sie endlich nachgaben und sich zu einem Zopf flechten ließen.

»Sag nichts mehr!«, bat ich. »Es tut alles so weh …«

»Sonam …«

Ich biss mir auf die Lippen, wandte das Gesicht ab. Anna beugte sich über das Waschbecken, spülte sich Zahnpasta aus dem Mund. Dann legte sie eine Hand auf meine Schulter und versuchte mich zu ihr umzudrehen.

»Sei ruhig, Sonam. Er wird dir schon eine Nachricht schicken. Irgendwie …«

»Er weiß ja nicht, wo ich bin.«

Seit den schrecklichen Erlebnissen an der Grenze, existierte in meinem Kopf nur noch ein einziger Gedanke: Osher. Die Tage wollten kein Ende nehmen und nachts lag ich wach und zählte die Stunden.

Anna redete und redete; sie wollte mich herausholen aus diesem Loch.

»Jetzt hör mal! Du hast ihm doch gesagt, dass du mir die Kassette bringst …«

»Womöglich haben sie ihn verhaftet…«

»Sonam, du bereitest mir Magenschmerzen!«

»… oder umgebracht.«

»Sei kein Nervenbündel!« Anna verlor die Geduld. »Komm, wir frühstücken! Nach ein paar Tassen Milchkaffee ist die Welt wieder in Ordnung.«

Ich lächelte, um ihr einen Gefallen zu tun. An ihre Witzeleien hatte ich mich längst gewöhnt. Sie taten mir sogar wohl, aber sie machten die Sache nicht besser.

Ich wohnte bei ihr und ihren Eltern in einem weiß getünchten Haus mit einem großen Marmorkamin, in dem – wenn es abends kalt wurde – ein gemütliches Feuer prasselte. Die Einrichtung zeigte eine Mischung von nepalesischem Prunk und europäischer Gemütlichkeit. Ich liebte die Teppiche mit den kräftigen blauen Mustern, die grünrosafarbenen Sessel, die Lichter in bunten Glaskugeln, die tibetischen Rollbilder an den Wänden, den großen Bücherschrank und die vielen Blumen.

»Das Haus gehört nicht uns«, hatte Anna mir erklärt. »Im diplomatischen Dienst wechselt man alle drei Jahre den Wohnsitz. Der nächste Konsul wird auch hier wohnen.«

Sven Björk – Annas Vater – hatte sich die Kassette angesehen und sie mit dem Diplomatenkoffer nach Stockholm geschickt. Einer seiner Schulfreunde, der eine Sendung beim schwedischen Fernsehen betreute, hatte versprochen sich dafür einzusetzen, dass die Kassette in europäischen Medien ausgestrahlt wurde. Die Kommission für Menschenrechte hatte bereits bei der chinesischen Regierung Protest eingelegt.

Sven Björk gab mir Rätsel auf. Sein kühles, etwas starres Gesicht verbarg offenbar seine Empfindsamkeit. Er hielt sich krumm, wie es bei groß gewachsenen Menschen oft vorkommt, sprach kein Wort lauter als das andere und wirkte irgendwie verkrampft.

»Das sind seine skandinavischen Hemmungen«, klärte Anna mich auf. »Lieber spielt er den Holzklotz als zu zeigen, wie es in ihm aussieht. Aber die ganze Sache mit der Polizei in Lhasa ist ihm ziemlich nahe gegangen.«

Dafür nahm Greta – Annas Mutter – kein Blatt vor den Mund.

»Das Übel bei uns Europäern ist, dass wir die Marktwirtschaft im Kopf haben. Einer Großmacht wie China pfuscht man ungerne ins Handwerk, man fürchtet Sanktionen. Die chinesischen Arbeitslöhne sind niedrig. Nirgendwo sonst kann man so billig Computer prodzuieren, deshalb ist Europa auf China angewiesen. Aber jeder, der noch einen Funken Gewissen innehat, wird es als Schande empfinden, dass wir den Menschenrechten keine Priorität einräumen.«

Und so erfuhr ich, dass wir Verbündete hatten. Als ich in Tibet war, konnte ich mir so was nicht einmal in Gedanken ausmalen. Und doch traf es zu. Wenn auch bei uns der Wille zur Freiheit unter dem Druck der Furcht zu ersticken drohte, so standen wir doch nicht alleine da. Vierzig Jahre nach dem Einmarsch der Volksarmee in Lhasa forderten Millionen von Stimmen rund um den Erdball »Freiheit für Tibet«. Das gab mir neuen Mut.

Wie war es gewesen, damals nach Komtses Tod? In jener Nacht war ich ins nächste Dorf gelaufen. Ein Bus hatte mich nach Pokhara gebracht, einem Städtchen am Annapurna-Massiv. Dort befanden sich mehrere Auffanglager für tibetische Flüchtlinge. Ich wurde gegen Tuberkulose und Pocken geimpft. Man stellte mir einen Flüchtlingsschein aus. Täglich – außer am Samstag – ging eine Maschine der

»Air Everest« nach Katmandu. Die Maschinen waren stets ausgebucht und ich hatte tagelang warten müssen, bis ich endlich einen Flugschein ergatterte.

Doch das Pech verfolgte mich. Tante Chönsal, bei der ich wohnen sollte, lebte nicht mehr in Katmandu. Ihre Tochter hatte einen Kanadier geheiratet; sie war mit ihrem Mann nach Montreal gezogen und hatte ihre Mutter nachkommen lassen. Den Laden hatten sie verkauft.

Das brachte das Faß zum Überlaufen. Ich konnte nicht mehr. Alles war schief gegangen. Der Verzweiflung nahe, galt mein einziger Gedanke jetzt noch der Kassette, die ich unbedingt bei Anna abliefern musste. Was dann aus mir wurde, war mir egal.

Das Konsulat befand sich unweit der New Road. Hinter dem schmiedeeisernen Tor saß ein alter Wächter. Ich sah einen viereckigen Garten, einen kleinen Springbrunnen, Rosenhecken und Lauben aus Kletterpflanzen. Das eigentliche Konsulat befand sich im Erdgeschoss; eine Marmortreppe, ziemlich verschnörkelt, führte in den ersten Stock, wo die Familie wohnte. Ich nannte dem Wächter meinen Namen, fragte nach Anna. Der Mann musterte mich argwöhnisch und sprach in sein Telefon. Ich stand im prallen Sonnenlicht, staubig, verschwitzt, ungewaschen, ungekämmt: eine Vogelscheuche. Und dann sah ich wie durch Nebel Anna in weißen Hosen und T-Shirt aus einer Tür treten. Der Wächter deutete auf mich; die Geste war nicht sehr respektvoll. Anna rief: »Sonam!«, und lief mir entgegen. Sie nahm mich in die Arme und hielt mich fest, als ich schluchzend zusammenbrach.

Eigentlich wollte ich die Kassette abliefern und gleich wieder gehen; dann aber blieb ich.

Tagelang schien mir, als sei das ganze Leben nicht mehr wichtig. In der Erinnerung sah ich nur Dunkelheit und einen Trümmerhaufen zerbrochener Bilder. Anna wusste, dass ich müde und traurig war, dass mich Dinge beschäftigten, von denen ich wenig sprach, weil sie besser unausgesprochen blieben. Einen Trost für mich fand sie nicht. Es gab wahrscheinlich keinen. Und obwohl es Linderung bedeutete, dass sie da war, dachte ich ständig an jene, die ich geliebt und verloren hatte. Auch an Lili und an unsere beiden Welten, die sich endgültig, unwiderruflich, voneinander entfernten. Sie und ich konnten nichts dafür. Es war einfach so. Vielleicht sagt man nicht umsonst, die Zeit heilt alle Wunden, aber allmählich wurde ich ruhiger, gewann Boden unter den Füßen. Bestimmt hatte es irgendeinen tieferen Sinn, dass ich mit dem Leben davongekommen war. Warum sonst hatte mich die Göttin gerettet? Und als Anna mir den Vorschlag machte sie nach Stockholm zu begleiten, ging es mir nicht mehr ganz so schlecht. Die nagende Unruhe war immer da, aber ich hatte gelernt meine Tränen zu schlucken und manchmal sogar zu lächeln.

»Was soll ich in Stockholm, Anna?«

»Aufs Gymnasium gehen. Studieren. Das wolltest du doch in China? Stell dir vor, in Schweden kannst du das auch!«

»Ich kann kein Wort Schwedisch außer ›Tack so mycket‹.«

»Immerhin schon der Anfang. Schwedisch ist nicht schwer, wenn du Englisch kannst. Du wirst es schnell lernen. Es gibt Intensivkurse für Ausländer.«

»Seit wann hast du diesen Gedanken?«

»Ach, schon seit damals, in Lhasa. Jemand wie du, intelligent und clever, sollte nicht auf dem Markt hocken! Und die Art, wie die chinesischen Polizisten mit dir umgegangen sind …«

»Sie haben dich ja auch nicht geschont, Anna …«

»Mir wollten sie bloß Angst einjagen – am nächsten Tag waren sie wieder total freundlich!«

Sie schüttelte sich noch nachträglich vor Abscheu. Ich starrte sie an, als erwachte ich aus einem Traum.

»Aber wo soll ich wohnen?«

»Bei mir, wo denn sonst? Du weißt doch, ich habe eine eigene kleine Wohnung.«

»Oh, das könnte ich doch nicht!«

»Wieso nicht? Ich habe einen Freund, aber der wohnt bei seiner Mutter und kommt uns nicht in die Quere. Wir kaufen ein zweites Bett – fertig! Klar wird es ein bisschen eng werden, aber das macht nichts. Und mein Badezimmer war schon immer ein Chaos.«

»Ich habe keinen Pass.«

»Vorläufig hast du einen Flüchtlingsschein. Und du kannst beweisen, dass deine Familie politisch verfolgt wurde. Mein Vater wird alles in die Wege leiten.«

»Die Reise ist teuer, Anna. Woher soll ich das Geld nehmen?«

»Von meinen Eltern. Die sind froh, wenn sie jemandem helfen können. Du legst es ihnen wieder auf den Tisch, sobald du dein erstes Gehalt beziehst. Von mir aus mit Zinsen, wenn das dein Gewissen erleichtert.«

Ich war erschüttert, wie einfach es klang.

»Aber wovon soll ich leben?«

»Du beantragst ein Stipendium. Und in den Ferien

kannst du jobben, das machen alle Studenten. Das mache sogar ich. Danach erholen wir uns in unserer ›Stuga‹ – unser Sommerhaus – am Strand. Und im Winter fahren wir Snowboard. Und in Stockholm leben sogar Tibeter. Falls das Heimweh akut wird.«

»Auch daran kann man sich gewöhnen«, sagte ich leise.

Auf der Terrasse aus Backsteinen hatte Barun, der nepalesische Diener mit dem würdevollen Schnurrbart, den Frühstückstisch gedeckt. Unlängst hatte mir Greta schmunzelnd erklärt, dass sie, was die Dienstboten betraf, über ihren eigenen Schatten hatte springen müssen.

»Wir sind anders erzogen worden. Aber wer in Entwicklungsländern kein Personal anstellt, wird schief angesehen. Die Stellen als Dienstboten sind wertvolle Arbeitsplätze, die man nicht verweigern darf. So haben wir wohl oder übel unsere Skrupel überwunden und so viel Personal wie möglich eingestellt.«

Die Morgensonne schien warm, ohne zu brennen. Die Stadt, inmitten grüner Hügel, vibrierte vor Leben. Über Pagoden und Tempel kreisten Taubenschwärme. Die Stimmen, das ewige Hupkonzert, die Musik aus Lautsprechern wehte über uns hinweg. Würde ich Osher jemals vergessen? Wann würde er vergehen, dieser tiefe, stechende Schmerz? Ich konnte machen, was ich wollte, er ließ mich nicht los. Wenn ich doch wenigstens wüsste, ob er lebte. Ob er frei war. Ob es ihm gut ging.

Kisha, Baruns Frau, röstete Toast. Sie trug einen rosafarbenen Sari und bewegte sich geräuschlos auf kleinen, mit Henna bemalten Füßen. Annas Vater kam mit nassem Haar die Treppe hinauf, setzte sich und rieb sich die Hände mit einem kratzenden Geräusch. Barun brachte die Post und die zusammengerollte »Katmandu Times«. Sven rollte die Zeitung auf.

»Gut geschlafen?«, fragte er mich. Anna ließ mir keine Zeit mit einer höflichen Floskel zu antworten.

»Nein. Sie hat die ganze Nacht geschnieft und sich mindestens hundertmal die Nase geputzt.«

»Ja, wir haben trockene Luft in Katmandu«, murmelte Sven und raschelte mit der Zeitung. Anna warf mir einen viel sagenden Blick zu. Ich senkte die Augen auf meinen Toast.

Greta sah die Post durch. Ihr Haar, so blond wie das von Anna, glänzte in der Morgensonne wie fein gesponnenes Gold.

»Für dich, Sonam«, sagte sie und reichte mir einen Umschlag über den Tisch.

Ich nahm ihn zögernd. Der Brief war irgendwo in Tibet aufgegeben worden. Der Stempel war verwischt, der Name der Ortschaft nicht zu erkennen. Der Umschlag war zerknittert und verschmutzt, trug keinen Absender und musste lange Zeit unterwegs gewesen sein. Ich hielt ihn in der Hand, drehte und wendete ihn, betrachtete die runde, etwas kindliche Schrift, die ich nicht erkannte. Greta reichte mir ihren Brieföffner.

»Die Adresse ist nicht vollständig und die nepalesische Post für ihre Unzuverlässigkeit bekannt. Ein Wunder, dass der Brief nicht verloren ging.«

Ich hielt den Atem an, schlitzte den Umschlag auf. Ein kleines Blatt fiel heraus. Auf dem Papier stand ein einziger Satz.

»Der Weiße Kranich zieht morgen über Lithang.«

Keine Unterschrift. Nichts. Nur diese Zeilen, die alle

Schatten verscheuchten. Die lange Nacht war vorbei. Mein rasender Pulsschlag beruhigte sich wieder. Osher lebte und war in Sicherheit. Nichts anderes zählte für mich. Sogar die Trennung war ohne Bedeutung. Vielleicht wollte es das Schicksal, dass wir uns eines Tages noch einmal begegneten. Ich wusste nicht, wann. Vielleicht bald, vielleicht in zehn Jahren. Mit dieser Hoffnung konnte ich leben. In Schweden oder anderswo: eine Tibeterin im Exil. Es genügte, dass ich die Augen schloss, um Osher ganz nahe zu sein.

Und eines Tages, wenn die Erinnerung an ihn verblasst war, wenn sie langsam im Bewusstsein versank, dann würde ich irgendwann nicht mehr wissen, war ich ihm wirklich begegnet oder hatte ich ihn nur erträumt. Auch darauf musste ich mich einstellen.

Anna breitete ihre Serviette auf den Knien aus, wobei sie mich besorgt musterte.

»Gute Nachrichten?«

Sie schenkte mir mit den Augen so viel Wärme, dass es mir eng in der Kehle wurde. Oshers Brief war ein Segen aus dem Schneeland, eine letzte und innige Geste des Schutzes; ein Glückspass, dachte ich, der mich immer begleiten würde. Lächelnd sah ich zu Anna hinüber, erwiderte dankbar und glücklich ihren Blick.

»Ja, Anna. Gute Nachrichten.«

ANHANG

Tibet, das größte Hochland der Erde, war seit Menschengedenken ein freies Land. Im Laufe seiner 2000 Jahre alten Geschichte geriet das »Schneeland« nur zweimal unter Fremdherrschaft: Im 13. Jahrhundert durch die Mongolen und im 17. Jahrhundert durch die Mandschus. Die Einflüsse waren nur kurz und hinterließen in der Geschichte Tibets kaum Spuren. 1910 wagten die Mandschus von China aus einen weiteren Vorstoß, doch den Tibetern gelang es, sich erfolgreich zur Wehr zu setzen und 1912 die Unabhängigkeit Tibets zu proklamieren. Obwohl die Chinesen außer Stande waren Tibet zu erobern, stellten sie dennoch von diesem Zeitpunkt an eine ständige Bedrohung für die tibetische Bevölkerung dar. Schließlich boten die Tibeter einen Kompromiss an: Sie wollten autonom bleiben, sich aber dennoch einer chinesischen Oberhoheit unterstellen. Eine solche Regelung hätte für die Tibeter völlige Freiheit innerhalb ihrer Grenzen bedeutet; die Chinesen wären nur für die Außenpolitik zuständig gewesen. China jedoch nahm diesen Kompromissvorschlag nicht an. Als 1949 der chinesische Staatsmann Mao Tse-Tung die Volksrepublik China gründete, war er bestrebt das kommunistische Regime zu festigen und zu erweitern. In dieser Hinsicht war Tibet für Mao Tse-Tung ein strategisch wesentliches Gebiet. So kam es, dass ein Jahr später, am 7. Oktober 1950, die chinesische Volksbefreiungsarmee in Zentraltibet einfiel, um das benachbarte Land »zu befreien« und dem »Mutterland« einzuverleiben.

Von den Chinesen wurde Mao Tse-Tung (1893–1972) »der Große Steuermann« genannt. Er stürzte eine Nationalregierung, die – von Bürgerkriegen geteilt – fast vierzig Jahre bestanden hatte. An ihre Stelle trat ein neuer, streng kontrollierter kommunistischer Machtapparat. Leitgedanke der Kommunisten war, dass Tibet zu China gehörte und zum »Mutterland« zurückkehren musste. Man versprach Straßen zu bauen, Elektrizität einzuführen und Tibet zu modernisieren. Maos eigentliches Ziel lag jedoch darin, die tibetische Kultur, Sprache und Religion auszulöschen und aus Tibet eine echte chinesische Provinz zu machen. In diesem Zuge ließ er ohne Rücksicht auf Menschen, Natur und Tierwelt Rohstoffe abbauen; er konfiszierte die Ernten und rodete ganze Wälder. Kurz, er beutete Tibet aus, um China zu versorgen.

Tibet hatte nur eine winzige, unvorbereitete Armee: Die Niederlage war unvermeidlich. Die Tibeter versuchten zu verhandeln, doch sie wurden vor die Wahl gestellt: entweder eine »friedliche Befreiung« durch die Chinesen oder militärische Vernichtung. Am 23. Mai 1951 wurde in Beijing der berüchtigte »17-Punkte-Vertrag« mit dem nachgeahmten Siegel des Dalai-Lama unterzeichnet. Dieses gefälschte Dokument lieferte Tibet an China aus. Tibet hörte auf als Nation zu bestehen. Die Tibeter sind ein friedliches Volk, dem Gewaltanwendung widerstrebt, weil sie gegen buddhistische Überzeugungen verstößt. Also versuchte man mit den Chinesen in Frieden zu leben. Doch die Chinesen machten die Tibeter zu Bürgern zweiter Klasse, sie versuchten, den Einfluss des Buddhismus, der den Grundsätzen der Demokratie so nahe ist, einzuschränken. In den ersten zwanzig Jahren der chinesischen Besetzung kam ein Sechstel der tibetischen Gesamtbevölkerung zu Tode durch Hunger, Haft, Folter oder Kampf. Tausende von Tibetern, darunter ihr Oberhaupt, der Dalai-Lama, mussten ihr Land verlassen. Eine Regierung im Exil wurde gegründet mit dem Ziel, die tibetische Identität zu wahren und Sprache sowie Tradition weiterzuentwickeln.

Die von Mao Tse-Tung 1966 aufgerufene Bewegung führte nicht nur in China selbst, sondern auch in Tibet zu gewaltigem menschlichem Leid, zur Zerstörung unersetzlicher Bauten und Kunstschätze. »Die vier Alten« – alte Ideen, alte Kultur, alte Sitten und alte Gebräuche sollten durch »Die vier Neuen« ersetzt werden. Ziel war eine Modernisierung von Politik, Wirtschaft, Organisation und Ideologie. In Tibet wurden Neugeborene nach Hausnummern benannt, nach Geburtsdatum, Gewicht oder nach dem Alter des Vaters. Unzählige wertvolle Schriften und Kunstwerke wurden verbrannt, Heiligtümer vollkommen verwüstet. Es war verboten, sich farbig zu kleiden oder Haustiere zu halten. Sogar die Blumentöpfe vor den Häusern mussten zerschlagen werden.

Der Dalai-Lama ist das geistige und weltliche Oberhaupt Tibets. Sein Name bedeutet wörtlich »Ozean des Wissens«. Tenzin Gyatso, der jetzige Dalai-Lama, ist der vierzehnte Nachfolger einer Linie, die auf »Chenresig«, den Schutzpatron Tibets, zurückgeht. Chenresig ist die Gottheit der Barmherzigkeit. Da die Wiedergeburt in der tibetischen Religion eine wesentliche Rolle spielt, gilt der jetzige Dalai-Lama als die Wiederverkörperung (Inkarnation) Chenresigs und daher auch als die menschliche Form dieses spirituellen Ideals – der Barmherzigkeit.

Der Dalai-Lama hat seinen Regierungssitz in Dharamsala, im indischen Exil. Er hatte sich 1959 entschlossen Tibet zu verlassen, weil er erkannte, dass er seinem Volk als Gefangener der Chinesen nicht länger hätte dienen können. Seitdem wird er nicht müde, international für sein Land einzutreten und den Menschen die tragische Situation Tibets vor Augen zu halten. Und immer versuchte er den Dialog mit China aufrechtzuerhalten, egal, wie aussichtslos die Lage sich ausnahm. Sein Kampf war und ist ein friedlicher.

1989 wurde dem Dalai-Lama der Friedensnobelpreis verliehen. Diese Auszeichnung verschaffte ihm und seinem Anliegen internationale Aufmerksamkeit und ermöglichte ihm ein noch größeres Publikum zu erreichen. Jedoch nicht nur sein friedlicher Kampf und sein unermüdliches Eintreten für sein Land und sein Volk brachten ihm die Zuneigung und Bewunderung der Öffentlichkeit; vor allem auch seine warme, gütige und positive Ausstrahlung machten ihn zu einer lebenden Legende.

Die Tibeter sind ein zutiefst religiöses Volk. Ihr Glaube besagt, dass alle fühlenden Wesen viele Leben durchlaufen und mit jeder neuen Existenz mehr Einsicht gewinnen, bis sie die Vollkommenheit erreichen. Im Mittelpunkt des tibetischen Buddhismus steht die Barmherzigkeit. Alle Wesen sollen vom Leiden befreit und glücklich werden. Jeder Mensch trägt somit eine große Verantwortung für sein eigenes, aber auch für das Glück seiner Mitmenschen. Die Buddhisten gehen davon aus, dass Schwierigkeiten und Probleme stets durch Unwissenheit entstehen und nie mit

Gewalt gelöst werden sollten. Sogar Feinden sollte man Geduld und Verständnis entgegenbringen. Keinem fühlenden Wesen, weder Mensch noch Tier, darf ein Leid zugefügt werden: Auch das kleinste Insekt hat das Recht zu leben.

Im alten Tibet spielte das Klosterleben eine wesentliche Rolle. Die Klöster waren geistige, kulturelle und politische Zentren des Landes. Während der Kulturrevolution wurden etwa 6000 Klöster in Tibet zerstört und fast alle Mönche und Nonnen vertrieben oder getötet.

Tibet ist immer noch ein besetztes Land, seine traditionelle Kultur und Religion weitgehend zerstört. Sein Volk ist inzwischen eine Minderheit und die Chinesen sehen Tibet als Teil des »Mutterlandes« an und verfolgen eine Politik der Umsiedlung. In den kommenden Jahren sollen bis zu 200 Millionen Chinesen Westtibet besiedeln. 1990 machten die Behörden in Lhasa mehr als 3000 traditionelle tibetische Häuser dem Erdboden gleich, ersetzten sie durch Neubauten. Aber weil man Touristen anlocken will, wurde eine Anzahl der zerstörten Klöster als »nationale Museen« und »Denkmäler der Volksarbeit« wieder aufgebaut. Dem Touristen präsentiert sich ein oberflächlich schönes und ruhiges Land. Auch die Polizei hält sich inzwischen dezent im Hintergrund, man begegnet nur noch selten einem Posten mit Maschinengewehr oder einem Panzer. Aber die Überwachungskameras und die chinesischen Spitzel sind überall. Und Tibet präsentiert sich auch als modernes Land: Dank der Chinesen gibt es vielfache Industrien, gute Straßen, ein solides Gesundheitswesen. Doch die Chinesen selbst profitieren am meisten davon und auf die Umwelt wird immer noch keine Rücksicht genommen. Sie beuten das Land rücksichtslos aus, bemächtigen sich der Bodenschätze. Der tausendjährige Waldbestand wurde vernichtet. Die Ursache der furchtbaren Überschwemmungen, die China 1998 heimsuchten, findet ihren Ursprung in dem Kahlschlag der tibetischen Wälder.

China ist eine Weltmacht und auf geopolitischem Gebiet von großer Bedeutung. Daneben ist China für den Westen ein wesentlicher Absatzmarkt; man will von den wirtschaftlichen Vorteilen profitieren, die ein Land von über einer Milliarde Einwohnern zu bieten hat. Die Staaten der westlichen Welt sind gelenkt von wirtschaftlichem Denken. Die Verletzung der Menschenrechte wird zwar gelegentlich kritisiert, jedoch führt dies nicht zu politischen Konsequenzen. Obwohl der Dalai-Lama international hohes Ansehen genießt, wird die tibetische Exilregierung von den westlichen Staaten nicht anerkannt.

GLOSSAR

Amla: Anrede der Mutter
Geshe: Tibetischer gelehrter Geistlicher
Gong an Ju: Amt für öffentliche Sicherheit
Inkarnation: Tibeter glauben, dass der Körper aller Wesen sich abnutzt und stirbt, der Geist jedoch ewig lebt und nach Vollkommenheit strebt. Nun gibt es Menschen, die sich auf dem Weg zur Vollkommenheit schneller als andere entwickeln. Sie haben von Natur aus die ganz besondere Fähigkeit zur Einsicht. Solche »Erwachte« – wie sie genannt werden – sind aus Barmherzigkeit bereit sich selbst wieder und wieder zu verkörpern, um ihren Mitmenschen zu helfen und ihre Erfahrung und Weisheit mit ihnen zu teilen. Bevor sie sterben und als Säugling wieder geboren werden, geben sie Hinweise, wo sie in Zukunft gesucht werden müssen, und machen auf Besonderheiten aufmerksam. Nach ihrem Tod helfen Gebetsübungen, Orakel und Träume bei der Suche weiter. Wenn schließlich ein Kind gefunden wird, welches ein »Erwachter« sein könnte, muss es in der Lage sein, sich selbst anzuweisen. Dann erkennt es Mitglieder seiner früheren Familie, beschreibt sein ehemaliges Wohnhaus oder greift unter einer Menge von Gegenständen sofort jene heraus, die es schon in seinem vorherigen Leben benutzt hatte. Ein solches Kind wird – seinen Fähigkeiten entsprechend – besonders sorgfältig erzogen, damit es seine Bestimmung erfüllen kann.

Kata: »Glücksschärpe«. Die feinen Schals, weiß und hellgelb, aus Gaze, Musselin oder Seide, werden Gästen und Gastgebern beim Abschied und Wiedersehen überreicht.
Khampas: Reiter, Nomaden der tibetischen Hochsteppe. Ihre umstrittene und legendäre Vergangenheit soll auf das Heer Alexanders des Großen zurückgehen, der im 4. Jahrhundert v. Chr. den Indus erreichte.
Lhartsen: Kleines Gebetsheiligtum aus Steinen, auf Passhöhen von Reisenden errichtet.
Menrampa: Tibetischer Arzt. Der Titel entspricht dem eines Medizinprofessors.
Om mani padme hum: Wörtlich: »Sei gegrüßt, Juwel in der Lotosblüte!«. Anrufung an Buddha.
Pala: Anrede des Vaters
Rimpoche: »Erleuchteter«. So nennt man Menschen, die eine ganz besondere Fähigkeit zum Mitgefühl haben.
Wörtlich: »Erhabener«. Titel eines reinkarnierten Lama.
Sanktuarium: Heiliger Ort, geweihter Raum
Thangka: Rollbild auf Tuch, das religiöse Motive zeigt und auf einem Wandbehang aus Seidenbrokat befestigt wird.
Tschuba: Traditionelle Wickelbluse, von Frauen und Männern gleichermaßen getragen.